講談社文庫

第三者隠蔽機関

石川智健

講談社

目次

第三者隠蔽機関

プロローグ

　大量のフラッシュを浴びた首席監察官は、控室に戻ると、苛立《いらだ》ちが溢《あふ》れ出したかのようなため息を漏らす。

　部屋には、緊張した面持《おもも》ちの部下たちが直立不動の姿勢で立っており、ものものしい雰囲気だった。首席監察官の階級は、警視庁のトップである警視総監の次にあたる警視監で、部下たちにとっては、いわゆる雲上人《うんじょうびと》。決して機嫌を損ねてはならない人である。

「お、お疲れさまでございます」

　恐る恐る声をかけてきた部下の一人がミネラルウォーターを差し出した。それを無視した首席監察官は、机の上に置いてある別のペットボトルを手に取り、半分ほど一気に飲んだ後、手の甲で口を拭《ぬぐ》う。

「……くそったれ。なんてことをしやがった」

吐き捨てるように言った首席監察官は、怒りで頭に血が上っており、先ほどのフラッシュの残像と相まって身体《からだ》がふらついている。

歯を食いしばりつつ、スーツのジャケットの前ボタンを外し、ネクタイを緩めて椅子に座った。神妙に座っていた会見時とは裏腹に、誰が見ても尊大に感じるような態度だ。

周囲の人間が細心の注意を払って労《ねぎら》いの言葉をかけるが、首席監察官の眉間《みけん》の皺《しわ》は深いままだった。

「一人にしてくれ」

「え？」

鈍い反応をした部下を睨《にら》みつける。

「全員出て行けと言っているんだ！」

声を荒《あら》らげると、部下たちは謝罪をしながら慌《あわ》てて部屋から姿を消した。

一人になった首席監察官は、目の前の長机を拳《こぶし》で叩《たた》き、口を歪《ゆが》める。目が充血し、こめかみが痙攣《けいれん》していた。

会見時の記憶が頭の中で反芻《はんすう》される。記者の質問は、いちいち人を苛立たせるものだった。

大きく深呼吸をして気分を落ち着かせようとしたその時、胸ポケットに入れていた携帯電話が振動する。

「こんな時に誰だ！」ぞんざいに携帯電話を取り出した首席監察官だったが、次の瞬間、バネ仕かけの人形のように立ち上がり、震《ふる》える指で通話ボタンを押して耳に当てた。

「も、申しわけございませんでした！」

開口一番に発した声に、相手は電話越しに舌打《したう》ちをした。

〈……声が大きいぞ〉

「も、申しわけありません」今度は声量を落として、同じ言葉を繰り返す。

〈会見、テレビで見ていたよ〉

「き、恐縮でございます」

〈いやいや、なかなかの謝罪会見だったな〉

どういうつもりで言っているのか分からなかった首席監察官は同意も否定もできず、ただ「はぁ」という情けない声を出した。

電話口の相手は、短い笑い声をあげる。

〈ともかくだ、起きたことは仕方がない。あとは、上手《うま》く収拾することだけを考えて

くれ〉

「も、もちろんでございます」

〈うむ。それで、大事な話があるんだが……周囲に人はいるか〉

首席監察官は念のため部屋を見渡して、人がいないことを確認する。

「部屋には私一人しかおりません」

〈そうか。実はな、例の件だが、やはり早急に進めることに決定した〉

その言葉を聞いた首席監察官は目を見開いた。

「れ、例の件というと、第三者機関の採用のことでしょうか」

〈不用意に口に出すな〉

電話の相手は、不快そうな声で叱《しか》りつける。首席監察官は慌てて口をつぐんだ。

〈まぁ、組織内には慎重論も反対論もまだまだ根強く残っているが、警察組織を監視する側の君たち監察官が不祥事を起こしてしまったのでは、庇《かば》いようがない。今回の一件がいいきっかけになった〉

忸怩《じくじ》たる思いで聞いていた首席監察官は、うな垂《だ》れた。

「も、申しわけ……」

〈これ以上〉

首席監察官の言葉を遮《さえぎ》った声には、非難するような刺々《とげとげ》しさがある。

〈我々の組織から不祥事が発生してはまずいんだよ。このままでは、警察組織全体の権威が失墜しかねない。それは、分かっているな？〉

「重々、承知しております」

声を振り絞って返事をすると同時に、身体の震えによって奥歯がガチリと鳴った。

〈私はね、防衛庁が省になったように、今のK庁を省にするために残りの人生を捧げようと考えている。だからこそ、省への格上げに反対する幹部を一掃して、現体制を作り上げたのだ。今後は外務省や防衛省と緊密に連携をしていかなければならない。歩調を合わせるために我々が省になるのは必要不可欠〉

感慨深そうな声だったが、批判めいた厳しさも含まれていたので、首席監察官の冷や汗は止まらなかった。

〈しかし、こうも不祥事が続くようでは、私の計画も白紙になりかねない。不祥事の減少、いや、撲滅は喫緊《きつきん》の課題なのだ。その急先鋒となるべき君たちが力不足ならば、今回の決定は仕方なかろう〉

「…………」

首席監察官は何かを言おうと口を開くが、すぐに閉じてしまう。

〈ともかく、このことは最高機密だ。そして、それを君に話すということは、現時点で君は選ばれているということだよ。頑張ってくれたまえ〉

その言葉を聞き終わるが早いか、電話が切れた。携帯電話を耳に当てたまま、首席監察官は立ちすくむ。そして、虚空《こくう》を見つめながら唇《くちびる》を動かした。

「……かしこまりました、長官」

その声は、たとえ隣に人がいたとしても聞こえないほどの小ささだった。

第一話　不祥事、もみ消します

1

霞《かすみ》が関《せき》にあるK庁の会議室。そこに、十人の警察官僚が座っている。彼らの態度から滲《にじ》み出る自尊心を称《たた》えるように、煌《きら》びやかな階級章が蛍光灯の光を反射していた。

K庁長官を筆頭に、警視監クラスが連なる。警察組織のトップ十人と言っていい面々だった。一目見て、地位の高い人間と分かる彼らだったが、先ほどから、居心地が悪そうに顔を歪《ゆが》めていた。

それも当然だろうと心の中で思いながら、近衛《このえ》怜良《れいら》は彼らを観察しつつ口を開いた。

「すでにご存じかとは思いますが、改めて、我々リスクヘッジ社の会社概要について説明させていただきます」怜良の声は、音楽のように淀《よど》みなく明瞭《めいりよう》だった。

「アメリカで設立されたリスクヘッジ社が今の形になったのは二〇〇一年。それ以前はセレクトピボットという社名で、主に従業員の身元調査や保険金詐欺《さぎ》の摘発材料を契約企業に提供することを業務としていました。しかし、テロ対策を推し進めるアメリカ政府の援助もあり、情報収集のノウハウを持っていた我々は、諜報《ちようほう》企業という現在の形へと成長を遂げます。実際の主な業務は、反社会組織やテロリスト予備軍を発見するための情報収集やデータ解析です。しかし、現在では扱う案件が広がり、企業やスーパーリッチの顧客が求める情報を提供してマーケティングの手助けなどもしております。また、極秘ですが、漏洩《ろうえい》したくない事実の隠蔽《いんぺい》工作をするチームを擁《よう》し、顧客であるアメリカ政府からの評判も上々です。民間のＮＳＡ（国家安全保障局）と考えていただければ分かりやすいと思います。日本でも最近、日本版ＮＳＣ（国家安全保障会議）の創設に伴い、国家安全保障局が発足したばかりですので、情報収集やその秘匿《ひとく》の重要性はいまさら述べるまでもないでしょう」

怜良は一度口を閉じ、椅子に座る警察官僚に涼しげな視線を向ける。

「我々リスクヘッジ社は二年前にリスクヘッジ・ジャパンを設立し、さまざまな準備を進めてまいりました。そして今回、御社とこのような大口契約を結ぶことができたこと、たいへん光栄に存じております」

軽く頭を下げると、隣に立っている町田真次《まちだしんじ》も倣《なら》うように頭を下げた。

怜良は赤いフレームの眼鏡《めがね》に手を触れてから説明を続ける。

「一般論として申し上げますと、我々が所属するリスクヘッジ社と契約を結ぶ組織は、往々にして自浄作用が不完全な状態に陥《おちい》っております。端的に言えば、自分の尻《しり》も拭えないといったところでしょうか」

その言葉に、警察官僚たちが苦笑した。

「ち、ちょっと」隣にいた町田が慌てて顔を近づけ耳打ちをしてきた。暑くもないのに、顔に汗をかいている。

「も、もっとさ、オブラートに包んで話すんだ。ここはレバノンでもテキサスでもなく日本なんだから、ストレートな言い方は厳禁だよ」

町田は小声で念を押すと、警察官僚たちの顔色を窺《うかが》うように愛想笑いをした。怜良は町田の忠告を聞き流し、先ほどと変わらぬ調子で口を開く。

「二十九万人もの警察官を取り締《し》まることが職務である監察官を増やせば、監視体制は強化されますが、予算の関係上現実的ではありませんし、なにより、今回のように監察官が不祥事を起こしたケースに対処するには、警察官を取り締まる監察官をも監視する組織を作らなければなりません。そうなると、人員はまさに倍々ゲームになってしまいます」

　怜良は、町田の気が気でないという顔を一瞥《いちべつ》してから続ける。

「そこで、御社は賢明にも第三者機関である我々に監視役をご用命くださいました。いわば、組織全体を監視する〝外部機関〟です。我々にはしがらみもなく、警察官の持つ特権も利権も持ち合わせておりません。御社との間にあるのは契約料とインセンティブのみです。Best is cheapest《ベスト イズ チーペスト》――少々お値段は高いですが、最高のものが結局は一番安いという……」

「おい」怜良の言葉が終わらない内に、男の声が部屋に響く。

「御託《ごたく》を並べるのはもういい。ともかく、我々の要求に沿って動け。これは言わば試用期間なんだ。失敗は追放を意味すると思え」

　警察官僚の中でも、長官と呼ばれる一番偉い男が言った。その声は、世の中の酸《す》いも甘いも飲み込みすぎて喉《のど》を痛めてしまったかのように嗄《か》れている。

　怜良は笑みを浮かべた。

「心得ております。我々は、御社が行っているような杜撰《ずさん》な事実隠しではなく、完璧なもみ消しをするために雇われておりますので、抜かりはございません」

「なっ……」

警察官僚の中の数人が目を怒《いか》らせる。町田は顔面蒼白《そうはく》になっていた。

「我々リスクヘッジ社は、不祥事をすみやかに察知し、それが外部に漏れる前に処理します。方法は単純です。スーパーコンピューターに大容量記憶装置を加えたシステムを根幹に据《す》え、信用調査や公式書類といったデータから、自宅や自家用車のレベル、収入、家族構成、旅行頻度、消費傾向といった膨大なデータを集積します。そしてそれを掘り下げて分析、当の本人も気づいていないことまで見抜くという手法を用い、我々はテロリストを割り出す手段を確立しました。これを御社で応用しますので、ほぼデータのみで該当者を見つけることができます」

怜良の説明に、警察官僚の多くは理解できないと言いたげに顔をしかめた。

「また、内容までは分かりませんが、通話記録を入手することも可能です」

「そんな記録でなにをするんだ」

警察官僚の一人が渋い顔で訊《たず》ねる。

「分かりやすい例えがあります」怜良は質問を発した男を見ながら口を開いた。

「ある日、ある女が、かかりつけの産婦人科に連絡した後、男に電話します。それから、両親に電話をし、後日、式場へ連絡したり、不動産屋に電話をしたとします。この場合、会話の内容が分からなくても、女に何が起きて、男がどんな反応をしたのかを把握することができます。このように、我々は、あらゆるデータを駆使して、対象者に起こっている事象を把握するのです」

怜良の説明に対して、警察官僚は頷《うなず》いたり首を傾《かし》げたりする。しかし、採用されるまでの二ヵ月間、徹底的にリスクヘッジ社の有用性を証明してきたので、反論する者はいなかった。

「我々は今や、アメリカ政府やCIAにはなくてはならない存在であり、テロの容疑者や予備軍の情報収集はもちろんのこと、犯罪捜査にも活動の場を広げ、組織内の内通者やスパイの発見および証拠隠滅も行います。その他にも、社内のリスク管理も徹底しております。一例ですが、リスクヘッジ社の中東支部で情報を持ち出して売ろうとしていた不逞《ふてい》の輩《やから》が三人おりましたが、情報は漏れることなく、しばらくして三つの棺桶《かんおけ》が売れたという話です。その点については、元職員がロシアへ亡命するのを止められなかった組織よりも、我々はシビアに仕事に従事しております」

怜良は含み笑いする。長官は、毒気を抜かれたように椅子に凭《もた》れかかった。

「……ともかく、我々が依頼した仕事をこなし、なおかつ、絶対にこのことを世間に感づかれないようにしてほしい。これが明るみに出た場合、我々だけでなく、お前たちにも相応の制裁が待っているのを忘れるな」

長官の脅《おど》すような声にも、怜良は表情を崩さなかった。

「情報漏洩など万に一つもございませんので、ご安心ください。ただ、我々の本当の業務を知る方は、ここにいらっしゃる十人の皆様だけです。ここから情報が漏れるとは考えておりませんが、くれぐれもご注意ください」

怜良は、顔をしかめる警察官僚一人一人を見る。

「必ず、ご期待に沿える行動をし、満足のいく成果と報告書を提出させていただきます。もちろん、スピーディーに」

そう言って、警察組織の頂上に君臨する彼らに微笑《ほほえ》みかけた。

2

夏の気配を感じさせる五月の風が、海面を撫《な》でて川崎《かわさき》の臨海部に吹き込む。

空気がいいとは言いがたい工業地帯の一画。そこにリスクヘッジ社の社屋はあった。広大な敷地内にそびえ立つ建物は、ガラスを多用した造りになっており、空から降り注ぐ光をプリズムのように反射させている。

周囲を拒絶するような無機質な印象を与えるビルの十三階にある個室で、怜良は資料に集中していた。

ため息をもらした怜良は、こめかみの辺《あた》りを指で揉《も》む。

K庁の組織図と、各都道府県の警察組織との関係、その管理体制はすでに頭の中に入っていたが、再度確認しておきたいことがあった。

デスクの上には、一体型のデスクトップパソコンが設置してあり、その画面には、警察官が過去に起こした不祥事の統計と、今後起こりうると推測される不祥事のパーセンテージがまとめられたデータが映っている。リスクヘッジ社の地下には、巨大な電子関係倉庫があり、ペタバイトという百万ギガバイト分のデータが保管できるため、いつでも欲しい情報が引き出せるようになっていた。

警察組織は理論上、よく考え抜かれた体制だった。警察を監視する監察官も、少ない人員で最大効力を発揮している。それなのに、どうしてこんなにも警察組織の不祥事が絶えないのか。監察官の目が節穴《ふしあな》なのか、それとも、組織自体が不祥事の温床となっていて、手の施《ほどこ》しようがないのか。

怜良は、目を休めるためにパソコンの画面から目を逸《そ》らし、壁に視線を向ける。

リスクヘッジ社がK庁に採用されてから四ヵ月が経《た》っていた。今のところ、実際にもみ消しを断行しなければならないレベルの事案は見つかっていないが、どこか後手《ごて》に回っているような感覚があった。やはり、日本に参入したばかりのリスクヘッジ・ジャパンの体制は、まだまだ十分ではないように思える。

コンコン。扉をノックする音がしたかと思うと、上山翼《うえやまつばさ》が笑みを浮かべながら姿を現し、ずかずかとデスクまで近づいてきた。

「あれ、いまさら警察の組織図なんか見てどうするんですか」

上山が画面を覗《のぞ》き込みつつ訊ねた。手には握力を鍛えるためのハンドグリッパーを持っている。上山は暇さえあれば身体を鍛えている印象があった。

「そういうあなたは、今回の顧客情報に少しでも目を通したの」

「全然読んでません。だって、役目が違いますからね。頭脳部分が怜良さんや町田さんなら、俺はその手足。手足が考えたら不便ですから」

机に腰かけようとする上山を、怜良は睨《にら》みつけることで制止する。上山は仕方なく、壁に寄りかかって大きな欠伸《あくび》をした。

「そんなに根《こん》を詰めなくても、準備は万全じゃないですか。あとは寝て待てばいいんですよ」

「私はオプティミストじゃないの。それと、これ以上ここにいるつもりなら、精神的苦痛を被《こうむ》ったことに対しての訴えを起こすわよ。だから出て行って」

怜良は言い放ったあと、上山の存在を消し去るように画面に集中する。

——不祥事をもみ消す。

リスクヘッジ社に与えられた役目は、非常に危険性が高いことだった。また、組織内の不祥事に目を光らせる監察官には、リスクヘッジ社の本当の目的は伝えられていない。つまり、不正を取り締まる監察官とは業務が対立し、我々の直接の脅威となりえる存在だ。彼らに先回りされた場合、それはK庁、ひいては日本からの撤退を意味した。

そしてそれ以上に、万が一請け負っている仕事内容が世間に漏れてしまえば、リスクヘッジ社はもちろんのこと、雇用主にとっても大打撃となるだろう。もちろん、怜良自身も責任を負わなければならない。

「どうしてそんなに心配を？」上山は怜良の忠告を無視して訊ねる。不可思議だと言わんばかりの表情をしていた。

怜良はため息をつく。

「システムや人材は完璧。あとは、不祥事を察知して動くだけじゃないですか」

「人材が完璧？」怜良は相手を馬鹿にするような声を出す。

「たしかにシステムに関しては、ほぼ想定通りの状態にまで整えているけど、人数不足は明らかよ」

「そうですかね。五十人いれば十分じゃないですか」

「足りないわ。我々はアメリカを地盤とする企業であって、日本では新参者《しんざんもの》。つまり、情報屋などのネットワークや、アンダーグラウンドの人的援助を受けづらいの。諜報企業にとってこれは、憂慮すべき状態よ」そこまで説明した怜良は、がっくりと肩を落とす。

「それで、あなたは何しにここへ来たの」

その言葉に上山は「あっ」と声を漏らす。

「今まで町田さんの執務室にいたんですけど、怜良さんを呼んできてくれって言われていたんでした」

怜良は固定電話に視線を向ける。呼び出される時は、必ず内線電話をかけてくるのに、どうして上山を経由するのか。

「……何を話していたの」怜良は唇を歪めて立ち上がり、ハンガーからジャケットを取った。

「もっと待遇を改善しろとか、楽をさせろとか、仕事の話とかです」

部屋の中を歩きながら冗談っぽく言った上山は、ドアを開けて外に出るように怜良を促す。怜良は不快感を顔に表しながら部屋を出て、町田がいる執務室に向かった。途中、後ろを振り返ると、上山が笑顔で手を振っていた。

重厚な扉をノックして執務室に入った怜良は、十センチほどのアイアンメイデンのミニチュアを眺めている町田を見る。アイアンメイデンとは、中世ヨーロッパにあったとされる拷問具《ごうもんぐ》で、女性をかたどった形をしており、中は空洞だが、前面の扉には釘がいくつもついていて、そこに入れられた人間は、全身を刺されて絶命するというものだ。

「お呼びでしょうか」

意識して声を張った怜良が訊ねても、町田はアイアンメイデンから目を離そうとしない。どことなくうっとりとした表情をしている。執務室には、アイアンメイデンの置物や写真が並んでおり、異様な光景だった。

「やっぱりアイアンメイデンはいいね。存在だけで恐怖心を駆り立てる構造は秀逸だよ。いつか入れるような実物大が欲しいなぁ。あ、でも僕は拷問には否定的だからね。アイアンメイデンは、実際は空想のものを形にしただけで、使われたという記述はないんだ。だから、変態を見るような目を向けるのはやめて」

町田は真面目な顔で言いわけをする。

「……ご用件を聞いてもよろしいでしょうか？」

「おお、そうだったな」

怜良の冷淡な声に対し、町田はミニチュアのアイアンメイデンを撫《な》でるのをやめて、十ページほどの冊子を怜良に手渡す。

「ようやく、対象者が見つかったよ」

怜良は折り目が一切ない真新しい紙を一枚めくる。そこには、正面から真っ直ぐにこちらを見つめている男の写真がカラー印刷されていた。髪を短くしている男は、目が細く、下膨《しもぶく》れで、平安貴族のような印象を受ける容貌《ようぼう》の持ち主だ。写真の下には、簡単なプロフィールが書かれている。

榎本将《えのもとしょう》。都内の大学を卒業後、K県警に入り、現在はY市の交番勤務。二十三歳で、階級は巡査。

次のページには家族構成や勤務評価が一目で分かるようにまとめられていた。

そして、四枚目のページ。そこには、今回榎本が対象者になった理由を裏づけるデータが印刷されている。

「彼の趣味はバイクでね。警察官として得た給料のほとんどをつぎ込んでいたようなんだけど、この前、四台あるバイクの内の二台を手放したそうだよ。調査したら、かなり愛着があった二台で、バイク仲間は不審に思ったらしいね。言ってくれたら、僕の妻を代わりに払い下げ《ディスポーズ》したのに。まぁ、僕には妻はいないけどね」

町田の言葉を聞き流しながら、報告書に目を通す。確かに、榎本はネットを介して、中古車販売会社に二台のバイクを計百五十万円で売っていた。

「彼は他に趣味もないし、バイク以外の散財傾向も見当たらないところを考えると、突発的に金が必要になったと推測するのが妥当だね。しかし、身内が入院したわけでも、大きな買い物をしてローンを組んだ形跡も、突然隕石《いんせき》が彼の家に降ってきて住む場所がなくなったというニュースもない。直近で購入したバイクのローンは残っていたけど、だからって保有しているバイクを売って支払うほどの額じゃない。ということで、ここ十日間、上山君に彼を尾行してもらったんだ」

上山の名前を聞いて、町田と話し合っていた内容はこれかと納得する。しかし、それならばどうして自分にも一報が入らないのか。疎外感というよりも、腹立たしかった。

「あ、怜良ちゃんに話さなかったこと、怒った？」町田は眉を上げて、嬉しそうに言う。

「……いえ、全然」怜良は答えながら、どうしてこの人の下で働いているのかという疑問が湧《わ》いてきた。湧いたと言っても、常日頃から念頭にある疑念だ。

　それと、怜良ちゃん、という呼称で呼ばれるのは気に食わない。何度か進言したのだが、「え？　そうなの」と言うばかりで、一向に修正される様子はなかった。目の前にいる町田はディレクターなので、マネージャーの怜良よりも地位が上だ。しかし、精神的には下だと思っている。

「一応さ、大口先の仕事、怜良ちゃん初めてでしょ？　精査段階から情報を与えすぎて混乱させちゃ可哀想だなと思って……」

「以後、全ての情報開示を求めます。私は今回の顧客のフィールドマネージャーですから」

怜良の責め立てるような声に、町田は急に拗《す》ねたような表情になった。

「オーケー分かったよ。これからは全て怜良ちゃんを通すようにするから。でも、僕は好意でやったんだよ。あ、好意と言っても、LOVE《ラブ》ではないから安心して」

ウインクをした町田は、怜良に近づいてきて、肩に顎《あご》を載っけるように後ろから資料を覗き見る。

「次のページに上山君がまとめた報告書があるよ。それと、写真を見てみて」

怜良は町田から一歩離れながら、資料を繰《く》る。町田は、再び近づいてくる素振りを見せたが、舌打ちをして牽制《けんせい》した。

写真には榎本と、高校生くらいに見える少女が写っていた。角度から考えて、隠し撮りだと思われるが、状況は完璧に収められていた。場所は、人気《ひとけ》のなさそうな遊歩道。背景には手入れが行き届いた木々が写っている。奥行きを考えると、中規模の公園であることが分かった。街灯の明かりが二人を照らしているが、空が暮れなずんでいるので、時間は十六時半から十八時の間だと推測できる。榎本と少女は私服を着ており、榎本の服装は一般的なものだが、少女は高級ブランドで着飾っていた。少女の年齢から考えて、不相応なものであることは間違いない。榎本は両手をポケットに入れ、ふて腐れたような表情をしている。女の手には封筒が握られ、中身を確認していた。写真からでも、一万円札が入っていると判別できる。

「この状況下で推測できることは？」町田がなぜか嬉しそうに訊ねた。

怜良は写真に目の焦点を合わせる。

「援助交際にしては、渡す場所が不自然ですし、榎本の表情が暗く、少女も無愛想……脅されていると考える方が自然ですね。脅しの材料として、このケースでは売春などの違法行為により、弱みを握られている可能性が高いと思います。その場合、少女が持っているバッグのブランドや服装から考えて、今回が一度目ではないですね。親が資産家の大金持ちで甘やかされていると考えられなくもないですが、少女から感じられる品格を考慮すれば、それはないでしょう。これらは、私個人の偏見も入っています」

「うん、まぁ、手始めとしてはこれくらいか。僕も同じ意見だよ」町田は怜良の回答に満足した様子で、アイアンメイデンのミニチュアを掌《てのひら》に載せた。

「まだ証拠はないけど、大方当たっていると思うよ。これから怜良ちゃんには、上山君と一緒に写真に写っている状況の真相を掴《つか》んで、場合によってはもみ消してほしい。警官が女子高生と援助交際して、しかも強請《ゆす》られているなんて、僕がロシアのスペツナズに向かって小便をひっかけるくらいに笑えないからね」

「分かっています」返事をしながら資料を返し、失礼しますと告げて部屋から出ようとする。

「ちょっと待って」町田が慌てたような声で呼びとめた。

「まぁ、そう急がないでさ、世間話でもしよう。ニューヨークと比べて、日本が十三時間も早いからって、焦《あせ》ることはないよ」

怜良は扉の前で身体を反転させる。

「いえ、失礼します。対象者が見つかったのなら、スピーディーに動くのが私のポリシーですから」

ポカンと口を開ける町田に軽くお辞儀をして、部屋を後にした。


廊下を歩いてデスクに戻った怜良は、椅子に座って目頭《めがしら》を指でもむ。日本での初仕事だ。気を引き締めなければならない。

背筋を伸ばした怜良は、スリープ状態になっているパソコンを復帰させ、画面を見た。すると、メールが一件届いていた。

『件名　対象者調査』送り主は町田だ。

『榎本将の調査を行うにあたり、必要な資料を送ります。上山君とペアで行うように。単独行動は厳禁ね！　あと、今度世間話しようよ！』

短い本文のあとに、ファイルが添付されている。素早い対応だなと感心しながら開いてみると、榎本の生活のタイムスケジュールが、十日分表示された。行動パターンから、出会った人の氏名や年齢、出自や職業までが詳細に書かれ、交友関係まで言及されている。ただ、十日という短期間で、しかも榎本はその大半の時間を交番勤務に割いているので、目ぼしい人間との接触は今のところ見つかっていないようだった。

その中で唯一の成果が、先ほど見せられた写真に写っていた少女。毎回思うが、リスクヘッジ社の調査能力は凄《すさ》まじいものがある。それもこれも、常勤や非常勤の〝協力者〟がいるからだが、この仕事をしていると、空恐ろしくなる時があった。現地協力者を上手く取り込む方法は、ＣＩＡ方式だと聞かされていたが、その方式が具体的にどのようなものなのかは教えられていない。

リスクヘッジ社は、四十社以上の情報ブローカーや、身元調査、情報分析企業を吸収していると聞いている。情報収集能力は、怜良の想像を遥《はる》かに超えているだろう。

一度深呼吸をしたあと、資料に集中し、その全てに目を通した。そして、読み終えたのを見計《みはか》らったかのように、上山から内線電話が入り、今後の内偵の予定が告げられた。

怜良はそれを聞きながら、町田から送られてきた資料の中にあった写真を見る。

榎本将を脅していると思われる少女の名前は鈴木《すずき》友香《ともか》。新宿《しんじゆく》区の学校に通う高校二年生だ。

3

町田から榎本将を探れという指示を受けてからの二日間、怜良は鈴木友香の尾行班がもたらした報告書の確認に専念した。

リスクヘッジ社では、尾行などの実務を行う実務部隊《プラクティカル・フォース》、吸い上げた情報を基に作戦を構築する頭脳部隊《ブレイン・フォース》、不測の事態が発生して危機に瀕した場合のみ出動する襲撃部隊《ストライク・フォース》に職掌《しょくしょう》が分かれている。本来であれば頭脳部隊に所属しているマネージャー職の怜良は、今回からフィールドマネージャーという位置づけになったので、実際に現場の実務部隊と行動を共にすることが多くなると予想された。

調査報告書によると、鈴木友香は一切アルバイトの類《たぐい》をしていない。両親は共働きのサラリーマンだが、子供に贅沢《ぜいたく》をさせるほどの資産はないと判明していた。金は、おそらく榎本のような人間から脅し取っているのだろう。ただ、今のところ、鈴木友香は分不相応な買い物をしているというだけで、再び榎本と接触する様子も、他のカモと接触する素振りも見せていなかった。

鈴木友香は同年代の友人と共に買い物をしていることが多く、その友人たちも、かなり羽振りがよかった。生活レベルの調査も同時に行ったが、やはり鈴木友香と同様に、中流以下の家庭の子供だった。

長期間調査を続けさせれば、いずれ全貌が見えてくるだろう。しかし、そんな悠長なことを言ってはいられない。

不祥事をもみ消すための第一原則は、スピードだ。遅くなればなるほど、情報漏洩の危険は増し、不正が明るみに出る確率が上がる。また、今回の顧客は警察だ。その警察組織には、リスクヘッジ社の天敵である監察官がいる。

仲間である警察官を取り締まり、罪を暴《あば》く監察官。彼らは、常に組織内部の不祥事に目を光らせている。当然、発見された者は世間に公表されるため、監察官が先に不祥事を掴んだ場合には、もみ消しは困難になる。

怜良たちリスクヘッジ社は、監察官よりも先に不正に手を染めた者を探し出し、不祥事を隠蔽することが仕事だ。つまり、監察官との対立は避けられない立場であり、リスクヘッジ社が生き残るためには、監察官を出しぬき続けなければならないのだ。

「鈴木友香を含め、同じく強請《ゆす》りで金を稼いでいると考えられる少女は三人」

三日目の朝。町田の執務室で、怜良が説明口調で言った。隣では、左足に重心を置いている上山が欠伸をしている。

「ふむ。それで、分かったことは？」

「今のところ、三人に強請りをするような動きはありませんが、強請りをしていた場合、彼女たちを取りまとめている人間が確実に存在するということです。三人は出身も違えば、通っている高校も別で、接点は調査中です」

「最近はネット経由で知り合いを増やすというケースもあるよ」

町田が口を挟むが、怜良は首を横に振る。

「もちろん、その線も考えられます。しかし、彼女たちに補導歴はなく、教師からの評価もそこそこ良好。そんな人間が束になっても、強請りをするノウハウもなければ、強請りで最大のネックとなるトラブルの対処もできません。つまり……」

「トラブルに対処する用心棒のような人間が、バックにいるということだね。そして、その人間ないし組織が、鈴木友香たちを動かして美人局《つつもたせ》をしている、と。それで、特定はできたの？」

怜良が説明する前に町田が訊ねる。締まりがない顔をしているのに、頭の回転は速いと怜良は思う。

「いいえ、まだです。ただ、鈴木友香たちは必ず資金調達を行うはずです。そこが狙い目だと考えます。当然ですが、全貌が分かるまでは無闇に動きません」

もみ消しを行う際、もし全体の把握に不備があった場合、重大な過失に発展しかねないので、実行には慎重を期す必要があった。

「実は、それなんだけどね……非常に言いにくい事態になってしまったんだ」

先ほどまで陽気な調子だった町田の声のトーンが落ちる。その変化に、怜良は嫌な予感がした。

「長官への定期報告で榎本将のことを話題に出したらさ、早急に対処しろとの命令が下ったんだよ」

「は？」怜良は思わず声を漏らす。

「そ、それって……」

「全体把握をする前に、榎本の件はもみ消せってことだね」

「そんな馬鹿な……反論はしたんですか？　まだ榎本将が脅されているという確固たる証拠もなければ、鈴木友香側の情報収集も不完全ですよ」

怜良の責め立てるような言葉に、町田は力なく首を横に振った。

「怜良ちゃん、今の我々にとって、長官の機嫌を損ねることはガウディのサグラダ・ファミリアを破壊するのと同じで、全てが水泡に帰《き》すことなんだ。天の声には逆らえない」

怜良は一歩詰め寄る。

「ですが、それではもみ消しが行えない可能性もあります。全貌を把握していませんし、そもそも、榎本将が不祥事を起こしていない可能性だってゼロではありません」

「この際、ハッタリでも構わない。榎本が我々の見立てどおりだった場合、鈴木友香との関係を突きつけた後、証拠を持っていると匂わせればストンと落ちるだろう。脅されている側だったら、楽になりたいという気持ちに拍車がかかるからね。全貌解明は、榎本将を処理してからということで」

「お断りします。準備不足でもみ消しを行うのはリスキーですし、身を滅ぼす確率を高めます。今からでもK庁長官にそれを説明してなんとか……」

「決まってしまったんだ。もうすっかりね」

怜良は二の句が継げなくなる。

「榎本の件に関しては、すぐに動くように。これは命令だ」

町田は困ったような顔をしながらも、はっきりとした調子で言った。

怜良はこれ以上反論しても無意味だと悟《さと》り、視線を合わせずに頷いて部屋を出ていった。

4

シンプルな応接室。そこで、榎本将は革張《かわば》りの二人掛けソファーに座っていた。

「榎本さん。我々の業務はご存じですよね？」

怜良に声をかけられた榎本は、伏せていた顔を上げる。先ほどから貧乏揺《びんぼうゆ》すりをしながら、頬《ほお》を伝う冷や汗を掌でしきりに拭《ぬぐ》っていた。

応接室には怜良と榎本の他に、上山の姿もある。上山は腕を組んで扉の前に立ち、逃げ道を塞《ふさ》いでいた。

「い、いったい何なんだよ。急にこんなところに連れてきて」榎本はどもりながらも、虚勢を張るような声を出す。

一時間前。怜良たちは、榎本の交番勤務が終わったところを待ち伏せし、半強制的に車でリスクヘッジ社の一室に連れてきたのだ。

怜良はコホンと咳払《せきばら》いをして、真っ直ぐに榎本の目を見た。

「我々リスクヘッジ社は、組織内で発生する不祥事を未然に防ぐ会社としてK庁に雇われ、現在、全国の警察官を監視しています。その仕事を与えられた我々が、榎本さんを呼んだということは……分かりますよね？」

榎本は喉を鳴らす。

「……なんのことだか分かりませんけど。俺が何をやったって言うんですか」

怜良は冷めた視線を榎本に向けて、唇を動かした。

「逃げることはできませんよ。あなたは、少女と淫行《いんこう》して、それで金銭を要求されてますね？」

単刀直入な怜良の言葉に、榎本は息苦しそうに顔を歪める。

「お……俺は……」榎本は金魚のように口をパクパクと動かし、瞬《まばた》きを繰り返す。

「……俺は、そ、そんなことやってませんよ。証拠はあるんですか。そもそも民間企業ごときが何の権限があって……」

「リスクヘッジ社は、K庁から権限を与えられていますし、あなたの行為も把握済みです」

榎本の言葉を怜良が強い語調で遮《さえぎ》る。

「我々は、榎本さんに関しての証拠を揃えました。どうぞ、ご覧になってください」

そう言うと、厚さのあるレポートを差し出した。恐る恐るといった様子で受け取った榎本は、ページをめくり、顔を青くする。

「そのレポートには、榎本さんの経歴から家族構成、交友関係や趣味嗜好《しこう》といった多岐にわたる調査結果が書かれています。どうぞ、五ページ目をご覧ください」

怜良の指示に従順に従った榎本は、目を見開いた。そこには、美人局をして脅している相手の素性が記載され、写真も貼られている。榎本が封筒に入った金を公園で渡している写真だった。

「榎本さんから金銭を強請っている女性の名前は、鈴木友香。都内の高校に通う十七歳です」

「俺が、その……この女と関係しているって証拠は持っているんですか？」榎本は写真を凝視しながら弱々しい声で訊ねる。

「もちろんです。鈴木友香が強請りのネタに使っていた写真も持っています。ご覧になりますか？」

「いや……やめてくれ」榎本は辛そうに顔を歪めて断ったので、怜良は覚《さと》られない程度にほっと息を吐く。

「それでは、もう一度お訊ねします。淫行をして脅されているのは、間違いありませんね？」

榎本がうな垂れるように頷くのを見た怜良は、表情を和《やわ》らげる。

「榎本さん。素直というのは美徳です。そこで、一つ、ご提案があります」

怜良の声は、保険会社のセールスマンのような親身な調子になっていた。

「リスクヘッジ社が請負っている業務は、全国の警察官の不正防止と、不祥事の発見にあります。そして、今回、我々は榎本さんのあってはならない事態を把握しました。あとは報告書をまとめ、雇用主に提出するだけです。しかし我々はここで、榎本さんに二つの未来を提示することができます」

「……二つの未来？」榎本は怪訝《けげん》な面持ちになる。

穏やかな顔をした怜良は、人差し指を立てた。

「まず一つ。これは想像通りのことで、快楽目的で淫行をした榎本さんは警察官を辞めさせられます。今回の行為は淫行条例違反になりますので、当然法的な制裁を受ける事案です。ご両親がそれを知ったら、どうなるでしょうね」

含みを持たせるような言い方をした怜良の言葉に、榎本は顔を引きつらせる。

「当然、淫行をしたことは公表されますので、周囲の友人知人にも知られることになります」

痛ましげな表情を作った怜良は、榎本の顔色が悪くなっているのを確かめつつ、中指を立てて目を細めた。

「ただ、もう一つ道があります。この未来を選択すれば、榎本さんは懲戒処分を受けず、依願退職するだけで済みます」

「……依願退職、するだけ？」

虚《うつ》ろな目をしながら、榎本が繰り返す。

「はい。つまり、青少年との淫行の罪には問われなくなりますので、組織側からの懲戒処分もありません。純粋な自己都合の、依願退職です。この方法ならば不祥事を周囲に覚られる心配もありませんので、社会的信用も失墜せず、警察官を辞めたあとは、安心して再就職できます」

「そ、そんなこと……」

「我々にはできます。約束さえ守っていただければですが」怜良は力強い声を出す。

「約束、ですか？」

榎本はすがるような声で訊ねる。怜良は口角をあげた。

「はい。絶対に、今回の自分の過《あやま》ちを誰にも話さず、墓場まで持っていくこと。そして、我々が榎本さんを救ったことを他言《たごん》しないこと」

「そ、それだけですか」

「はい。それだけです。決して難しいことではないと思います。おこがましいようですが、榎本さんの名誉を守るためには、この方法がベストかと考えます」

榎本は怜良の説明を聞きながら、こめかみに手を当てる。

「奇妙な提案だと思いますか？」

その質問に榎本は素直に頷くと、怜良は柔和《にゅうわ》な笑みを浮かべる。

「そうでしょうね。我々リスクヘッジ社は、不正の防止や発見の業務委託を受けています。しかし、全てを断罪しようと考えているわけではありません。情状酌量《しゃくりょう》の余地のある方には、穏便な対応をするようにK庁から言われております。榎本さんは、己の罪を世間に公表する方を選びますか」

その問いに、榎本はあたふたしながら首を横に振った。

「ま、守ります……絶対に今回のことは誰にも言いません！　あ、ありがとうございます！」

榎本は頭を下げる。

満足のいく言葉を聞けた怜良はゆっくりと頷いた。

「かしこまりました。賢明なご判断です。我々リスクヘッジ社は、全力で榎本さんの社会的信用を保護します。では、簡単な書類手続きに入りましょう。こういったことは、スピーディーが一番ですので」

淀みなく喋《しゃべ》る怜良が差し出した書類には『機密保持同意書』と書かれている。それを、榎本は恐る恐るといった調子で受け取った。

——本当に、いいのだろうか。

榎本の顔に、一瞬だけ躊躇《ちゅうちょ》のような影がよぎったのを怜良は見逃さなかったが、その後、一心不乱に同意書の文字に目を通す榎本には、迷いが感じられなかった。

あなたには、これしか選択肢は残されていないの。

怜良は笑みを顔に貼りつけたまま、心の中でそう呟《つぶや》いた。

5

出版社最大手である時代社《じだいしゃ》の二十三階にある編集部。そこで鮎川譲《あゆかわゆずる》は、自分が書いた週刊誌の文章を眺めながら頰を緩ませ、腹を擦《さす》っていた。不摂生《ふせっせい》がたたり、最近腹が少し出ていた。おそらく、二年前に着た喪服は入らなくなっているだろう。

『K庁監察官　接待漬《づ》けの真相と痴態《ちたい》』

鮎川は自分で書いた雑誌の記事を、愛《いと》おしそうに指でなぞる。

「なんだ、ニタニタと笑いやがって」

週刊ジダイの編集長である有田《ありた》が、頭をボリボリと掻《か》きながら鮎川に声をかけてきた。

鮎川は、チョウチンアンコウに似た有田の顔に視線を向ける。その無精髭《ぶしょうひげ》は、頭髪よりも存在感があり、ときどき顔がひっくり返っているのではないかと感じてしまうと冗談で言ったことがあるが、あながち冗談とも言い切れないところがあった。

鮎川は自信の漲《みなぎ》った表情を向ける。

「だって、ここまで世論を動かしたんですよ」

その言葉を受けた有田は、下唇を突き出し、余計にチョウチンアンコウらしくなる。これが、有田が人の意見に同意する時の癖だった。

「まぁ、俺は売れりゃあ世論もクソも関係ない。綺麗事はかみさんの次に嫌いなんだ」

有田の頑丈《がんじょう》そうな歯が覗く。鮎川も基本的には、その意見に賛成だった。

「もちろんそうですとも。別に慈善事業でやってるわけじゃないですからね。警察の不祥事をすっぱ抜いて、そのことを契機にK庁が対策を施したってことが重要なんです。記事が世論を動かせば、火種となった雑誌の売上も自然と上がっていくんですよ」

「ふん、知ったような口をきくんじゃねぇ。悪寒《おかん》がするじゃねぇか」

有田はそう言いながら、本当にブルリと身体《からだ》を震わせる。

「でも、実際本当のことでしょう？」

「……まぁな。店頭から雑誌は消えて、反響もかなりあった。なかなか上手いところを突いたよ」

「これで給料が上がれば文句なしなんですがね」

「もう一度同じくらいのネタを持ってきたら考えてやる」

有田は面倒臭そうに言い放つ。

「その言葉、絶対ですよ」鮎川は念を押した後、再び記事に視線を落とした。

群馬《ぐんま》県の温泉街で発覚した監察官の不祥事は、まるで油田にマッチを放ったかのように一気に炎上し、瞬《また》く間に世間を騒がせる事態に発展した。

警察官を監視して不正を暴くはずの監察官が、C県警の度重なる接待を受けて査察を甘くしているという噂は前から耳に入っていたが、それが今回、白日《はくじつ》の下にさらされることとなった。

その功績者が、鮎川だった。鮎川は、目をつけていた監察官である嘉藤洋平《かとうようへい》を尾行し続け、やっと尻尾《しっぽ》を掴むことに成功。情報屋から嘉藤が怪しいというネタを入手してから、尾行は実に一年に及んだ。

成果が表れたのが約半年前。

鮎川が証拠を押さえるために、群馬県の温泉街に逗留していた嘉藤の動向を探っていたところ、C県警本部の人間が数人姿を現し、過剰とも言える接待が繰り広げられた。その中には、コンパニオンとの淫《みだ》らな振る舞いもあり、監察官の痴態が写真にしっかりと収められている。

鮎川は、コンパニオンの一人に小型カメラを持たせ、成功報酬をチラつかせて盗み撮りをするよう買収したのだ。そして、ピューリッツァー賞に下劣部門があれば受賞間違いなしと思われる写真は、予想以上に世間を騒がせた。その後、警察の内部調査により、接待が税金で賄《まかな》われていたことが明るみに出るやいなや、増税などで鬱憤《うっぷん》の溜まりきった国民の反感が、一斉に警察組織に向けられた。

完膚《かんぷ》なきまでに叩きのめされた警察は、荒れ狂う民意を抑え込むため、K庁主導のもと、アメリカで発展を続けるリスクヘッジ社という会社を急遽《きゅうきょ》採用。

リスクヘッジ社は、アメリカ政府にも出入りしている企業で、監視や情報収集を専門としており、日本ではほとんど存在を知られていなかった。しかし、アメリカ政府の後押しもあり、保守的な日本政府も承認したという経緯《いきさつ》だ。

元々、アメリカ政府が歓迎している日本の国家安全保障会議、通称、日本版ＮＳＣの体制を整えるため、機密情報の多い警察組織の監査や情報管理を強化させなければならないという主張が二年前から起こっていた。これは、警察内部の機密情報を守る目的と、情報集約能力のレベルアップという二つの狙いがあり、素案もまとめられていたのだが、なかなか進展しなかった。しかし、そんな折に監察官の不祥事が発覚したので、監察官を監視する組織が必要だという議論が起き、鮎川の記事から起こった批判に後押しされるような形で、リスクヘッジ社が警察組織を監視するという法案が提出され、スピード可決となった。

その行動の速さに鮎川は少し違和感を覚えていたが、何はともあれ、晴れて警察組織を民間企業が監視するという体制が完成したのだ。

「給料の話、覚えておいてくださいね」

椅子から立ち上がった鮎川は有田にそう言うと、リュックサックにノートパソコンなどの仕事道具を入れ、デスクに座る他の同僚を尻目に、ゆっくりとした足取りで編集部を後にした。

会社を出た鮎川は、電車を乗り継いで上野《うえの》駅で降りる。会社が文京区《ぶんきょう》にあるので、電車で三十分ほどの距離だった。

近代的で整然とした駅前を抜け、雑多な雰囲気のアメヤ横丁へと足を踏み入れた。周囲から聞こえてくる声も、駅前のものとは違って乱暴なものが多い。鮎川は何度かインドネシアを旅したことがあるが、統一感のなさがどこか似ているといつも思う。

屋台の呼び込みが響く通りを抜けた鮎川は、高架下にあるミリタリーショップに入った。陰鬱《いんうつ》な印象の店内は、電気もほとんどついていないため、商品もよく見えず、店の奥では目を凝《こ》らさなければ人の顔形《かおかたち》も把握できないほどだ。

軍服やミリタリーブーツ、エアガン、果ては各国のポリスグッズまでもが乱雑に置かれ、埃《ほこり》っぽく、壁紙が剝《は》がれている所もある。もともと店主はここを趣味で開いているので、買わせようという意思は微塵《みじん》もないのだろう。

鮎川は、店の奥に置かれた椅子に座っているリテルを見た。ペーパーバックを読んでいたリテルは、店の隅を一瞥《いちべつ》してから、すぐに読書を再開する。

リテルは外見が欧米人であり、立派な髭を蓄《たくわ》え、身長は百九十センチ以上、体軀《たいく》もがっしりとしている。しかし、表情は常に柔和で、人に警戒心を抱かせない雰囲気の持ち主だった。

鮎川は、店の隅に置いてある汚れたミリタリーブーツの中に手を入れて、フラッシユメモリーを抜き取ると、代わりに依頼料の残りの半金が入った封筒を入れる。そして、そのまま何食わぬ顔をして店を出た。これが、いつものやり取りだった。

鮎川は、チノパンのポケットにフラッシュメモリーを捻《ね》じ込み、来た道を辿《たど》るように駅に向かう。平日の昼間だというのに、アメヤ横丁は買い物客でごった返していた。過ごしやすい五月の気候のせいか、薄着の人が散見される。鮎川は、女性の露出した肌を目で追いつつ、よく利用する喫茶店に入った。

店内の席は六割ほど埋まっていたが、壁際の席が空いていたので、真っ直ぐに席に向かう。そして、店員にコーヒーを注文した後、フラッシュメモリーをポケットから取り出した。

情報屋の一人であるリテルは、欧米の情報に詳しい。アメリカ資本の企業の不祥事のことを調べている時に、情報収集を依頼したことが何度かあった。リテルの正体は今も分からないが、なんでも、昔は有名なコラムニストだったらしく、その実績から、各国の大使館のパーティーにも呼ばれることが多いようだ。そういった立場なので、交友関係も広く、取材と称すれば、際どいことも話してくれるとリテルは笑っていた。また、警察の事情にも妙に詳しい。情報料も十万から五十万円と比較的安いため、リテルを使う頻度は高い。情報屋の中には、百万単位の金が必要になる者もいるのでありがたかった。

情報料は経費で落ちることもあるが、ものによっては社内申請が通らないのでポケットマネーでの支払いもある。しかし、鮎川は仕事が好きだったので、こういった手法は苦痛ではなかった。

リュックサックからノートパソコンを取り出した鮎川は、先ほどリテルから受け取ったフラッシュメモリーを差し込み、ファイルを展開する。

鮎川の席は背後が壁になっているため、誰かに見られるという心配もない。

パソコン画面に七個のファイルが表示され、順番に一つ一つをクリックしていく。ファイルを開くと、だいたいが英文で書かれた記事だったが、リテルが和訳をつけてくれていたので、英語が苦手な鮎川は助かった。

記事は、どれもアメリカにあるリスクヘッジ社のグレーな疑惑を事実であるかのように書いていたが、証拠を押さえているわけではなく、信憑性《しんぴょうせい》に乏しかった。

七つ目のファイルは、リテル自身が数人の協力者から聞いた内容をまとめた文書だった。そこには、リスクヘッジ社はNSAやCIAに協力し、情報収集や監視、盗聴などを、法律に抵触するスレスレでやっていると書かれていた。

報告書によると、リスクヘッジ社はアメリカでは諜報企業と位置づけられているらしい。

鮎川は店員が運んできたコーヒーを一口飲んで、煙草に火をつけ、目を瞬かせる。

先を読み進めていくと、鮎川が一番欲していた内容に辿り着く。リスクヘッジ社の日本法人、リスクヘッジ・ジャパンの組織図。

リスクヘッジ・ジャパンの所在地は、川崎の臨海部にある工業地帯の一画だった。以前は自動車部品を作る工場だったが、工場閉鎖後、リスクヘッジ社が買収。一度更地《さらち》にしたのちに、社屋を新築したらしい。

従業員は五十名弱で少なく感じるが、リテルの注釈によれば、従業員とは別に、何らかの臨時職員を雇っているようだ。また、様々な情報収集能力を有しており、その全貌を把握するのは難しいとも書かれている。

責任者は、ロス・キャンベル。彼はアメリカ本社の最高責任者でもあるが、表向きの経歴は捏造《ねつぞう》されたものではないかと言われるほど、黒い噂の絶えない人物だった。

キャンベルは日本にはおらず、日本法人の実質的な責任者は町田真次、K庁窓口として、近衛怜良の名前が続く。

画面をスクロールしていった鮎川は、眉間《みけん》に皺《しわ》を寄せる。

町田真次、経歴不明、調査中。

近衛怜良、経歴不明、調査中。

二人の情報は全くなく、リテルの情報網を以《もっ》てしても明らかにできないとなると、経歴を入念に抹消《まっしょう》した可能性が高い。

鮎川は首の骨を鳴らしたのち、再び町田真次と近衛怜良の写真を眺める。

剽軽《ひょうきん》な上司に、厳しすぎて孤立ぎみのキャリアウーマン。容姿だけみれば、そんな印象だ。しかし、リスクヘッジ社は普通の会社ではない。表向きは危機管理を謳《うた》っているが、明らかに胡散臭《うさんくさ》い。取材の価値は十分にあるだろう。

ただ、鮎川が現在追っているのは、リスクヘッジ社のことだけではなかった。

元々、リスクヘッジ社のことは本命を追っていて発見したという副次的なものでしかなく、鮎川は今も、監察官だった嘉藤洋平の不祥事を主眼に置いている。

鮎川が過剰な接待を記事にしたことで、不祥事の騒動は終息しているのだが、どうしても引っかかる部分があった。それが何なのか具体的に挙げられるわけではなかったが、自分が何らかの大きな流れに巻き込まれているような感覚をあの時覚えたのだ。

鮎川は冷たくなったコーヒーをすすり、頭の中で作戦を練った。

翌日、霞が関の庁舎の前で張り込みをしていた鮎川は、目的の人物が一人で建物から出てきたのを確認すると、小走りで近づいていった。

「和久井《わくい》さん、お久しぶりです」

鮎川に視線を合わせた和久井勝也《かつや》は、忌々《いまいま》しそうに口元を歪めた。

「……久しぶりもなにも、ついこの前もつきまとってきただろ」

吐き捨てるような声にも、鮎川はまったく動じない。

「そんなぁ、つきまとったなんて人聞きが悪いですよ。月例監査ですか？　それとも特別監査？　大変ですねぇ。監察官の不祥事以来、和久井さんのような偉い方も警察署の監査に同行するようになったんですから。それで、何かあったんですか」

和久井は質問に答えようとはせず、一定のペースで歩き続けている。月例監査とは定期的に実施される通常監査で、それに対して特別監査とは、内部告発などの情報提供があった場合に例外的に行うものだった。

和久井が所属するＫ庁長官官房人事課の監察は二十二人、地方機関である管区警察局の監察は百二十六人体制で、それぞれが与えられた役割を担っている。

鮎川が監察官である和久井と顔見知りになったのは、嘉藤洋平の不祥事を暴いたころだった。監察官の不祥事が発覚した時、全貌を解明するために動いていたのが和久井だったので、鮎川は常につきまとって情報収集をしていたのだ。以来、ネタ探しのために顔を繋《つな》いでいた。

「今日は何の用だ？」面倒そうな声だったが、決して拒絶しているというふうではない。

「実はですね。面白いネタがあるんですよ」鮎川は周辺の状況を確認し、人がいないことを把握してから言った。

「面白いネタ？」

「監察官の天敵、リスクヘッジ社のネタです」

その言葉を聞いた和久井は、明らかに表情を強張《こわば》らせた。

「……何度も言うが、私がお前に渡す情報はないぞ」

「そんなことはいいんですよ。これは好きでやっていることですから」

笑顔の鮎川に対し、和久井は仏頂面《ぶっちょうづら》を貫いていた。

「どこで話すんだ。本当に時間がないんだ」

「手短《てみじか》に終わらせます。とりあえず、車の中で話すのはどうでしょう？」

鮎川はそう言うと、近くに停めてある自分の車に案内し、鮎川は運転席に、和久井は後部座席に座った。外界の音から遮断された空間に入ったことで、軽い耳鳴りがする。

「さっそくですが和久井さん、リスクヘッジ社をどう思われます？」

「……お前、リスクヘッジ社を追っているのか？」

鮎川の質問には答えないで、和久井は詰問《きつもん》するような声で返した。

「いえいえ、ちょっと本筋を当たっていて、引っかかっただけです」

「……何か分かったのか？」

低い声で訊ねる和久井の顔を、バックミラーで確認した。情報を渇望《かつぼう》しているような、ぎらついた目をしている。

これはいけるだろうと、鮎川は確信した。

「まぁまぁ、そう焦らないでくださいよ。まだ確定情報ではないですから、世間話程度に聞いてくださいね」軽い調子で鮎川は前置きをする。

「リスクヘッジ社は、諜報企業としてアメリカで成長を遂げて、政府や警察組織から信頼を勝ち取ったのは事実らしいんですがね、何でも、一般に公開されていない仕事も請け負っているという噂ですよ」

「公開されていない仕事？　何だそれは」

「それは目下、調査中です」

「情報の出どころは？」

「それもちょっと……企業秘密ということで」

鮎川の笑みに対し、和久井は不満そうにため息をつく。

「あ、でも、全くのデタラメってわけでもないですからね。また今度、入手したネタを持ってきますよ。それともう一つ」

鮎川は声のトーンを少しだけ落とす。

「先日、最新の警察退職者リストを入手したんですけど、その中に、妙な男がいるんですよ」

その言葉に、和久井は目を細める。

「どうしてお前が、退職者リストを入手できるんだ」

「うちの編集長が懇意にしているエスからの提供です」

「エス……警察の内通者か？」和久井の声に凄味《すごみ》が増す。

鮎川は誤魔化そうとも思ったが、得策ではないと考え直した。

「えっと、うちの編集長のエスですから、詳しくは知りませんがね。退職者が出たら、そのリストをすぐにくれるらしいんですよ。情報は鮮度が命ですからね」

「どうして退職者リストを入手する必要があるんだ」

「それはですね」鮎川は咳払いをする。「辞める人の中には、不祥事を隠蔽するために辞めさせられた人間もいるはずなんです。編集長は、そういった人間からまだ世間に露見していない情報を入手して記事にすることで、今の地位まで上り詰めたんですよ。それでときどき、自分もネタを貰うんです」

説明を聞いた和久井は苦々しい表情になった。鮎川は続ける。

「本題に戻りますが、編集長から貰った退職者情報の中に、榎本将という男がいまして、どうも妙なんです」

「何がだ？」

「巡査の榎本はY市の交番勤務で、先日依願退職しているんですよ。年齢は二十三歳」

和久井は鼻を鳴らす。

「そのくらいの年齢で辞めていく奴《やつ》はごまんといるぞ。水が合わないとかでな」

「そうかもしれませんが、榎本は仕事熱心な男で、素行も特に問題なし。職場関係も良好で、辞職は寝耳に水のことだったそうですよ」

「……もう調べたのか」

和久井の言葉に、鮎川はニヤリと笑う。

「ちょっと引っかかったんで。それで、榎本の同僚に聞き込みをしていたら、榎本が辞める前に、リスクヘッジ社のモニタリングが入ったようなんですよ」

和久井は目を見開く。モニタリングとはリスクヘッジ社が定めた制度で、ランダムに警察職員を選び出し、職場環境などを聞いて不祥事を未然に防ぐという触れ込みだった。

「なにかあるなと思って榎本に話を聞きに行ったんですが、全く話をしようとしないんです。それどころか、途中から行方不明になってしまって」

「行方不明だと？」

穏やかではない話に、和久井の表情に緊張が走る。

「ええ。たぶん雲隠れしただけだと思いますけど、これは臭いなと思いましてね。リスクヘッジ社と何らかの関係があるんじゃないかって。そこでです」

鮎川はポケットから煙草を取り出して、口に咥《くわ》える。

「ご提案なんですが、呉越同舟《ごえつどうしゅう》ってことで協力態勢を取りませんか？」

「…………」

慎重な様子の和久井は、真意を見定めるような鋭い視線を向けてきた。

鮎川は短い笑い声を上げる。

「警戒しないでください。別に大それたことではないですよ。俺と和久井さんで、リスクヘッジ社の闇を暴くために力を合わせるだけですって。もちろんオフレコですから、協力していることは誰にも漏らしません」

その言葉に、和久井は考え込むように目を瞑《つむ》った。

鮎川はバックミラー越しにその様子を確認する。決して悪い話ではないだろう。監察官の敵であるリスクヘッジ社の秘密を暴くということならば、和久井にもメリットはある。しかし、即答できない気持ちも分からなくはない。監察官VS.《バーサス》リスクヘッジ社という構図を作った発端が、監察官の不祥事をすっぱ抜いた鮎川だからだ。協力態勢といっても、いわば、敵と組むことになる。ただ、敵の敵は味方という言葉があるように、鮎川はこの提案に自信があった。

やがて、和久井は目を開ける。

「……考えておく」

「分かりました」鮎川は頷き、名刺を一枚差し出した。

「もしその気になったら、ここに電話をください」

名刺を受取った和久井は、車から降りて、一度も振り返らずに去っていってしまった。

その後ろ姿を、咥えこんでいた煙草に火をつけた鮎川はじっと見つめていた。

6

リスクヘッジ社のオフィスで怜良がデータ解析の一覧に目を通していた時、実務部隊の監視班から連絡が入った。鈴木友香たちが集まって、渋谷《しぶや》区にあるクラブに入ったらしい。

「俺の勘では、あの子たち、今夜あたり黒幕に会いますよ。狙い撃ちで接触を試みますが、怜良さんはどうします？」

上山の一言で、早期に決着をつけたかった怜良も同行することを決めた。黒幕との接触時期に関しては、怜良も同意見だった。

上山は何も、感覚で提案したわけではない。監視班には、少女たちの尾行をしながら、散財具合をチェックさせ、買い物で使った金額をグラフにまとめて報告させていた。

一見したら価値を見いだせない行動でも、数値にすることによって見えてくるものもある。

グラフから、どの少女も一様に購入スピードが鈍ってきていることがわかった。偶然という可能性もあるが、リスクヘッジ社はデータを駆使し、些細《ささい》な変化に敏感に反応することが仕事だ。

ここから読み取れることは至極単純で、少女たちの手持ちの残金が減っているのだ。

また、あぶく銭は身につかないと言われているが、これは理に適《かな》っている言葉だ。苦労しないで得た金や、不正に近い方法で得た金は、散財する傾向にある。だからこそ、金の動きを分析することは、非常に価値のあることだった。

上山は支払い金額の減り具合を勘案し、決断をしたのだ。

同行することを決めた怜良は、いつものスーツを脱ぎ、服もそれらしいものに着替え、車で渋谷区に向かっていた。

「スーツも好みですけど、そういった服装も似合いますね」

助手席に座っている上山は、横目で怜良を見ながら褒《ほ》める。黒いスキニージーンズと、細身で首回りが大きく開いたTシャツを着て、その上にラメが入ったロングカーディガンを羽織っている。また、顔には、厚くて大きい黒縁《くろぶち》の眼鏡をかけていた。二十代も半ばを過ぎた年齢なので、場所柄何の変哲もない人物をアピールするにはこれで十分だった。

上山は、白いシャツの上にブラウンのレザージャケットを着て、ジーンズを穿《は》いている。上山のコンセプトは、目立たないというよりも、裏の顔を持っていそうな人間を演出するものなので、シルバーアクセサリーなどの小物にも気を配っていた。

ペットボトルのミネラルウォーターを一口飲んだ上山が口を開く。

「報告書にも書いていますが、鈴木友香たちは、先週の土曜日も、これから潜入するクラブで遊んでいます」

「十七歳のくせに酒を飲んでいるという報告だけは読んだわ。あと、馬鹿女っていうレッテルが額に貼られているということも」

怜良の言葉に上機嫌になった上山は頷く。

「鈴木友香たちは、ひたすらクラブで酒を飲み、意味のない会話をして、その合間合間に携帯電話をチェックしていました。監視の目は俺だけでしたけど、あまり大きくはない店なので、漏れはないです。何か動きがあるかと期待してたんですが、結局、何も起こらなかった」

「携帯をチェックしていたのは、現代人の〝携帯電話を手放せない病〟？　それとも、誰かの連絡を待っていた？」

「後者ですよ」

「根拠は？」

「三人の少女は、頻繁に店の出入り口に視線を向けていました。誰かを待っていたんだと思います」

怜良はその理屈に一応納得する。

「誰を待っていたと思う？」

「たぶん、彼女たちを動かしている黒幕ですね。あの年齢の少女たちと一度に会うのなら、倫理観の欠如した個人経営のクラブが一番です。もちろん、黒幕が資金力のある組織の人間だったら、もっとマシな場所を用意するでしょうけど」

そう言った上山は、自分の言葉に笑う。何がおかしいのか、怜良には皆目見当がつかなかった。

「彼女たちの待ち人が来なかったのは分かったけど、店側に聞き込みはしたの？」

怜良が訊ねると、笑いを抑えた上山は首を横に振る。

「とりあえず店内の様子を観察したあと、バーテンと他愛のない会話をして帰りました。万が一、黒幕が我々の存在に気づいていて店に近づかなかった場合のことを考えれば、動くのはまずいですから」

「そうね。でも、お偉方の横槍が入ったせいで、私たちは全貌を掌握していない不十分な状態で榎本将を処理したことを忘れないで。ともかくスピーディーに全体像を解明して、必要だと思うもの全てをもみ消すの」

怜良は苛立《いらだ》たしげに言いながらハンドルを右に切り、コインパーキングに入る。ここから目的の店までは徒歩で行ける距離だった。

上山は先に車を降り、背伸びをする。

「先に行ってます」ウインクをした上山は、手を振りながら店の方向へと歩いていって姿を消した。

無言で後ろ姿を目で追った怜良は、これから一時間、車内で時間を潰《つぶ》すことになる。上山とは赤の他人として店に入る計画だった。

時刻は十九時。

黒幕を見失った場合を考えて、数人の監視班を店の周辺に配置していた。あとは、黒幕が現れるのを待ち、上山がうまく接触すれば問題ない。

目を閉じた怜良は、黒幕の姿を想像する。

少女を使って美人局《つつもたせ》をさせ、私腹を肥やし、警察の目を逃れている人物。それを個人で行う場合の第一条件は、少女たちに慕《した》われること。組織の場合は、少女たちの統制を取ること。

おそらく、黒幕が個人だった場合は比較的高い水準の教育を受けており、人当たりがよく、目鼻立ちのくっきりとした、一見して清潔感のある男。ただ、この種の人間は、生まれ持った顔の造形がよくても、汚さが内から滲み出てしまい、それが陰になる。

分別の定まっていない女は、その陰に惹《ひ》かれやすいのだ。


上山が店に向かってから一時間後、怜良は鈴木友香がいる店の前に立っていた。

店は地下一階にあり、掃除が行き届いていない階段が下へと続いている。左右の壁はコンクリート打ちっぱなしで、張り紙が無造作に貼られていた。

怜良は、スキニージーンズのポケットに手を当て、薄型の携帯電話があるかどうかを再確認する。

上山の事前調査では、電波は良好で、携帯電話は問題なく使えるということだった。そのため、万が一ターゲットに計画を覚られた場合、監視班に状況を知らせて強硬手段に移行することも可能だ。

階段を降りた怜良は、一度深呼吸をしてドアを開け、店の中へと入った。

店内は予想通り薄暗かったが、クラブというわりには音楽も小さく、フロア部分も狭い。踊る場所というよりも、飲食を楽しむ場という印象のほうが強く、適度に狭い店内は、売春や麻薬の売買といった非合法な活動もしやすそうな環境だった。

怜良は視線をさり気なく室内に巡らせ、上山のいる位置と、鈴木友香たちを確認する。

上山は店の奥のカウンターにおり、鈴木友香たちは上山の背後にあるボックス席に陣取っていた。

怜良は、予定通り出入り口に一番近いカウンター席に腰かけ、ナッツとビールを注文する。

眠たそうな目をしている三十代前半のバーテンは、怜良を一瞥したあと、面倒そうにビールをコップに注《つ》ぎ、コースターの上に置いた。

「初めてですか？」

「そうよ」怜良は正直に答える。

バーテンは一瞬だけ探るような目つきになったが、無害だと判断したのか、すぐに警戒を解いたようだ。怜良の前に皿に入ったナッツを出す。

「ごゆっくり」そう言い残すと、別の客の注文を取りに去っていった。

怜良に、疑われる要素はない。

バーテンから見て、怜良はメディアに踊らされやすく、流行《はや》りを追いかけることに熱を上げる、どこにでもいる女性なのだ。リスクヘッジ社は、服飾コーディネーターを雇っており、時と場所、場合に応じて服装などを使い分けていた。たとえば、記憶に残りにくい人物になりたいと言えば、たちまち作り上げてくれる。これは単純で、世の中の流行を取り入れれば、街中には同じような服装の人が多くいるため、注目されにくくなるといった具合だ。

やろうと思えば、同一人物を作り出すこともできた。

もちろん、それだけではない。リスクヘッジ社の社員は、表情を作る訓練も受けており、顔面筋《がんめんきん》を緩めたり、目の開き方を変えて、相手に思い通りの人物像を印象づけることも可能だった。怜良がリスクヘッジ社で変装技術を学んだ時、教官はＣＩＡの元エージェントで、講義は予想以上に本格的な講習だったため、スパイ養成所にでも通っている心持ちがしたものだ。

グラスの外側の結露《けつろ》を指でなぞりつつ、怜良は鈴木友香の姿を何気なく見る。胸のあたりまでを露《あら》わにした大人っぽい服装をして、厚化粧をしているが、やはり若さは隠しきれず、幼い印象だった。

あどけなさの残る少女たちの中に、男が一人座っている。あいつが黒幕か。

世の中の全てを嘲笑《ちょうしょう》するような笑みを浮かべる男から視線を外した怜良は、ナッツを一つまみ、口に放り込んだ。

『監視対象者に男が接触』

上山から、携帯電話のメールで短い文章が送られてきたのは、怜良が店に入る二十分前のことだった。

あの男が、鈴木友香たちに美人局をさせているという証拠を押さえれば、全体の把握は容易《たやす》くなる。そうなれば加害者側を一掃し、もみ消しは完了だ。

ともかく、男を背にして座っている上山の動きを静観しようと思い、ビールを飲むふりをして、少しだけ床に捨て、不自然ではない量まで減らす。怜良はアルコールが嫌いだったので、口をつけたくなかったし、車の運転にも支障が出る。

「おい、ビールをくれ。ハイネケンだ」

上山の声が、怜良の鼓膜《こまく》を震わせた。いつもよりも険《けん》のある声色《こわいろ》で、服装も相まってガラの悪い人物を演じきっている。

バーテンが上山に近づき、空になったロックグラスを下げ、三百三十ミリリットルのハイネケンの瓶《びん》ビールを置く。

上山が一瞬怜良を見て、すぐに目を逸らした。なにか行動を起こすという合図だろうか。怜良は視線を外しつつ、動向を見逃さないよう意識する。

日本に来て上山と仕事をするようになったのが二年前。その間に上山の能力は聞いていたものの、その仕事ぶりを直接見たことがなかったので、何をするのか多少興味があった。

今回の目的は、黒幕との接触。そして、美人局をしているか否かの探りを入れること。

もちろん、接触にはリスクがあり、そんなリスクを負わなくても黒幕が現れさえすれば、その後の尾行でクロかシロかの判断はできる。ただ、男の出現から、尾行によって証拠を掴むまでには相応の時間を必要とするため、今回のケースでは得策ではない。

それを知ってか知らでか、今回の判断は上山が町田に申し出たものだった。

上山は瓶に口をつけて半分ほどを一気に飲んでからカウンターに置き、ハイネケンのビールコースターを手に取った。それを、おもむろに破り出す。

無言の上山は、破ったコースターの表と裏を確認した後、舌打ちをしてからカウンターに置き、バーカウンターの内側にまとめてあるコースター置き場に手を伸ばして、いくつか鷲掴《わしづか》みにする。それを先ほどと同じように、破いては確認するという作業を続けた。

「……何をしてるんですか？」やがてバーテンがその行為に気づき、怪訝そうな表情で声をかける。

「ああ、これか？」上山はコースターを扇《あお》ぐように動かしたあと、破ってバーテンに見せた。

「聞いたことないか？　ハイネケンが創業以来続けているある秘密」

「……いいえ」バーテンは首を横に振った。

話している間にも、上山はコースターを破っては、テーブルに置いたり、床に捨てていく。上山は声が大きいため、周囲が何事かと視線を向け、面白半分に成り行きを見守っていた。その中には、ターゲットである男や、鈴木友香たちも含まれている。

「この中にさ、一万円札が入っているやつがあるんだ。あまり知られていないけどな。各国で、ドルだったりユーロだったり、元《げん》だったりするんだぜ？　ハイネケンはこれを創業からずっとやっているんだ」

「聞いたことがありませんが」

「当たり前だろ？　日本では自分のものじゃない紙幣をこんなふうにするのは器物損《そん》壊《かい》罪になりかねないからな。まぁ、創業からずっと続けている願掛《がんか》けみたいなもんらしいから、公表もしていないんだぜ。入っている確率も、ものすごく低い」

「へぇ……では、どうしてお客様は知っているんですか？」

「そりゃあ、呑兵衛《のんべえ》だからだよ」上山は豪快に笑う。

表面上は関心を示すように同調したバーテンは、酔っ払いの戯言《たわごと》だと半分聞き流しており、それよりも、どうにかしてコースターを破るのをやめさせたい顔つきをしていた。しかし、上山は普段から身体を鍛えて強靱《きょうじん》な肉体を維持しているので、なかなか言い出すきっかけが見つからないようだった。

怜良は自然な振る舞いで上山を見ながら、視界の端でターゲットの男を確認した。

男は立ちあがり、上山の様子を見ている。上手く惹きつけたようだ。

「お！」二十枚目を破ったところで、上山が店内に響き渡るほどの大声を出したので、周囲の人が注目する。

「お、おい！　あったぞ！」コースターから小さく折られた一万円札を取り出し、頭の上にあげる。その声につられて、数人の客が近づいてきた。ターゲットの男もその中におり、コースターを手に取って不思議そうに眺めていた。

「こりゃあ運がいい！」上山は酔っ払い特有の甲高《かんだか》い声を出し、大袈裟《おおげさ》に喜ぶ。すると、周りも釣られたように歓声を上げた。

「本当だったろ！」上山はバーテンに詰め寄るように言う。

バーテンは驚きつつ、気迫に圧されて一歩下がった。

「なぁ！　景気づけにおごるよ！」

野次馬に一万円札を見せ終えた上山はバーテンにビールを注文し、集まってきた人に手渡していく。そして、再び怜良と目を合わせた上山は、ターゲットである男にビールを渡しながら、冗談を言い、互いに笑った。

上山は、人を惹きつけることが上手かった。前職が有効に活用されている。

怜良はそれを見届けてから、バーテンに金を払い、騒がしくなった店内に耐えかねたふうを装って、外に出ることにした。

怜良自身、これ以上は酒の臭いが充満した空間にいたくなかったし、上山が目的を達成したのを見届けたので、ここにいる必要性もなくなった。

階段を上り、周辺に待機している監視班に無線で連絡を入れた。

「上山がターゲットに接触完了。監視を続けて。私は車の中で上山が戻るのを待つわ」

無線を切った怜良は、ゆっくりとした歩調で夜道を歩く。

土曜日の渋谷の街には酔客《すいきゃく》や派手な格好をした若者が多く、極力足を踏み入れたくないと思わずにはいられなかった。

「いやな街」怜良は吐き捨てるように呟き、車に乗り込むと、シートを倒して目を閉じた。

ハイネケンのコースター。あれは単純な手品だ。おそらく、コースターをレーザーで切り開き、一万円札を中に仕込んで、切り口をノリづけし、ブックプレスか何かにかけてしわを伸ばす。それをポケットなどに忍ばせて、今回のトリックをやってのけたのだろう。

上山翼は、元は売れないマジシャンだった。

リスクヘッジ社においてマジシャンは、非常に重要な役割を担っている。情報社会とはいえ、直接仕入れなければならない証拠は確実に存在する。その際にはマジシャンの〝手際〟というものが有用で、物品を運搬したり、何かを盗み出すときに力を発揮するのだ。

事実、アメリカのＣＩＡもかつてマジシャンを講師にして様々な隠密行動の訓練をしたという資料が残っており、どのくらい活用したかは定かではないが、ＣＩＡの元エージェントはマジシャンとして潰しが利くという冗談さえ聞いたことがあった。

上山は、人当たりもよく、マジシャンの力量も問題なく備わっている。

パーソナルスペースに土足でズカズカと入ってくること以外、仕事仲間としては及第点だ。

コンコン。

突然車内に響いた音に、怜良は目を開いた。

「すみません。ちょっといいですかぁ？」車の外に立っている男は、車の窓を軽く叩きながら満面の笑みを浮かべている。

怜良は激しく打つ鼓動に息苦しさを覚えながらも、平常心を保とうとする。警察官ではないようだし、胡散臭さはあるが、ヤクザのようにも見えない。ただ、窓を開けるのは警戒すべきだと思えるような人物。

「あ、心配しなくて大丈夫です。私、こういう者ですから」

そう言った男は、サイドウィンドウに名刺を貼りつけるようにして当てる。

時代社　週刊ジダイ編集部　鮎川譲
——あぁ、あの記事の記者か。

怜良は記憶を呼び起こしながら、車のドアを開けて外に出た。

「ご休憩中のところ、すみませんねぇ」

鮎川は二度頭を下げ、へりくだったような声を出す。常に笑みを浮かべているが、眼球の定まり具合が、抜け目のない印象だった。

「何でしょうか。エンジンはかけていませんが」

「いえいえ、そんなことじゃないですよ。あ、どうぞこれ」

鮎川は名刺を怜良に押しつけるように渡す。受け取った怜良は、それをそのまま無造作にポケットに入れた。

「近衛怜良さん、で間違いありませんね？」

怜良はゆっくりと頷きつつ、鮎川がどうして自分の名前を調べたのか考えを巡らせる。

「写真とはずいぶんと印象が違うので、別人かと思いましたよ。夜遊びですか」

鮎川は全身を舐《な》めるように上から下まで見ながら言った。

「写真？　私の写真をどこで見たんですか」

怜良は鮎川の質問には答えずに訊ねた。警察職員にはもちろん、マスコミに対しても、怜良はなるべく露出しないように注意を払っている。

鮎川は目を見開き、失言だったというように口に手を当てた。下手《へた》な演技だ。

「いろいろと因果な商売ですからねぇ」

「因果？」

「ええ。それより、K庁の元監察官の嘉藤洋平って知っていますか」

鮎川の喋り方は、自分のペースに持っていこうという強引さが感じられる。

「知っているわ。接待の見返りに監査を甘くしていて、相当バッシングを受けた人物でしょう？」

「よくご存じで。実は、あの記事を書いたの、私なんですよ」鮎川は誇らしげに言う。

「苦労がようやく報われましたよ。いやぁ、お天道《てんとう》さまはちゃんと見て下さってるんですねぇ。まぁ、給料はまだ上がってませんが。もうちょっと上がってくれれば、車を最新のモデルに買い替えられるんですよ」

「……失礼ですが、あなたの成功談と、私になんの関係が？」

怜良は苛立たしさを必死に抑える。たとえ鮎川が故意にやっているのだとしても、無駄話ほど鬱陶《うっとう》しいものはない。

鮎川は温和な表情をしていたが、目だけは狡猾《こうかつ》そうな光を帯び、相手を覗きこむようにして見つめている。

「近衛さんが、リスクヘッジ社の社員で、Ｋ庁の窓口だということは知っています。そうですよね？」

「ええ。そうです」隠すことではないので、正直に答える。怜良は目立たないように行動することを心がけているが、マスコミに知られることは織り込み済みのことだった。

「実はですね、近衛さんの会社を取材したいと思いまして」

「プライベートなので、今は困ります。アポイントメントを取っていただくのが常識だと思いますが」

怜良がすかさず返したので、鮎川は困ったように頭を掻《か》く。

「……そうですよねぇ。確かに。いや、偶然見つけちゃったものですから、つい我を忘れて話しかけてしまいました。確かに仰《おつしや》る通りです。すみませんね、お邪魔しちゃって」

自分を戒《いまし》めるように頭をポンポンと叩いた鮎川は、視線を車内に向ける。

「これからどうされるんです？　誰かを待っているようでしたけれども」

怜良は鮎川の顔を凝視した。

――一部始終をずっと見ていて、鎌《かま》をかけているのではないか。

最悪の可能性が脳裏をよぎったが、リスクヘッジ社の機密保持は万全であり、ただの雑誌記者が行動を把握し、待ち伏せできるはずはないと打ち消す。これは、偶然のことだ。

「いえ、ちょっと休憩していただけです。もう行きます」

話を終わらせようとした怜良に、鮎川は手を上げた。

「あ、今度、アポイントメントを取らせていただきますので、その時はよろしくお願いしますね」

「分かりました」鮎川は素直そうな声で言うと、お辞儀をする。

素っ気ない返事をした怜良は、相手に隙《すき》を与えない素早さでコインパーキングの料金を精算機に投入し、鮎川に一礼したあと、車のエンジンをかけて発進させた。

右折する寸前、バックミラーで後方を確認する。

鮎川は、じっとこちらを見つめていた。

怜良は、通行人に注意しながら車を走らせ、上山のピックアップは別の人間に任せるプランに変更するために、赤信号で停車した隙を狙って連絡を入れた。

7

監察官の和久井は、こめかみを指で押さえて小さく唸《うな》った。

夏の訪れを予感させる空気が、街を覆《おお》っている。日が落ちても暖かく、道行く人の表情もどこか穏やかな印象だ。しかし、重苦しい雰囲気をまとう和久井の表情は、周囲を敵対視しているかのような渋面《じゅうめん》だった。

「和久井さん、表情が怖いですよ」隣を歩く吉野《よしの》が茶化すような声を出すが、どこか探り探りといった様子だ。

「問題ない」和久井は単調な口調で返事をする。

時刻は十八時。溝《みぞ》の口《くち》警察署の監査を終えた和久井は、適度に労働した頭脳をリフレッシュするため、電車に乗って渋谷駅で降り、歩きながら目的地に向かっていた。金曜日のせいか、歩道は人でごった返しており、気を抜いているとぶつかりそうになるほどだ。

監察官の不祥事が発覚して以降、監査制度が見直され、本来ならば警視庁や道府県警察本部に所属する監察官が行う監査にも、K庁の監察官が出張《でば》るよう言い渡されており、和久井たちは負担を強いられていた。

和久井は凝《こ》り固まった右肩を左手で叩く。

溝の口署の監査自体は問題なく終わった。特に不審な点もない。

ただ、気になる人物はいた。

宮内卓《みやうちすぐる》。階級は警部補で生活安全課少年係に所属しており、年齢は二十七。警察官にしては貧弱な身体つきだったが、ハンサムな顔立ちで、髪も少し長めだった。表面上は好男子。そんな宮内と警察署の廊下ですれ違った和久井は、彼が着けている腕時計に目が釘づけになった。

それは、フランソワ゠ポール・ジュルヌだった。

決して日本ではメジャーとは言えないメーカーだったが、和久井の父親が愛用していたので、高級品であることは分かる。記憶を頼りに調べてみると、二百万円弱はするもので、警察官の給料で容易に買える代物ではない。譲り受けたものにしては新品に見えたし、模造品とも思えなかった。

疑惑の種から、不正を見抜くのが監察官の仕事だ。和久井は今度真相を確かめようと、頭の中でスケジュールを組んでいた。

「送ってもらえばよかったじゃないですか。せっかく車を用意してくれたんですし」

吉野は人混みを避けつつ声を張り上げる。そうしなければ、喧騒《けんそう》に掻き消されるほどの賑わいだった。

――これだから変わり者は。

言外に、そういうニュアンスがこもっているのを吉野の声から読み取った和久井だったが、気づかないふりをする。

嫌な慣習だ。

和久井は心の中で呟きつつ、それを変えられぬ自分を不甲斐《ふがい》なく思う。

監察官が特定の警察署の監査に入ると、大抵の場合、そのまま署長以下数人が出席する〝懇親会〟という建前の食事会があるのが通例だった。K庁の監察官が現場の査察に同行するようになってから、この風習に拍車がかかっている気がした。もちろん、普通の居酒屋などで催《もよお》されることはなく、今回のように、気軽には決して食べにいけないランクの場所で行われる。その際には警察署から公用車などで送迎がつくが、和久井はできるだけ借りを作りたくないので、断れるものは極力断っていた。

隣を歩く吉野はそれが不満らしかったが、監察官は本来、彼らとは一定の距離を置くべきなのだ。裁く側と裁かれる側が仲良くなってしまえば、業務に差障《さしさわ》るのは目に見えていた。

「和久井さんは堅いですよね」

吉野は笑みを浮かべながら言うが、百八十五センチの和久井の歩調に合わせようと、百七十センチの吉野は額に汗を浮かべている。吉野は和久井よりも十歳以上年上のノンキャリアだ。K庁長官官房監察官室の主査で、警視正の和久井のサポートをしていた。関係は良好で、相棒のような立ち位置だった。

和久井は歩きながら吉野に視線を向けた。

「堅いくらいがちょうどいいんだ。嘉藤みたいにならなくて済むからな」

その言葉を聞いた吉野の表情が、一瞬だけ引《ひ》き攣《つ》った。

前方に顔を戻した和久井は、眉間に皺を寄せる。

嘉藤洋平の名前を口にした和久井は、無意識に歯軋《はぎし》りをして、拳《こぶし》を握り締める。

C県警察本部から過度な接待を受け、監査を甘くしていた裏切り者。それだけでも重大な失態なのに、週刊誌の記者に痴態の写真まで撮られて世間に公表されたので、内外からのバッシングは凄まじいものとなった。

当然、嘉藤は職を追われたのだが、事態はそれだけでは収まらず、監察官を監視するシステムがないのは問題ではないかという意見が出てきて、国会でも議論になった。

馬鹿も休み休み言え。監察官を監視するのは、己自身なのだ。監察官という職は、組織内の不正を正す役目を負っている。それは想像以上の権限であり、それに足る人間と認められたからこそ、与えられたのだ。

警察組織を監視する監察官に目を光らせる新組織が必要ならば、次はその新組織を監視する新たな団体が必要となり、現実的ではない。

それに歯止めをかける意味を込めて、監察官は自制心の塊《かたまり》でなくてはならないと思っている。しかし、世間は納得せず、政府の圧力もあってか、結局K庁は外部に委託することを了承し、組織全体を包括的に監視するリスクヘッジ社という組織の導入に踏み切った。

リスクヘッジ社。彼らの採用によって、監察官の面目《めんぼく》は完全に潰され、監察官廃止論すら出る始末だった。確かに、利権に汚染されていない組織が監視の目となることは一見すると妙案だ。しかし、そんなに簡単にいくはずがない。すぐに別の利権が生まれ、警察という組織をより濁《にご》らせる可能性をもっと重大視するべきだ。しかも、リスクヘッジ社は、アメリカ政府の監視機関としても機能しており、表向きは国家に依《よ》らない公平な企業となっているが、アメリカ政府と裏でどう繋がっているか分からない。考えようによっては、日本の治安を維持する行政機関が、アメリカの監視下におかれてしまう恐れさえあるのだ。

「こ、ここらへんが入り口じゃないですか？」吉野は息を切らせながら、空を仰ぎ見る。

今回の会食の場は、地上四十階建のタワー型ホテルに入っているレストランだった。駅からでも、ホテルの位置が分かるほど、その建物は空高くそびえ立っている。

和久井は吉野を一瞥し、覚られない程度にため息をつく。今思えば、監察官へのバッシングは仕方のないことなのかもしれないという気持ちも芽生えていた。ときどき、監察官たちに弛《たる》みを感じることがあった。ただ、彼らにも、悪気があるわけではない。監察官という職は、生真面目に職務を遂行しようとしても、どうしても取り締まられる側が懐柔《かいじゅう》しにかかってくる。今回の会食がいい例だ。

和久井は、身内の不祥事が発生してしまった事実があるので、リスクヘッジ社の評価は保留にしているが、それでも、面白くないことには変わりない。

監察官の責務と、リスクヘッジ社の業務は重なっているのだ。監察は警察組織を監視し、リスクヘッジ社は、監察を含む警察組織を監視する。その棲《す》み分けは一見正当に思える。しかし、それならば、リスクヘッジ社は誰が監視するのか。その役目は、自分しかいないと思った。

「お、あそこにいますよ」吉野はホテルのロビーの前で出迎える署長たちを見て嬉しそうに言った。

苦痛な時間だ。

吉野の表情と反比例するかのように、和久井は硬い顔をして目を伏せる。

こういうことを続けていれば、自分もいつか嘉藤の所まで落ちていくのではないかと危惧《きぐ》していた。

嘉藤は和久井と同期で、唯一心を許せる親友でもあった。互いに気を許し合える存在で、たびたび飲み歩いては、警察組織をより健全なものにしようと誓い合ったのだ。

だからこそ和久井は、嘉藤を許せなかった。

溝の口警察署の監査から三日後。和久井は再び、同署を訪れていた。

血相を変えて出迎えた署長たちを煙に巻き、生活安全課に足を踏み入れる。そして、周囲を見渡した和久井は、宮内卓が不在であることを確認した。

ここに来る前に和久井は、K庁の資料室に保管してある資料を紐解《ひもと》き、宮内卓についての情報の有無を調べた。監察官が警察の不正を調べるのは、総合監査や月例監査だけではなく、タレコミやネットでの書き込みを元に行う特別監査がある。ただ、それらを簡単に鵜呑《うの》みにして動くわけではなく、信憑性があったり、度が過ぎていた場合に対応するので、小さな案件を見逃してしまうことはどうしてもあった。

調べていく中で和久井は、九ヵ月前のネットの書き込みを印刷した書類に、宮内卓らしき人物に対しての書き込みを見つけた。

『M口署のS課S係のMの金遣いが荒くなっている。何かぜってえヤバイことしてる』

M口署は、溝の口署だと推測できるし、S課S係のMは生活安全課少年係に所属する宮内卓のことを指している可能性が高い。このサイトに書き込みをした人物は特定できていないし、これ以外には特に同じことを書いているものがなかったので、当時は動かなかったのだろう。

和久井は部屋を出たところで、不安な顔をしながら追ってきた署長に視線を向ける。

「一つ質問してもいいでしょうか」

「は、はい。なんなりと」署長は慌てた様子で返事をした。

「ちょっとここではアレですからね……どこか部屋はないですか」

和久井が含みのある言い方をしたので、署長の顔面が蒼白になる。

「もちろんですとも！　では、私の部屋で……」

「いや、長居するつもりはないので、どこか小さな会議室で構いません」

「しょ、承知しました」

一瞬怪訝そうな表情をした署長は返事をすると、隣に立っていた副署長を肘《ひじ》で小突く。副署長は慌ててどこかへ飛んでいき、戻ってきたかと思うと、空き部屋に和久井を案内した。

事務用の什器《じゅうき》が設置されている小さな会議室に案内された和久井は、パイプ椅子に座る。

「なにか……気になる点でもございましたか」

肥満体型の署長は、猫背になりながら和久井の様子を窺う。こんなにもオドオドしているところを見ると、監査では問題は見つからなかったが、不正を見落としているのかもしれないという気になってくる。今後、注意して溝の口署を監視しようと思いつつ、別の言葉を発する。

「いえ、監査は問題なく終わっています。今日ここへ来たのは、素晴らしい署員がいると聞いてのことなのです」

その発言を聞いた署長と副署長は顔に生気を取り戻し、心底安堵《あんど》した様子だった。

「ご存じの通り、監察官というのは、不正を探すばかりではなく、表彰の対象となる警察官がいないかも常日頃から見ていますので」

署長は、額から頬に流れた汗をハンカチで拭いながら、大袈裟に頷く。

「そうですか！　それは恐縮でございます。で、どの者が表彰の対象者に？」

「少年係の、宮内卓警部補です」

署長は一瞬きょとんとし、その表情を押し隠すように曖昧な笑みを浮かべた。

「宮内、ですか……そうですねぇ」

署長は言いながら、隣に座る副署長を見る。副署長は慌てたように口をモゴモゴとさせた。

「お話では、とても真面目な署員と聞いています」

和久井は二人の反応を見る限り、印象の良い署員ではないのか、もしくは記憶に残らないほどに目立たない人物なのかと感じる。

「確かに、えーっと、仕事は真面目にやっていますねぇ。でもまぁ、少年係ですから、目に見えるような功績は残しづらいと言いますか……そうですねぇ」

署長は取り繕《つくろ》うように言いながら、副署長に目配せする。

「あ、ちょっとトイレに行ってもよろしいでしょうか」

「どうぞ。しかし、このことはくれぐれも本人はもちろんのこと、他言無用でお願いします。現在はあくまで選考段階であり、もし選ばれなかった場合に落胆させるのは申しわけありませんから。仮に本人などが知ってしまった場合は、お二方が漏洩させたということになりますので。ご注意を」

和久井は、宮内を目立たない署員だと推量しつつ、副署長に釘を刺す。おおかた、署長と副署長の記憶にない宮内の人となりを聞きに行こうとしたのだろう。

副署長はブルリと身体を震わせたあと、少しの間、署長と小声で何かを話し合い、愛想笑いを浮かべながら部屋を辞した。

「……それで、その宮内の、どこが評価の対象になったのでしょうか」

「それは現時点では言えません。ただ今日は、表彰に足る人物かどうかを確かめようと参りました」

「そうですか。まぁ、宮内については、今から彼に詳しい者を呼んで参ります。少々お待ちください」

「詳しい者？」

和久井が怪訝な表情をすると、署長は慌てたように首を横に振る。

「も、もちろん表彰の話は他言いたしません。その者には、先日の監査の補足事項だと説明しますので」

監査の補足事項とは、なかなか上手い表現だと感心したので、和久井は勝手に第三者を召喚《しようかん》したことを咎《とが》めるのはやめようと思う。宮内を探っていることを知る人物は、なるべく少人数のほうがよかったのだが、やむを得ないだろう。

やがて、ドアをノックする音が聞こえ、女性署員がお茶を持って姿を現した。その後ろには、副署長の姿もある。

「和久井監察官。この小池恵子《こいけけいこ》君が、宮内のことをよく知っていますので。小池君、先日の監査の補足だから、しっかりと答えるようにな」

署長は小池に念を押す。

小池と呼ばれた女性署員は、お茶を和久井の前に置きながら、会釈《えしやく》をした。

「K庁長官官房監察官室の和久井と申します。さぁどうぞ、お座りください」

背筋を伸ばして立っていた小池は、自らを警務課の巡査と名乗り、おずおずと副署長の隣に座る。

「宮内さんは今日、非番ですね？」

「はい」小池は感情を抑え込んだような低い声を出す。

和久井は小池を真っ直ぐに見つめつつ、言葉を紡《つむ》ぐ。

「まず、私がした質問やその意図は、誰にも話さないと約束してくれますか」

華奢《きゃしゃ》な体つきの小池は、首を縦に振る。恐怖心があるのか、表情はぎこちない。年齢は宮内より若い印象だった。

「安心してください。監察官が特定の個人を調べていると、どうしてもネガティブな印象を受けてしまうようですが、署員の状態の把握も監査項目にはあります。今回の宮内さんの件も、ただの監査の一環ですので」

和久井は、安心感を与えるような声になるよう心がける。

「まず、少年係の宮内さんはどのような方ですか。簡単で結構ですので、教えてください」

「あまり……詳しくは知りません」

和久井の質問に、警戒の色を顔に浮かべた小池が短く返答して、唇をきつく結んだ。

「どういうことだね」署長は副署長を睨みつけ、副署長は狼狽《ろうばい》する。

「こ、小池君、宮内とは仲がいいと……」

「職場の同僚というだけです」副署長の言葉を一蹴《いっしゅう》した小池は、和久井に視線を移す。

「本当に知らないんです。もう、よろしいでしょうか」

そう言った小池は、話すことは何もないと言いたげな頑《かたく》なな表情をして立ち上がった。

「こらっ！　失礼だろ！」

署長が怒りを露わにするが、和久井は柔和な顔を崩さないように、ゆっくりと息を吸った。

「詳しく知らないのなら、どうしてここへ？」

和久井に見つめられた小池は、一瞬言葉に詰まった。

「……それは、呼ばれたからです」

小池はチラリと副署長の顔に視線を向けた後、すぐに目を伏せた。

「宮内をよく知っていると言ったから連れて来たんじゃないか！」

副署長はぶるぶると頰を震わせて声を荒らげ、小池を睨みつける。

「本当ですか」

「……いえ、勘違いでした。仲良くありません」

和久井が問うと、小池は眼球を忙《せわ》しなく動かしながら答える。その挙動《きょどう》を見れば、嘘を言っていることは明らかだった。

「勘違いで済まされるとでも思って……」

「結構です」

署長の言葉を手で制した和久井は立ち上がった。話したくない相手と押し問答をしても時間の無駄だ。

それに、強硬手段には慣れている。

「場所を変えましょう。小池さん。K庁への出頭を願います」

和久井の言葉に、小池は不安そうに顔を曇らせた。


タクシーに乗り込んだ和久井と小池は、終始無言のまま車の振動に揺られて、K庁までの道筋を辿った。途中一度だけ小池が咳き込んだので声をかけたが、強張った顔をして無視された。

K庁に戻った和久井は、小池を個室に案内する。無機質な部屋は、応接室と言うよりも、取調室に近い。

「女性を個室に閉じ込めて、二人きりになるのは倫理上の問題もありますので、同じ監察官室の主査を同席させていただきます」

紹介された吉野は軽く会釈をする。

小池は不安そうに吉野に視線を向けたあと、和久井が準備をしている機械に目の焦点を定めた。

机の上には、開かれたアタッシェケースが置いてあり、そこからコードが何本も伸びている。

「これは、ポリグラフ検査に使うものです。警察官でしたら、ご存じでしょう？」

「……嘘発見器、ですよね」小池の声はか細い。

ノートパソコンのキーボードを叩きながら和久井は小池の様子を見る。青ざめた顔の小池は唇を震わせ、氷室《ひむろ》に入ったように身体を強ばらせていた。

「安心してください。別にこれは痛いわけでも苦しいわけでもありませんから。実際にポリグラフを経験したことは？」

その質問に、小池は勢いよく首を横に振った。

「呼吸や脈拍、血圧といった生理的なものを計測する装置なので、健康診断の血圧測定だと思って問題ありません」

「こ、これを私に？」

小池は動揺を隠しきれない様子で訊ねる。

「そうですよ」和久井は返事をした。

「私は、宮内卓についての情報が知りたくて小池さんを呼びました。しかし、あなたは話そうとはしない。やましいことがなければ話したっていいはずでしょう？」

「そ、それは……」

小池は反論するような声を出したが、途中で口を閉じてしまう。

和久井は短いため息をつく。

「監察官への反感、ですか」

その言葉に、小池はビクリと身体を震わせた。和久井は肩の力を抜く。

「確かに我々は、組織内の不正を暴き、糾弾《きゅうだん》する立場にいます。そして、小池さんの友人である宮内さんを調査していると聞いたら、反発したくなるのは分かります。ただ、今日の目的は本当に監査の補足事項を聞くためなのです。ご協力をお願いいたします」

「で、でも……これじゃあまるで、私が容疑者みたいじゃないですか！」

「そうですよ」

悲痛な声を上げる小池に、和久井は言い放つ。

「監察官に隠し事をするということは、不正に関与している可能性が高いことを示しているようなものです。つまり、容疑者という位置づけは間違っていません。だからこそ、ポリグラフを使うのです。犯罪の被疑者と同じように」

コードを持って立ち上がった和久井に、小池は悲鳴のような小さな声を上げる。

「わ、分かりました……質問には答えますので、ポリグラフだけはやめてください」

胸を手で押さえた小池は、苦しそうに肩で呼吸をしていた。ポリグラフは嘘を見抜く装置だが、同時に、心理的圧迫感を当人に与える効力もある。たとえ警察官でも、つけたいとは思わない代物だ。

「せっかく用意したのに、仕方ありませんね」コードを置いた和久井は椅子に座った。

「それでは、質問します」

硬い表情の小池とは対照的な薄い笑みを和久井は浮かべた。

「宮内さんは社交的な方ときいていますが、それは本当でしょうか」

拍子抜けするような問いに、小池は目を丸くする。

「答えてください」

和久井の追撃に、小池は慌てて口を開いた。

「そ、そうですね。友人も多いですし、活動的です。バーベキューやキャンプの写真とかよく見せてくれます。あ、あと、署内の野球チームにも所属しています」

まだ警戒心を残している様子の小池は、やや呂律《ろれつ》が回らない喋り方をするので、甘えているようにも聞こえる。

「宮内さんとは仲が良いのですか」

小池は大きく目を開いて、少しだけ頬を赤らめる。その反応から、小池が宮内に対して好意を抱いていることが分かった。確かに、宮内の容姿は整っており、女性受けもいいだろう。

「年齢が近いので、時間が合う時はご飯を食べに行きます。たまにですけど……」

「ちなみにですが、ご飯はどのような場所へ？」

その質問に、小池は奇妙だと言いたげな表情をした。

「場所といっても、いろいろです。イタリアンだったり、フレンチだったり……あ、でもちょっと前は、銀座のお寿司をおごってくれました。前にテレビでやってた、値段が高くて、金春《こんぱる》通りにある……八兵衛《はちべえ》とか七兵衛《しちべえ》とかいうところです」

和久井は頷く。

そんな店は知らないが、おおよその見当はつく。その立地ならば高級店だろう。酒も入れば、一人四、五万円など軽く飛んでしまうような店という知識はあった。

「いつも、そんな高級な店に行くのですか？」

質問を受けた小池は、視線を天井付近に向けて、唇に指を当てながら記憶をたどっている様子だった。

「……えっと、一年くらい前からですね。その頃から高級料理店に連れていってくれるようになりました」

「そうですか。しかもご馳走するなんて、宮内さんは彼女想いなんですね」

「そ、そんなっ……私はまだ……」小池は驚いた顔をしてのけ反り、シドロモドロになりながら頭を振った。和久井は、まだ付き合っていないのかと思いながら、その財力に疑問を覚える。腕時計といい、明らかに警察官の月給のみでは無理だ。やはり、調べる価値はあるだろう。

心中に広がっていく疑惑を表情に出さないように注意しながら、和久井は優しい表情を顔に貼りつけた。

「好青年であることは間違いなさそうですね。あと、宮内さんの周囲で、何か変わったことはありませんでしたか」

和久井の投げかけた質問に対して、小池はしばらく考えているようだったが、やがて首を横に振った。

「ないと思います」

「そうですか。お時間を取らせてしまい、すみませんでした」

和久井は立ち上がって礼を述べる。

「あ……」その時、安堵した表情の小池から声が漏れた。

「どうかしましたか」

和久井の問いに、小池は口を開く。

「そういえば、昨日はリスクヘッジ社の方が署に来ていて、宮内さんのことを聞いていたのを思い出しました」

「リスクヘッジ……ですか」

和久井は目を細め、低い声で訊ねる。

「はい。あれですよ、リスクヘッジ社のモニタリングです。その事前調査で来たとか言っていました。宮内さん、昨日も非番だったので」

「どんなことを聞いていったんでしょうか」

内心では動揺していた和久井だったが、平静を装う。

「内容までは分かりませんけど……でも、勤務態度が何とかって声は偶然聞こえたんです」

「リスクヘッジ社の、誰が来たんですか」

「えっと、初めて見る女性でした。何でしたっけ……レナとか、名前は忘れましたけど、外見がインテリＯＬっぽい人が一人で来ていましたよ」

「ありがとうございます」

和久井は目礼をして、小池に帰るように促す。

やがて部屋の中は、和久井と吉野の二人になった。

和久井は腕を組み、小さく唸《うな》った。

昨日、溝の口署にやって来たという人物は、おそらくＫ庁の窓口担当の近衛怜良だろう。いったい何をやっている。ふと、雑誌記者の鮎川の言葉が蘇《よみがえ》った。

――何でも、一般に公開されていない仕事も請け負っているという噂ですよ。

眉間に皺を寄せた和久井は、状況を整理するために、目を閉じて考えることに集中する。

「和久井さんも策士ですね。こんな小道具なんて持ち出すんですから」

吉野はアタッシェケースの中を漁《あさ》る。そこには、ノートパソコンが入っており、数本のイヤホンの先端には、湿布《しっぷ》を四角く切ったものが貼りつけられている。

「あの女性も、こんなものをポリグラフと信じるなんて、さぞや気が動転していたんでしょうね。しかし、和久井さんも手段を選ばないというか何というか……今日のことが明るみに出たら、始末書ものですよ」

「すまないが、これを片づけておいてくれないか」

椅子から立ち上がった和久井は、すでに歩き出していた。

「え？」吉野はきょとんとして、呆《ほう》けた声を出す。

「行くところがある」和久井はそう言って部屋を出ると、まっすぐに外へ向かった。


二時間後。

和久井は公用車に空きがなかったので、タクシーに乗り、窓の外のうつろう景色に視線を向けていた。

リスクヘッジ社は、川崎臨海部の工場が密集するエリアにあり、敷地面積は、目測ができないほどに広大だった。マジックミラーフィルムが貼られた窓を多用したビルには看板の類が一切ないので、一見しただけでは何の建物か分からない。敷地内にも人の姿が見当たらないせいか、不気味な静けさを保っていた。

タクシーを降りた和久井は、正面玄関の自動ドアを抜け、大理石の床を革靴の底で鳴らした。音が、やけに反響するなと感じる。

「いらっしゃいませ」

二人いる受付嬢は、和久井の存在に気づくと、立ち上がって頭を下げた。自分の容姿にかなりの自信を持っている人間が浮かべる、計算しつくされたような笑みは、人というよりも人形が持つ美に近い。

「近衛怜良さんに面会したいのですが」

和久井の言葉に、受付嬢は困惑の色を浮かべながら、チラリとパソコン画面を見た。

「失礼ですが、お約束は」

「ないです」

「それですと……」

「K庁監察官の和久井だと伝えてくれれば分かると思います。例の逮捕の件、とお伝えください」

和久井は思わせぶりな言葉を発する。もちろん、例の件などなかった。

「は、はい……」受付嬢は狼狽しながら返事をして、電話の受話器を手に取って耳に当てた。

その間、和久井は周囲を見渡す。ロビーには五人がけほどの大きさのソファーが三つ置かれ、窓側には商談スペースが設けられていた。しかし、平日の昼間にもかかわらず、人の姿がないのはどういうことだろうか。適温に保たれている空間は、耳鳴りがするくらい静かだった。

ただ、気のせいか、微《かす》かに地響きのような細かい揺れを感じる。

「和久井様」

和久井は視線を受付に戻す。

「お待たせしました。十三階にお上がりください」

手で促された先には、エレベーターが四基あり、その中の一基に乗り込む。そして、デジタルパネルの数字が『13』になると、静かにドアが開いた。

目の前に、足を揃えて立っている怜良の姿があった。和久井は、唇を強く結ぶ。

「お久しぶりです」

怜良は、無垢な笑みを浮かべて言った。少なくとも、そう感じさせる笑みだった。

和久井は一度だけ、近衛怜良に会ったことがある。リスクヘッジ社がK庁に採用された後、監視機関として運営していくという業務内容を、業務が重複するであろう監察官たちに講堂で説明した時だ。あの時、近衛怜良は当たり障りのない話をしたあと、最後にこう締めくくった。

──監察官の皆さまと協力して、警察組織をより良いものにしていきましょう。

虫唾《むしず》が走るほどに嘘くさい言葉だった。

和久井はそんなこと端《はな》から信じていなかったし、それは今も同じだ。リスクヘッジ社と監察官の協力体制などできていない。リスクヘッジ社は、一切の情報を監察に提供せず、警察からさまざまなデータを摘出して、秘密裡《り》に活動している。

リスクヘッジ社にとって、最初から監察官は敵という位置づけなのだろう。

「どうぞ、こちらへ」紺色のスーツを身にまとった怜良は軽く頭を下げたあと、ゆっくりとした歩調で進む。和久井はその背中に無言でついていくと、やがて応接室に通され、座るように促される。

壁に大きな絵画が飾られていること以外、特に変わったところのない応接室だった。

「本日は、どういったご用件でしょうか」ソファーに座った怜良は、両手を太股《ふともも》のあたりに置いた。

「聞きたいことがある」

刺々しさのある和久井の言葉に、怜良はすぐに反応して頷く。

「雇用主である組織の方のご要望であれば、最大限ご協力させていただきます」

「溝の口署の生活安全課の課長に接触し、宮内卓のことについて聞いた理由を教えてもらおう」

和久井はここに来る前に再び溝の口署に寄り、課長と面談してリスクヘッジ社に問われた内容を全て聞き出していた。和久井が確認した限りでは、リスクヘッジ社からの質問は、ありふれたものばかりだった。

「そのことでしたか」

呟くように言った怜良の様子を和久井は観察する。後ろめたいことがある人間は、無意識に眼球を動かすので注視したが、怜良は全く変化を見せず、余裕のある笑みを浮かべたままだった。

「特別な理由はありません。モニタリングの事前調査です」

「なぜ、そんなことをする」

和久井は苛立たしげに言う。しかし怜良は、あくまで冷静だった。

「モニタリングは、職員の要望や不平不満を聞くための制度として我々が制度化しました。しかし、選ばれた方の言葉を全て真に受けるわけにはいきません。誇張や虚言は人の性《さが》です。だからこそ、事前調査をして、本人の言葉の真偽を判断することが必要なのです。本人がデタラメを言っていた場合は、周囲に迷惑をかけてしまいますので、そのリスクを排除するためにも事前の情報収集を行っています。これは、我々が配布した『事前手引き』にも書かれています」

確かに、警察職員へ配られたリスクヘッジ社の事前手引きに記載されている記憶があった。

和久井は怜良を睨みつける。

「いったい、情報収集をしてどうするんだ？」

「それは守秘義務がございますので、お話しできません。ですが」

口を開きかけた和久井を牽制するように怜良が語気を強める。

「リスクヘッジ社は本拠地アメリカでは、〝テロリスト指数〟という判断基準を設け、ＦＢＩなどに情報提供を行っています。これは、ご存じでしたでしょうか」

和久井は無言になる。警察組織に採用される時に、リスクヘッジ社があらゆるデータを駆使して不祥事を起こしている人間を割り出すと聞いていたが、詳しい内容までは公開されていなかった。

内心を見透かすように目を細めた怜良は、整った唇を開く。

「リスクヘッジ社は、あらゆる個人情報を集積し、データ化して、テロリストを割り出すというシステムを持っています。それを応用すれば、警察組織にいる異端者を割り出すことも可能なのです」

「……そんなことができるのか？」

半信半疑だった。しかし、怜良の表情に冗談を言っている雰囲気はない。

「できます。テロ対策の一環として制定されたアメリカ愛国者法によって、対テロ当局が盗聴などをおこなう権限を政府がほぼ無制限に認め、結果として情報収集の有用性が格段に上がりました。もちろん、我々のような一般企業にはまだまだ厳しい規制はありますが、革新性は我々の身上であり、十分に情報収集することが可能な状態を維持しているのです。その実績が日本政府にも認められ、今回のように、御社に採用していただくことになりました。もちろん、ここはアメリカではないので、日本の法律を適用し、抵触しないよう細心の注意を払っていますのでご安心ください」

怜良の言い方が鼻についたが、和久井はぐっと堪《こら》えた。

「……宮内卓のモニタリングも、その情報収集の一つと言いたいのか？」

「事実、そうですので、他に言いようがありません」

和久井は口の端を上げる。

「それでは聞くがな、榎本将へのモニタリングの時は、どうして事前調査をしなかったんだ」

その問いに、怜良の顔色がさっと変わった。一瞬だけの変化だったが、動揺したのを和久井は確かに感じ取った。やはり、リスクヘッジ社は何か別の目的で動いているのだ。

「Y市の交番に勤めていた榎本将を忘れたわけではないだろう？　急にお前たちのモニタリングを受けたあと、何かに追われるようにして辞めた男だ」

責め立てるように言う。雑誌記者である鮎川の情報を元に和久井が調べたところによると、榎本将のモニタリングで、事前調査をしたという事実は確認できなかった。リスクヘッジ社が何かを急いでいたのか、それとも、もっと別の理由があるのか。

怜良は押し黙ったまま目を伏せていたが、やがて和久井と目を合わせる。

「……モニタリングはまだ始動段階ですので、様々なパターンで試験中なのです」

「嘘をつくな。お前たちが別の目的で動いているのは知っているんだ」

確証のない言葉だったが、和久井は鎌をかけて相手の様子を観察する。しかし、怜良に変化は見られない。

「何度も申し上げますが、我々は合法的に、御社からご依頼を受けたことのみを遂行いたしますので」

そう言った怜良は口を閉じて、目で帰るように促す。

和久井は怜良をもっと糾弾してやりたい気持ちがあったが、材料がなかったため、仕方なくソファーから腰を上げた。

ただ、和久井の中では、疑惑が確信に変わっていた。リスクヘッジ社はモニタリングと称して、榎本や宮内を調査し、何かを探っている。そして、榎本はその直後に辞めていった。

つまり、宮内も、榎本と同じ道を辿る可能性が高い。

「……お前たちが何をやっているのか、暴いてやるからな」

怜良はその言葉に瞬きをして、口角を上げる。

どうぞお好きに。

和久井には、怜良がそう言っているように思えた。


リスクヘッジ社の社屋から出た和久井は、携帯電話を取り出し、タクシーを呼ぶために通話ボタンを押した。その時、聞き覚えのある声が耳に届く。

「あ、和久井さんじゃないですか」

声の方向に視線を向けると、鮎川が車の前で手を振っていた。

「偶然ですねぇ。車ではないですよね？　送りますよ」

「……尾行していたな」

和久井の言葉に、鮎川は慌てたように首を横に振った。

「尾行？　いえいえ、そんなことしませんよ。たまたま川崎に用事があって、偶然ここで休憩していただけです」

そう言いつつ、和久井を後部座席に誘った鮎川は、運転席に乗り込む。

「いやぁ、偶然っていうのは恐ろしいですね」

「分かりやすい嘘は言わなくていい。それよりお前、私と協力態勢を取りたいと言っていたな」

革張りのシートに背中を預けた和久井の言葉に、鮎川は前を見たまま頷く。

「やっとその気になってくれました？」

「暫定的なら構わない。お前の情報が役立つことも分かったからな」

鮎川はにやけ顔になる。

「ということはつまり、何かあったんですね？　榎本将……いや、もしかして、宮内卓ですか」

その名前を聞いた和久井は驚きを隠しきれずに目を見開いた。

「……どうしてその名前を知っている」

「勘ですよ。というのは冗談です」鮎川は短い笑い声を上げげた。

「実はこの前、渋谷をうろついていた時、リスクヘッジ社の近衛怜良と会ったんですよ。それで、ちょっと引っかかったんで、周辺の状況を探っていたんです。そうしたら、あるクラブに辿り着きましてね。近衛怜良らしき客が来て、すぐに帰っていったってバーテンが言うんです。近衛怜良のように高飛車っぽい女性があんな小汚いアングラな店に行くなんて変だなと思ったんですよ」

ずいぶんと鼻が利く奴だと思いつつ、和久井は続きを促す。

「それで、ちょっとした友人に頼んでその店を探ってもらうと、そのクラブの常連の中に警察官がいるってことだったんで、情報屋に依頼して名前を突き止めたってわけです。まぁ、警察官というだけの宮内が近衛怜良の件と関係があるかどうか分かりませんが、榎本将の件がありますから、偶然ではない気がしましてね」

「他に情報は？」

和久井の問いに、鮎川はニヤリと笑う。

「宮内が、ずいぶんと若い女と親しげに話していたって情報があります。まだ女の正体は分かりませんが、何かありそうです」

「続報があれば教えてくれ。それと、申しわけないが、K庁まで送ってほしい」

「え？」

「K庁だ」

「えー、それだけですか。俺にも何か情報くださいよ」

「分かっている」

不満そうな顔をする鮎川にぞんざいな返事をした和久井は、頭を掻きむしりたい衝動を堪える。

リスクヘッジ社は、データ解析によって行動を探るといったノウハウを持っているようだが、警察組織に根づいているのは監察官だ。アドバンテージはこちらにあると和久井は信じていた。

現状、リスクヘッジ社が裏で何をやっているのかを暴くためには、まず宮内卓を早急に洗わなければならないだろう。

「……有力な情報を摑んだら、こっちにも流してくださいね」

鮎川は不貞腐《ふてくさ》れたように言って、車のエンジンをかけた。

霞が関にあるK庁に戻り、鮎川と別れた和久井は、K庁長官官房監察官室が入った大部屋に急ぎ、そして、視界に入った吉野に声をかける。

「すまないが、手伝ってほしいことがあるんだ」

言葉を受けた吉野は、眉間に軽く皺を寄せる。

「どうしたんですか藪《やぶ》から棒に」

デスクで事務作業をしていた吉野は身体を和久井の方に向けた。和久井は周囲を警戒するように見る。幸い、部屋の中には自分と吉野以外いなかった。

「実は、リスクヘッジ社について調べている」

「あー、あいつらですね」吉野は口をへの字にする。

「しかし調べると言っても、奴らのいったい何を調べているんですか」

和久井は焦る気持ちを押し込めて、今までの内容を掻《か》い摘《つま》んで伝えた。話を聞き終えると、吉野は納得するように何度か頷く。

「……確証がないので下手なことは言えませんが、奴らが裏で暗躍しているって筋書きは納得できますね。分かりました。管区警察局の同僚に動きを調べさせます」

「すまない。あともう一つ、宮内卓の住所を調べてほしい。パソコンを立ち上げる時間が惜しいんだ」

「宮内卓ですか」

吉野は眉間に皺を寄せる。和久井は頷いた。

「リスクヘッジ社が、宮内卓がらみで何かをしようとしているみたいなんだ。出頭を求めようとも考えたが、奴らに先を越される前に会って話を聞こうと思っている。今日は非番のようだから、直接家に乗り込むつもりだ」

その言葉に、吉野は不敵な笑みを浮かべる。

「なんか面白そうですね。奴らを締め出すためなら、身を粉《こ》にして手伝いますよ」

吉野は素早い指さばきでパソコンのキーボードを叩く。

「出ました。今印刷します」

立ち上がった吉野は、コピー機の所へ行くと、一枚の紙を取ってきて和久井に手渡す。そこには、宮内の自宅の所在地が印字されていた。

「助かる。何かあったら連絡をくれ」和久井は吉野に向かって手を上げた後、公用車の空きを確認してからキーを取り、部屋を出た。

足早に廊下を歩きながら、宮内卓がしていた腕時計を思い出す。到底手が出るはずのない値段の腕時計を買えて、しかも銀座で寿司を他人にご馳走できるということは、警察官以外での収入があると考えるのが妥当だ。しかし、家業の手伝いといった副業の申請は出ていない。他にも、親や親戚から遺産などの金を贈与されたり、宝くじの当選、株の利益といった可能性もあったのだが、三日前に監査をした結果では、それらの可能性はないと判明していた。

公用車のエンジンをかける。

まず、宮内の身柄を確保することだ。結果としてなにもなかったとしても、言いわけは何通りだってある。リスクヘッジ社がなにを探っているのかを把握できていない以上、宮内を奴らの手の届かない場所に移動させるのが最善策だ。

ギアをドライブレンジに入れて、走り出そうとしたその時、携帯電話が鳴った。相手は鮎川だったので無視しようとも考えたが、気になったので通話ボタンを押す。

〈和久井さん。宮内卓に会いに行くんですか〉

電話越しの鮎川の声には余裕が感じられた。

「それならどうだっていうんだ？」

〈宮内卓、自宅にはいないですよ〉

和久井は目を細める。

「どういうことだ。まさかお前……」

〈そんな怖い声を出さないでくださいって。和久井さんのサポートをしたくて電話をしたんですから〉

喉を鳴らした鮎川は、少しだけ声をひそめた。

〈実はですね、個人的にですが、宮内卓に尾行をつけているんですよ。あらゆる方法を駆使してネタを集めるのは、記者の基本ですからね〉

「なんだと？」

〈まぁ、最後まで聞いてくださいよ〉

なだめるような声を出した鮎川は続ける。

〈宮内卓がどうも怪しいと思ったので、尾行する人間を雇っていたんです。そしたら今日、ホテルに入っていったっきり、出てこないようですよ〉

「どこのホテルだ？」

〈ホテルアネックス町田というビジネスホテルです。と言っても、ラブホテル街にあるので、用途はいろいろですが〉

鮎川の下品な笑いを聞きつつ、和久井はカーナビに住所を入れて検索する。嫌な予感がした。

「今どこにいる？」

〈町田に、車で向かっているところです〉

「分かった。現地で落ち合うぞ」

ナビの画面が目的地までのルートを表示する。通話を切った和久井は、アクセルを踏み込んだ。

　Ｋ庁のある霞が関から東京都町田市までは、高速を使えば三十分ほどだ。夕方だったので渋滞を危惧したが、運よく巻き込まれずに済んだ。

　ホテルアネックス町田に到着すると、鮎川はすでにロビーに着いていた。

「どうも、和久井さん」駆け足で近づいてきた鮎川は、息を切らせつつ廊下の方に視線を向ける。

「受付に聞いてみたら、ホテルにいる客は八組。その中で、宮内らしき客は六〇五号室にいるようです。合鍵も拝借済みです。あとは警察権力を以てして踏み込めば御用です。もちろん、踏み込みますよね？」

　その質問に和久井は一瞬立ち止まったが、リスクヘッジ社に先を越される可能性がある以上、出てくるのを悠長に待っているわけにはいかなかった。

「……そもそも、どうやって鍵を手に入れたんだ」

　和久井はふとした疑問を口にする。警察官ならともかく、一介の雑誌記者に合鍵を借りることなどできないはずだ。

　鮎川は照れたような笑みを浮かべた。

「いろいろと方法はありますから。最近ではよくできたポリスグッズもあるので、偽物の警察手帳でも結構いけます。でも、俺が踏み込んだら犯罪ですからね。最後の詰めは和久井さんでお願いします」

「……私を突入要員として呼んだのか」

「いえいえ、滅相《めっそう》もありません。あくまで、持ちつ持たれつということで」

そこまで言った鮎川は、狡猾そうに目を光らせた。

和久井は鮎川の所持品検査をしたくなったが、今回はあきらめて、絨毯《じゅうたん》が敷かれた廊下を歩く。

「あ、お伝えし忘れましたが、尾行の情報によると、宮内、女と一緒にいるようですよ」

鮎川は下卑《げび》た表情になりながら言った。和久井は一瞬迷ったが、リスクヘッジ社の手の内が分からない以上、迅速な確保が最優先だ。

エレベーターで六階に上がり、該当する部屋の前に立つ。宮内卓を確保さえすれば、リスクヘッジ社の動きを封じることができるだろうし、何が狙いなのかも分かるだろう。

インターホンを何度も押してみるが、中から応答はない。仕方なく鍵を開けた和久井は、あえて足音を大きく立てて部屋の中に踏み込む。

「取り込み中すまない。私はK庁の……」

和久井の張り上げた声が途切れる。後ろからついてきた鮎川は忙しげに周囲を見回したあと、茫然となった。

六〇五号室は、もぬけの殻だった——。

8

ホテルアネックス町田の一〇三号室。

怜良と町田、そして上山の三人は、裸でベッドの中にいる宮内を囲んでいた。

「な、なんだよお前ら……」宮内は威嚇《いかく》するような声を発するが、裸なので滑稽《こっけい》でしかない。

「つーか、お前……俺を騙《だま》したのか」

宮内の視線は、上山に向けられている。

「騙した？　いやいや、あんたがやっている事を探っていただけで、騙したなんて人聞きが悪いよ」

上山はおどけたように両手を上げる。クラブで宮内に接触して以降、上山は全貌を摑むためにアンダーグラウンドの人間を演じて、様々な証拠を集めていた。

怜良は軽く咳払いをする。

「あなたが行っていた美人局《つつもたせ》の件で来ました」

「……美人局？　なんのことだか分からないね」

宮内の顔は引き攣っていたが、睨みつける元気は残っているようだった。

怜良はゆっくりと息を吸った。

「我々はあなたの全てを調べ上げました。そして、あなたに接触したということは、もう言い逃れができない状態にあるとお考えください」

「は？　何を言っているのかさっぱり……」

「あの……」

その時、脱衣所の扉が開いた。

「あの……」姿を現した女が不安そうな顔で、震える声を怜良にかけてくる。

「もう帰っても……」

「着替えが終わったならいいわよ。ただ、分かっているわね？」

怜良の冷めた声に、女は血相を変えて背筋を伸ばす。

「は、はいっ……絶対に誰にも言いませんからっ。だから、あのことだけは……」

「わかっているわ。約束さえ守ればね」

「ぜ、絶対に守りますっ」

そう言うと、女は慌てた様子で部屋を出ていった。怜良は女が去ったのを確認すると、宮内の顔を見る。

「今帰った、あなたの相手をしていた女性は我々の協力者であり、年齢は十七歳です。彼女もまた、別の美人局グループのメンバーですので、同じ穴の狢《むじな》です。彼女は、我々の求めに応じて、今回の件に快《こころよ》く協力すると言ってくれました」

その言葉に、宮内は血の気が引く。怜良は冷静な態度を崩さぬまま、一枚のマイクロSDカードをタブレットPCに差し込み、動画再生ボタンを押す。タブレットの画面には、宮内と女性がベッドに入っている映像が、しっかりと映し出されていた。

「しっかりと撮れているでしょ？　最高画質にしてあるわ」

画面を宮内に向けた怜良の声が弾む。宮内は顔をしかめて目を背《そむ》けた。

「この他にも、あなたと鈴木友香たちが美人局をしている証拠となる会話が入った盗撮動画がありますが、ご覧になりますか」

「こ、これはおとり捜査だろ！　日本じゃ違法だぞ！」

宮内が吠《ほ》えるが、怜良は微動だにしない。

「確かに、おとり捜査は法律で、麻薬捜査などのごく一部にしか認められていませ
ん。ですが、我々は警察官ではありませんので」

「ぐっ……と、盗聴だって犯罪だ！」

激昂して唾《つば》を飛ばしながら喋る宮内に対して、怜良は冷めた視線を向ける。

「同じ方法で自分が陥《おとしい》れられるなんて、考えてもみなかったでしょう？」

「い、違法行為による証拠は無効だって知っているだろ？　それに、さっきの女が十七歳だとしても、俺は知らなかったから罪にはならない。そもそもそんなやり方は犯罪だし、盗聴だって違法だ。つまりこの状況で俺は罪に問われることはない。立件されない！」

「さすが、一時期検察官を目指していただけあって、法律にはお詳しいですね」

「な、なんでそれを……」

「言ったでしょう？　あなたの全てを調べ上げたと」

宮内は驚愕の表情を浮かべるが、自分の意識を保つかのように瞬きを数度繰り返した後、怜良を睨みつける。

「……というか、警察に雇われたあんたたちが、こんな犯罪行為をやっていていいのか？　世間に公表するぞ」

「お得意の脅しですか」

「犯罪行為は明るみに出て当然だろ？」

怜良は、侮蔑するように宮内を見下す。

「犯罪者に言われたくはないですね。我々リスクヘッジ社は、その国々の法律の枠組みを超えないように活動しています。ただ――」怜良は強調するように少しだけ声を張る。

「どの国にも必ず免罪符《めんざいふ》があるものです。我々は、任務を遂行するために、時にはその免罪符を使います。それが何だかお分かりになりますか」

「…………」

宮内が返答をしないでいると、怜良は眼光を鋭くしつつ口を開く。

「取り締まる側に見つからないことです。見つからなければ、たとえ犯罪であっても法律はその行為を罰することはできません」

宮内は全身をゾクリと震わせて、息苦しそうに表情を歪めた。

「あなたは先ほど、自分は立件されないと言いましたね」

「……違法行為で仕入れたものは、証拠にならないからな」宮内は振り絞って出したかのような震える声を出す。

「ではお聞きします」怜良の声は、平静そのものだった。

「あなた以外の誰が、我々の違法行為を証明するのでしょう？　我々が手配した少女も、あなたが美人局をさせていた少女も……それに警察だって、我々の味方になっています。あなた以外の全員が、我々の合法性を裏づけしてくれるでしょう」

「え？」宮内はポカンと口を開ける。

「特に警察が我々を擁護してくれますので、結果は明白です」

「警察？　それって……」

怜良は前歯を少し見せて微笑む。

「あなたの組織のトップの方々は、我々の行為を認め、かつ支援してくださっています。つまり、法廷で使用できない違法な証拠だとしても、荒業《あらわざ》で合法なものに改竄《かいざん》することも可能なので、あなたが罰せられる可能性は非常に高い。いえ、確実に罰せられます。宮内さん、警察を敵に回したくはないでしょう？」

その言葉を聞いた宮内はがっくりと肩を落とす。

警察を敵に回す。その恐ろしさは、警察官が一番よく知っていることだ。

怜良はバッグから薄い冊子を取り出して、ベッドの上に置いた。

「しかし、我々も穏便《おんびん》に事態を収束させたいのも事実。ここにサインさえすれば、あなたの罪を不問に付しましょう。ただし、もし拒んだ場合は、詐欺罪または恐喝《きょうかつ》罪で十年以下の懲役。美人局に青少年を使っていたことは児童福祉法に抵触しますので、十年以下の懲役もしくは三百万円以下の罰金です。また、青少年と淫行した罪も今回追加されました。これは都の条例違反で、二年以下の懲役もしくは百万円以下の罰金。同情の余地はありませんね」怜良は口だけで笑い、目は相変わらず射抜くように鋭かった。

「我々がわざわざ少女を手配してまであなたの罪を増やしたのは、リスクヘッジ社が手段を選ばないということを見せつけなければ、あなたが我々の要求を呑《の》まないだろうと踏んだからです。どうでしょうか？」

威圧するような声に身体を震わせた宮内は、リスクヘッジ社が作成した『機密保持同意書』に視線を落とす。

「この同意書をおおまかに説明しますと、己の過ちや、我々がやっていることを他言した場合、罰せられると書かれています。制裁の内容は書かれていません。ただ、一例ですが、次のページに、約束を破りそうになった方々の末路を記載しております」

紙をめくった宮内は、しばらくすると、泣きそうな表情になる。

「どうか、賢明なご判断を。繰り返しますが、我々には警察権力という後ろ盾があります。その意味を、十二分に汲み取っていただきたく思います。ご自分のためにも」

「わ、わかった……」怯《おび》える声で返答した宮内は、水温が零下《れいか》のプールにでもいるかのように歯をガチガチと鳴らしていた。

怜良は満足したような笑顔になり、二枚のマイクロSDカードを掌に収める。

これで終わりだ。そう怜良が思った時、上山が携帯電話を取り出して耳に当てた。

「はい。何かありましたか。え？」上山の顔が強張る。

「どうしたの？」怜良が声をかけると、上山は携帯電話をポケットに入れながら小声で呟く。

「このホテルの受付からの連絡です。監察官が来たみたいですね。打ち合わせ通り、最上階の部屋に向かわせたそうです。対策を講じたのは杞憂《きゆう》かと思っていましたけど、あの監察官、なかなかやりますね」

「……そうね」短く返事をした怜良は宮内が脱ぎ捨てた服を手に持ち、ベッドに投げつける。

「宮内卓。早く服を着て」

「え？」宮内は、突然の指示に動揺した様子だった。

「私の指示に従えば、あなたは最悪から脱出ができる。でも、従わなかったら、最悪に堕ちる。Live《リブ》 or《オア》 die《ダイ》よ。どちらがいいか分かるわね？」

「は、はい！」

「返事はいいから、さっさと着なさい！」

宮内はベッドから跳ねるようにして立ち上がると、慌てて服を着始めた。

9

和久井は眉間に深い皺を作り、鮎川を睨みつける。

「ガセを摑まされたんじゃないか？」

「いえ、そんなことは……」そう言いながらも、鮎川は困惑したように眼球をキョロキョロと動かす。

「受付に行くぞ」部屋を出た和久井は、廊下を急ぎ足で進んでエレベーターに乗ろうとする。しかし、エレベーターのカゴはちょうど下層へと移動しているところだった。

待っている時間が惜しかった。そう思った和久井は、横にある非常階段で降りることにする。

「おかしいなぁ」

首を傾げる鮎川をよそに、扉を開けて外に出る。強い向かい風が吹きつけて、和久井は顔をしかめた。しかし、次の瞬間、目を大きく見開いた。

黒い鉄格子越し。その先に見える道路に、近衛怜良の姿を発見した。

「急げ鮎川！」和久井は階段を駆け下り始める。

「え？　どうしたんですか」

「下に奴がいる！」

「はい？」

「近衛怜良だ！」和久井は段を飛ばしながら階段を降りていく。その最中、怜良が和久井の存在に気づき、目が合った。

「くそっ」逃げ出した怜良に和久井は焦りを感じ、一階まで降りきると、非常口のサムターンを回して開ける。そして、アスファルトを蹴り、勢いよく腕を振りながら後を追った。走り方からして、相手はハイヒールを履《は》いているようだったから、追いつくのは難しいことではないだろう。

案の定、背中を確認できる位置まで到達すると、瞬く間に距離は縮まっていった。全力疾走をしながら、ふと、和久井の脳裏に疑問がよぎった。

——どうして、近衛怜良は一人で走っているのか。宮内はどこにいる。

「待て！」そう叫んだ和久井は、怜良の肩を掴むと、強引に引き止めた。

「いたいっ！」聞き覚えのない声。

「……誰だ？」目の前にいる女は、怜良ではなく、別人だった。確かに、服装や髪形は似ている。でも、近くで見れば違いは明らかだ。

「ち、ちょっと離してよ！　私は何も関係ないからね！　勘違いしてんじゃねーよ！」

赤い眼鏡を外した女は甲高い声を上げるが、恐怖で顔が引き攣っているのが分かった。

「……どうして、逃げたんだ？」

引っ張られた肩の辺りを払っていた女は、和久井を睨みつける。

「マッチョなお兄さんにいいバイトがあるからって声をかけられたの」

「……いいバイト？」

「そう。あの場所に立っていて、追われたらこの方向に逃げろって」

「その服は君のものか」

「お兄さんにもらったの。これに着替えろって。あとこのロングのウィッグとか眼鏡も。なんか怖かったけど、お金は欲しかったから。だって三万円なんて……」

その言葉を聞き終えないうちに、和久井はホテルの方向へと急いで戻るために走った。途中、前方のホテルからワンボックスカーが出てくるのが見える。その助手席に、怜良がいた。怜良は和久井と目が合うと、不敵な笑みを浮かべる。

「くそがっ！」和久井は去っていく車に悪態をついて、歯を食いしばった。

10

町田真次と近衛怜良は横一列に並んでいた。

そして、目の前には、今回リスクヘッジ社を採用した責任者の一人であるK庁長官が椅子に座り、睨みつけるように視点を手元の書類に固定している。

「詳しくは報告書をご覧いただければお分かりになると思いますが……」

「簡単に説明してもらおう」怜良の言葉を遮った長官は、銀縁《ぎんぶち》の眼鏡を外し、深いため息をついた。

「わかりました」軽く頭を下げた怜良は、リラックスした表情をしている町田を一瞥したあと、説明を始める。

「今回、我々のシステムによって浮上した榎本将は、Y市の交番に勤務する巡査です。約二ヵ月前に、高校生である鈴木友香と性的関係を持ち、それをネタに金銭を強請《ゆす》られていました。そして、調査を続けていくと、鈴木友香たちの裏で糸を引いている人物が浮上しました。溝の口署の少年係に所属する宮内卓です」

「一つ聞くが、どうして、宮内という男は君たちのシステムに引っかからなかった？」

長官の質問に、怜良は頷く。

「はい。我々は膨大な情報データから〝変化〟というものを察知して、分析していく方式を取っています。榎本将の場合は、最近になって金銭の収支に変化が表れたのでリストアップされました。それに対して、宮内卓は一年前から美人局によって金を得ており、ある意味で安定した収支になっています。御社で我々のシステムが本格稼働したのが四ヵ月前ですので、一年前に起こった宮内卓の変化は感知できません。しかも、宮内が得た金は金融機関に預けることもしていなかったため、収入の増加の把握は難しく、精査を行う対象になっていませんでした」

「それは、システムの不備ではないのか」

「結果としてそう受け取られても仕方ありません。しかし我々は、採用されてから新たに発生した不祥事を察知してもみ消すことを請け負っており、過去から継続している不祥事に対しての包囲網は敷いておりません。ご存じの通り、契約外ですので。ただ、ご要望であれば追加契約をさせていただきます。オプションを採用していただければ、宮内のようなケースにも対応は可能ですので。ちなみに、当初のご提案の際には、それらは必要ないと言われております」

長官は苦々しい表情をした後、文字通り頭を抱える。

「まぁ、そのことは今後検討する。とりあえず今回の件は、強請っている奴も、強請られている奴も、警察官だったわけだな？」

怜良は頷く。

「その上、宮内卓は、脅迫する相手を警察官に絞っていました」

「どうしてだ？」

「警察官という性質上、自分の安定した地位を守るために、黙って金を出すと宮内は思ったようです。しかも、比較的真面目なタイプが多く、警察官の給料が安いと言われていたのは昔の話で、今では高給の部類ですから。また、脅した相手の連絡先を確実に知るため、宮内は警務課から個人情報を盗み出していました。事情を聞いたところ、宮内は警務課に所属する小池恵子を利用して、情報を盗んでいました。小池恵子は宮内の動きに薄々気づいていたようですが、共犯者ではなかったので、現状は処分保留となっています。また、情報流出の件を受けて、管理体制の改善提案書を作りましたのでご一読を」

長官は腕を組んで、不快そうに口を歪めた。

「報告を続けます。宮内卓は、一年ほど前から少女を使って美人局を行っていました。判明しているだけで被害者は五人。彼らに対して宮内卓は、相手の役職や給料に見合った要求しかせず、その点では上手くバランスを取っていたようです。ただ、榎本将に関しては趣味のバイクでローンを抱えていたため、金の工面をするために保有するバイク四台の内の二台を売っていました。長官の賢明なご指示通り、すでに榎本将は依願退職。宮内卓についても同様に退職処分にしており、本件の一切を忘れるよう誓約させました。また、残り四人の被害者も同日に退職届を提出済みです」

「少女たちの対処はしたんだろうな？　そこから情報が漏れたら元も子もないぞ。ネタを売って金にしないとも限らん」

「その点はご安心ください」怜良は髪を耳にかける。

「人は、自分が一番大事ですから。Let《レット》 a《ア》 thief《シーフ》 catch《キャッチ》 a《ア》 thief《シーフ》――日本語で言えば、毒を以て毒を制するといったところでしょうか」

怜良の言葉を吟味《ぎんみ》するように口をモゴモゴとさせた長官は、大きなため息をつく。

「つまり、少女たちのバラされたくない情報を握って、お互い様にしたということか？」

「その通りです。それが何なのかは報告書に書かれていますので詳しくはご説明いたしませんが、現在少女たちは全員、学校を休んで引き籠《こも》っています。まぁ、少女たちの年代ですと、顔のいい男を手配すれば、いろいろと方法はあります」

報告書をめくった長官は、顔をしかめる。

「……まぁ、上手くやればいい。ともかく、これを監察官が察知していたら、大変なことになっていたぞ」

長官の言葉に、怜良は和久井の顔を思い出す。

リスクヘッジ社が発見した宮内卓を、監察官である和久井も怪しいと睨んでいたようだった。

勘の鋭い監察官は厄介《やっかい》だ。和久井に対しては、最大限の注意を払わなければならない。

「我々リスクヘッジ社は、監察官よりもスピーディーに問題に対処する能力を有しておりますので、ご安心ください」

「ふむ。まぁ、これからも頼む」長官はそう言うと、手で蠅《はえ》を追っ払うような所作《しょさ》をする。怜良と町田は深く頭を下げてから部屋を辞した。

庁舎の長い廊下を歩きながら、町田が口を開く。

「和久井という監察官、彼は要注意だね」

「……そうですね」

ワンテンポ遅れて返事をした怜良は背筋を伸ばす。ホテルの受付の人間を買収した上で、上山が用意した囮《おとり》がいなければ、最悪の場合、失敗に終わっていた可能性もあった。それを思うと、空恐ろしい気持ちになる。

ただ――。

怜良は、自分が歩く先に視線を向けた。

たとえ監察官のような強力な敵が立ちはだかろうとも、不祥事の種がある限り、リスクヘッジ社は全力でもみ消しを続ける。

怜良は大きく息を吸って、胸を膨らませた。

我々がいれば、もうこの組織の不祥事漏洩はありえない。

第二話　二つの不正

1

東京駅からほど近い場所にあるビルの一室で、近衛怜良はオフィスチェアーに座り、報告書に視線を落としていた。リスクヘッジ・ジャパンの本部とは別にこしらえたビルは、何の変哲もない細長い建物だった。

四人掛けの机を隔《へだ》て、背筋を伸ばして座っている男と相対している。彼の着ているスーツは仕立てが良く、手入れの行き届いている靴はエンツォ・ボナフェのオーダーで、通勤のために満員電車に乗る人間が履《は》く代物ではない。

怜良は相手に慎重な視線を向けて、口を開いた。

「調査結果の報告をさせていただきますと、御社の新技術である繊維データは、大陸系企業に漏洩しております」

　その言葉を聞いた男は眉間の皺を深める。

「報告書に詳細を書いておりますが、半年前に辞めた人間が情報を持ち出し、その対価として採用を勝ち取ったようです。年俸は、御社に勤務していた時の五倍です」

「馬鹿なことを……こっちはいくらの損失だと思っているんだ！」

　男は声を震わせ、報告書に載っている顔写真を睨みつける。怜良は資料を数枚めくった。

「軍事転用も可能な繊維ということを勘案しますと、低く見積もっても二千億円の損失でございます」

「なっ……」

　男が絶句したので、怜良は痛ましいという表情を作りつつ、言葉を続ける。

「現在、漏洩者は我々の監視下にあります。大陸系企業の内通者から入手した証拠があれば、起訴は可能です。いかがいたしましょう？」

「訴えるに決まっている！」

　語調を強めていきり立った男は、取り乱したことを恥じたのか、わざとらしい咳払《せきばら》いを何度かする。

「……大声を出して申し訳ない。君たちのおかげで、漏洩元が分かったんだ。感謝している」

「いえ、憤りを覚えるのも無理はありません。心中お察しいたします」

怜良は沈痛そうな表情のまま、少し顎《あご》を引いて俯《うつむ》いた。

「日本企業における機密情報の管理体制はまだまだ不十分で、リスクへの対応も後手に回っております。また、今回のようなケースでは、漏洩元を特定するノウハウもございませんので、泣き寝入りをするしかないのがほとんど」

怜良は、自然な笑みを浮かべ、相手の目を見る。

「しかし、我々のサービスを導入することにより、危機を防ぐだけでなく、今回のような漏洩者の特定から事後の対応までいたしますので、一度ご検討ください」

男は躊躇するように唇を動かす。

「……そうしたいのはやまやまだが、君たちのサービスは高価だからね」

「今回の損失を考えれば、我々のサービス料など微々たるものではございませんか。取締役の地位におられるような方ならば、どちらが得かはご判断いただけると思いますが」

怜良のよく通る声に、男は曖昧に頷く。

「……そうだな。ただ、今は漏洩者を監獄にブチ込むのが先決だ。継続契約の件は、また連絡するよ」

取り繕《つくろ》うように言った男は、椅子から立ち上がると、部屋を出て行った。ビルのロビーまで同行した怜良は、正面玄関の前で頭を下げる。

「リスクの芽を摘み取るリスクヘッジ社を、今後ともよろしくお願いします」

男は振り返らずに手を上げて、センチュリーの後部座席に姿を消した。

リスクヘッジ社は、二年前にリスクヘッジ・ジャパンを設立して、今はK庁から依頼された〝不祥事をもみ消す〟という業務を請け負っている。しかし、それだけをしているわけではない。日本の民間企業へも積極的に接近して、仕事を受注していた。やはり、K庁と取引があるという表向きの実績からか、大企業からの引き合いが多く、実入りもいい。

今回の顧客も日本有数の繊維メーカーで、社内の極秘情報が漏洩している可能性の調査を依頼してきたのだった。

怜良はゆっくりと息を吐き、身体を反転させる。するとそこに、同僚である上山翼の姿があった。

「今の客、継続顧客になる見込みはありますかね」

「何とも言えないわね」怜良はエレベーターに向かいながら答える。

「日本企業は、どうしてもリスク管理を甘く見ているから、今回の漏洩事件を解決したら手切れってことも考えられるわ。The《ザ》 danger《デンジャー》 past《パスト》 and《アンド》 God《ゴッド》 forgotten《フォーガットン》――喉元過ぎれば熱さを忘れるものなのよ」

怜良はそう言い残すと、上山がエレベーターに乗り込む前にドアの〝閉〟ボタンを押した。

2

C県の稲穂《いなほ》署は、東京湾を背にするように建っていた。最寄駅の周辺にはC県最大の繁華街があり、夜ともなれば警察沙汰は日常茶飯事で、治安がいいとは決して言えない地区を管轄している。

稲穂署の地域課に所属している安藤雅史《あんどうまさし》は、睡魔によって重くなった瞼《まぶた》を必死に開き、欠伸《あくび》を嚙《か》み殺した。

時刻は深夜二時。

当直業務が終わる朝まで何事もなければいいと心の中で思っていた矢先、正面玄関の自動ドアが開いて、一人の女性が警察署に入ってきた。切羽詰《せっぱつ》まったような表情をしている女性は顔を赤くして、足元もおぼつかない。服装は、一目で水商売だと分かるきわどいものだった。

目が合った安藤は慌てて顔を伏せて視線を逸らす。しかし、時すでに遅く、足音はこちらに向かってきた。

「あのさぁ！　ちょっと聞いてよ」

乱暴な口調で女性は言った。かなり酒を飲んでいるらしく、目が充血している。

安藤は自分が話しかけられていると知りながらも一縷《いちる》の望みにかけて周囲を見渡したが、近くには誰もいなかったので、やはり自分が対応するのかと落胆しながら女性に視線を向けた。

「どうかされましたか」

「ずっと追っかけられてんだけど、どうにかしてよ」

声には怒りがこもっていたが、目が怯《おび》えによって揺れている。

「おっかけられている？」

「そうだよ、追われてんの。二度も言わせるなって」

女性は舌打ちをする。

「……誰に追われているんですか」

安藤は警察官になってから、酔っ払いの対応には慣れていたので、冷静な態度を崩さなかった。背中に同僚の視線を感じていたので、声のトーンを意識して抑える。

「誰って、客に決まってんじゃん」

女性は、汗でメイクが少し崩れた顔を近づけて、酒臭い息を安藤に吐きかける。

「なんかさぁ、ちょっと前からキモい男が来るようになってさぁ、スター・ウォーズに出てくる毛むくじゃらみたいな奴なんだけど」

「毛むくじゃら……あぁ、あれですか」

安藤は名前を思い出そうとするが、なかなか出てこなかった。たしかにそんな男に追われたら怖いしキモいだろう。

「でも……」

口を開いた安藤は、ふと、女性の顔に見覚えがあることに気づく。会う時はいつもスッピンで、今は厚化粧なので気づかなかった。

「あれ……僕の隣の部屋に住んでません？」

その言葉を聞いた女性は、嫌悪感を露《あら》わにした表情をしながら、疑いの視線を向けてくる。

「なにそれ、ナンパ？　キモッ」

「ち、違います！」

安藤は否定をして、マンションの名前と、部屋番号を伝える。すると、女性の顔が、みるみるうちに明るくなっていった。

「マジ？　チョー偶然じゃん！　隣がケーサツだったんだ。ラッキー」

「……ええ、まぁ」

何がラッキーなのか分からなかったが、喜ばれているようなので悪い気はしなかった。

「それで、何かされたんですか」

「別にされてないけどさ」女性の声色《こわいろ》が、さっきよりも穏やかになった気がする。

「アイツが初めて店に来てからさ、オフの日にもよく見かけるようになったんだよ。そんで目が合ったらニヤって笑うの。見てこの鳥肌。あれはゼッテー待ち伏せしてるって」

女性は腕を擦《さす》りながら、おもいっきり顔を歪めた。

「それでさ、今日も奴が客として来たんだよ。マジキモイよ。ずっとニヤニヤしてんの。店長に相談したら出禁《できん》にするって言ってくれたんだけど、仕事終わって家に帰ろうとしたら、後ろにいたんだよ。ホラーだよマジで。マジ最悪。なんとかしてよ」

女性はカウンターに両肘《りょうひじ》をついて、しきりに悪態をついている。

「今、尾《つ》けられていたんですか？」

安藤は正面玄関の外に視線を向けながら訊ねた。見える範囲には、不審者の姿はない。

「怖かったからここに駆け込んできたんじゃん。そうじゃなきゃエラソーなケーサツに会いにくるわけないよ。考えろっつーの」

「……失礼ですが、店っていうのは」

いちいち癪《しゃく》に障る言い方をするなと思いつつ訊ねる。

「キャバクラだよキャバクラ」

女性はそう言うと、肩かけバッグの中を漁《あさ》り、名刺を取り出して安藤に手渡した。

名刺には、相川《あいかわ》ナナと書かれていた。

「ナナって源氏名《げんじな》なの。お兄さんちょっとだけイケメンだから、よかったら来てよ。合法店だから、ケーサツでも大丈夫。あ、でも店長はちょっとコワイ方面かも」

急に愛想がよくなったナナに、安藤は不覚にも顔を赤らめてしまう。

その時、背後から咳払いが聞こえてきたので、反射的に身体が震えた。

「と、とりあえず、何もされていないならですね、様子を見たほうがいいですよ」

慌てて言葉を紡いだので、つっかえ気味になってしまった。

ナナは目を怒らせ、唇を歪めた。

「なんでよ？　これから何かされるかもしれないじゃん！」ナナは詰め寄るように前のめりになり食ってかかる。

「殺されたら責任取れんの？」

「……いやいや、大丈夫ですって」一歩下がった安藤は、湧いてくる罪悪感に蓋《ふた》をしてから言った。胃がキリキリと痛むが、顔に出ないように意識する。

「ともかく酔っているようですし、今日は帰って、また気がかりなことがあったら来てください。あ、タクシー呼びますか」

その言葉に、ナナは舌打ちする。

「歩いて帰れる距離だから！　知ってんだろ馬鹿野郎！」

ナナは低い声で罵声《ばせい》を浴びせると、よろけながらカウンターから離れていった。

「もういい。何かあったら呪うから覚悟しな。覚えてろよ！」

悪党のようなセリフを低い声で言ったナナは、顔をクシャクシャにしてから舌を出した。

「あ……」

安藤は呼びとめようと手を伸ばすが、後ろからの無言の圧力に屈して、口を閉じる。そして、虚《むな》しく前に出された腕を、力なく下ろした。

ナナは千鳥足《ちどりあし》気味でロビーを横切り、誰かに電話しながら自動ドアを抜けていった。肩を露出させた後ろ姿を見送った安藤は、息苦しさに思わず胸を押さえる。

「よしよし、それでいいんだ」

肩を叩かれながら投げかけられた声に振り向くと、先輩の有川《ありかわ》が皮肉めいた笑みを浮かべていた。自他共に認める遊び人の有川は、日焼けした顔をしており、ホワイトニングをしたような白い歯を見せつけるように口を開く。

「今日はもう六件も被害届を受理してるから、あと一件で、俺たちの明け番はなくなっちまうんだぞ。お前も早く帰りたいだろ?」

戸惑《とまど》いつつも安藤は頷き、覚られないように歯を食いしばった。明け番とは非番のことで、十四時半から翌朝の十時半までの当直勤務が終われば、その日は休みとなるシステムだった。ただ、稲穂署では、被害届を受理する件数を制限することを暗黙のルールとしていて、当直中に七件以上の被害届を受け取ると、強制的に残業をしなければならなかった。

「しかし、あの人がもし……」

安藤は途中まで言うが、そのあとを言葉にするのが恐ろしかったので、口をつぐむ。強制残業はもちろん嫌だし、この〝掟《おきて》〟を破れば、自分だけではなく当直の全員に迷惑がかかる。

ただ、困っている人の声を無視するのも精神的につらかった。そして、事件として受理しなかった結果、取り返しのつかない事態になったら、果たして自分自身を許せるだろうかという考えが頭から離れず、気持ちが沈む。

「気にすんなよ」

有川は面倒そうな声を出す。

「お水の女だろ？　ストーカーなんて珍しいことじゃねぇって。いちいち対応してたら、こっちが過労で倒れちまうよ」

「確かに、そうかもしれませんが……」

──なにかが起こってからでは遅い。

反論を発しようと唇を動かすが、声は出なかった。

「安藤も、上手く立ち回れよ」

「……はい」

小さな声で返事をした安藤に対し、満足げな表情をした有川は浮かれた足取りで去っていった。

安藤は手に握っていた名刺に視線を落とす。

ナナから渡された名刺には、朱朱という漢字が書かれており、シュシュと読みがなが振ってある。

このままでは駄目だ。

安藤はポケットに名刺を入れる。その手は、微《かす》かに震えていた。


朝の通勤ラッシュが落ち着いた十一時。

無事に当直が終わり、家に帰った安藤は、隣の部屋のドアの前に立つ。二〇一号室に住んでいるはずのナナの様子が気がかりだった。

ネームプレートを確認する。しかし、白紙のままだったので、本名は分からなかった。耳を澄《す》ますが、中から物音は聞こえてこない。キャバクラで働いていると言っていたので、今は寝ているのだろう。

インターホンを鳴らそうとも思ったが、起こしたら悪いと思って自室へと戻ることにした。

布団を敷き、眠りに落ちるまでの間、安藤は隣の部屋に接する壁をずっと眺めていた。


二日後。

安藤は定時の三十分前である八時に稲穂署に到着した。そして、年配の女件から娘が行方不明のようだと稲穂署に相談があったことを先輩の有川から聞き、血の気が引いた。行方不明の女性は、安藤が追い返した相川ナナで、本名は本間《ほんま》聡美《さとみ》。

心臓が締めつけられるとは、まさにこのことだった。

安藤は詳しく状況を説明してもらったが、途中から頭が真っ白になってしまった。

その直後、激しい自己嫌悪に襲われて、倒れそうになるのを必死でこらえる。

あの時、自分がしっかりと対応さえしていれば、もしかしたら本間聡美は行方不明になっていなかったかもしれない。いや、自分さえ被害届受理の制限などという悪《あ》しき慣習に屈しなければ助けられたはずなのだ。

自責の念が頭の中を駆け巡り、羞恥《しゅうち》心で顔が火照《ほて》った。嚙みしめた歯がギリギリと鳴る。

――こんな不正行為、やめさせなければ。

気がついたら、安藤は震える足で署長室の扉を叩き、中へと入っていた。そして、そこでようやく我に返った。

「なんだお前は」

署長の須藤《すどう》は、不機嫌そうに口をへの字に曲げて安藤を睨みつける。身体《からだ》が大きいので、座っていても威圧感があった。

「あの……」

署長を前にして、額に汗を浮かべた安藤は怖気《おじけ》づき、一瞬で舌が乾《かわ》いてしまう。ただ、決心は揺るがなかった。

「超過勤務を強要するのを、やめていただきたいのですが……」

自分でも可笑しくなってしまうようなか細い声に対して、一瞬目を丸くした署長は、やがて小馬鹿にするように片頬を吊り上げる。

「馬鹿かお前は」疲れたように目元を指で揉《も》んだ署長は、大きなため息をついた。

「私はそんなことを強要してはいない」

「し、しかし……」

安藤の言葉に、署長は呆《あき》れ顔になった。

「お前が、どう思ってここへ来たのかは知らないが、身のほどをわきまえた方がいいぞ」

両肘を机について、手に顎を載せた署長は、諭《さと》すような視線で安藤を見つめた。

「まず聞くがな。そんなことを、私がいつ言ったんだ」

鷹揚《おうよう》な声だったが、眼光は鋭く、安藤は心臓を射抜かれたように前屈《まえかが》みになった。

階級が絶対の警察組織において、その規律を犯すことは許されないと身体の芯《しん》まで叩き込まれてきたので、生きた心地がしなかった。

「いつ言ったんだ？　答えてみろ」

署長は一切声を荒らげず、語りかけるように訊ねる。怒鳴られるよりも恐ろしい対応に、安藤は首を横に振るのがやっとだった。

確かに、署長から直接聞いたことはなく、稲穂署での被害届受理件数のルールは、当然のものとして習慣化されていただけだった。

「証拠はないんだな？」

「……はい」

うな垂《だ》れるように頷くと、署長は疲れたように首を回した。

「なら、なぜここへ来たんだ。いきなり署長に直談判《じかだんぱん》する警部補など聞いたことがないぞ。身のほどというものがあるだろ」

身のほど。確かに、一介の警部補が署長室に直接乗り込んで意見を述べるなど、言語道断だった。

——ただ。

安藤はパリパリに乾いた唇を開く。

「……僕のせいで、一人の女性が行方不明になりました」

「行方不明？　ただの家出だろ」

署長は薄笑いを浮かべる。安藤は視線を床に向けて重圧に耐えた。

「その女性は、ストーカーにつけ狙われていると訴えていました。超過勤務強要がなければ、被害届を受理していた案件です」

「だから私は強要などしていない。受理をしなかったのも、お前の判断だ。そしてその判断ミスが、そういった事態を招いたんだ」

安藤は下唇を噛み、身体の震えを抑え込む。

「……確かに、仰る通りです。僕の意志が強ければ、何の問題もありませんでした」

憤怒《ふんぬ》と恐怖が入り混じった感情を抱えながら、安藤は視線を上げて署長の目を見た。

「なんだ？」須藤は睨みながら低い声を出す。

「誰かに泣きつくつもりか？　どうせ誰も信じないぞ。証拠もない。しかも稲穂署の署員は、私に服従する。うたって、身内を売るようなことは絶対にしないぞ」

署長は辛辣《しんらつ》な形相《ぎょうそう》になった。

「お前ごときの人生なんか、いつでもメチャクチャにできるんだ。そうされたくなければ、さっさと消え失《う》せろ」

その言葉に肝《きも》を潰した安藤だったが、喉に力を入れて声を振り絞る。

「それでも……」

続きを言おうとした時、安藤は急に気分が悪くなって、右手で口を覆った。

——あなたの不正行為を訴える。

その一言が、最後まで出なかった。

3

川崎の臨海部に社屋のあるリスクヘッジ社は、工場群を見下ろすように建っている。夏の日差しを受けたビルはギラギラと輝き、窓は青空を反射して青々とした色を放っていた。

上司である町田真次の執務室はビルの上層階にあり、そこで怜良は、窓の外にある入道雲にちらりと視線を向けたあと、月に一度の定期連絡の続きを口にした。

「先月発生した警察の不祥事ですが、報告書に書かれている通りです」

「えーっと、S県警の警部補が個人情報を入手し、相手に交際を求めるメールを送信して書類送検、A県警の巡査が酒気帯び運転、H県警巡査長がひったくり未遂、Y県警の巡査が同僚の財布を盗む、と。この四件だね？」

「はい。これらの不祥事は、我々がもみ消しをするレベルの案件ではないので関与せず、放置しています」

リスクヘッジ社がK庁から請け負っている〝もみ消し〟の対象は、いわゆる記者会見を開くような事態になりかねない水準のもので、要職者の引責辞任を必要とするような不祥事に限られていた。

報告書から目を離した町田は、広くなった額に手を当てる。ペチン、と小気味良い音が鳴った。町田が首にかけているネクタイは、小さなアイアンメイデンの刺繍《ししゅう》がいくつも施されている特注品で、色違いのものを複数持っているらしく、今日はピンク色だ。悪趣味だと怜良はいつも思っていたが、嗜好《しこう》に文句を言う筋合いはないと思い、黙殺することにしている。

「人数が多いとは言え、よくもまぁ一ヵ月でこんなにも不祥事を起こすものだよ。先々月も五件あったでしょ？　不祥事のウォルマートでも作る気かね」

八の字眉になった町田は、手に持っている報告書を机の上に放った。

「それで、肝心のもみ消しの対象となる案件は？」

「今のところありません」

怜良は手に持っていたタブレットPCを操作して、データの解析結果を町田のパソコンへ送信する。

リスクヘッジ社は、信用調査や公式書類といったデータと、自宅や自家用車、収入、家族構成、旅行頻度、消費傾向といった情報を集積したものを分析して、不審な変化がないかを察知する能力を有していた。

変化とは、不正の外殻《がいかく》なのだ。

「対象にならない小さな案件ばかりじゃ、商売あがったり。契約料だけでなく、インセンティブを貰わないと、採算が取れないんだよねぇ」

町田は指を折って勘定をしながら、ため息を漏らした。

怜良は町田の首元のアイアンメイデンに目をやった。

「また、セクハラ・パワハラホットラインについても稼働は続けておりますが、今のところ有力な案件はありません」

「そっかぁ……ナイスアイディアだと思ったんだけどなぁ」

町田は口を窄《すぼ》め、いじけたような表情をする。怜良は見ているだけで苛立つ顔だと心の中で呟く。

「ん？　どうしたの？　離婚争議をしている奥様みたいなしかめっ面《つら》して」

町田は怜良の感情の機微を目敏《めざと》く察知したようだった。

「……いえ、なんでもありません」

怜良は考えていることが顔に出てしまったことを反省し、軽く咳払いをした。

「ホットラインについては、とてもいい案だと思います」

そういわれた町田の顔が、急に明るくなる。

「そうでしょ？」声まで弾んでいた。まるで、母親に褒《ほ》められた子供のようだと怜良は思った。

「いやぁ、僕も結構長い期間アメリカのリスクヘッジ社で証拠隠滅に携《たずさ》わっているけどさ、パワハラやセクハラまで事前にもみ消せって言われたのは初めてだよ」

町田の言葉に、怜良もおおむね同意見だ。

リスクヘッジ社がK庁に雇われてから七ヵ月が経っていた。五ヵ月目にして一件のもみ消しを行って以降、関与しなければならないレベルの案件は発生していない。

その間、雇い主であるK庁とは定期的に会合を重ねており、契約内容を適宜《てきぎ》修正していた。

そして一月前。

パワーハラスメントやセクシャルハラスメントといったものも、もみ消しの対象にするようにとK庁から言い渡され、守備範囲が一気に広がった。リスクヘッジ社は、基本的には個人の消費傾向などのデータを解析して、特定の職員に変化があるかどうかを読み取って状況を把握するという方式を取っている。しかし、パワハラやセクハラに関しては金銭の増減があるわけではないので、新たな装置が必要だった。

それが、セクハラ・パワハラホットラインだ。

もともとリスクヘッジ社は、相手を安心させて情報を引き出す手法を多用している。今回はこれを活用した。

例えば、リスクヘッジ社によく依頼があるのは、経済活動に関するもので、敵対企業が保有する未発表の新製品データを入手するというものが多い。そこで、リスクヘッジ社は、偽の幹部リクルート会社を設立し、転職のポータルサイトを開設するという方法をたびたび使っていた。転職サイトに登録されたアカウントの中から、敵対企業在籍者の履歴書を摘出する。それを逐次《ちくじ》チャートに落とし込み、新製品に関わっている可能性の高い人物を選び抜いて、幹部リクルーターを装って接触。あとは、小細工をする必要はない。魅力的な転職先の質問に対して、転職活動をしている人間は驚くほど簡単に組織内の情報を漏らすのだ。

相手を安心させて、必要な情報を入手するのは諜報活動の基本である。

セクハラ・パワハラホットラインという偽の受け皿を作ったリスクヘッジ社は、連絡をしてきた被害者を安心させ、情報を引き出し、告発の前に対応するという方策をとることにした。

ただ、内部告発などをする時、警察官は警務部に報告することがほとんどである。リスクヘッジ社は、そこで一工夫を加えた。

『セクハラ・パワハラホットラインは、警察組織とは全く異なる緊急窓口です。我々リスクヘッジ社ならば、絶対に相談内容を他言しません』

まるで警務部に相談したら、情報が筒抜けになると言わんばかりの文句を掲げた。

これに対して、警務部からのクレームがなかったのは、ひとえにリスクヘッジ社の〝もみ消し業務〟を知っている上層部からの圧力があったからだろう。

「ホットラインを開設したのが一ヵ月前。現在、合計で四件の相談がありますが、調査を行ったところ、三件はほとんど難癖《なんくせ》のようなものと判明しております。残り一件は一昨日《おととい》のことなので、現在調査中です」

怜良の言葉に、町田は頭をもたげる。

その時、ノックをせずに上山翼が執務室に入ってきた。手には重そうなダンベルを持っており、忙《せわ》しなく上げたり下げたりを繰り返している。

「上山君。ノックを忘れないでくれよ。アメリカだったら、射殺されても文句は言えないよ」

町田が軽い調子で注意をすると、上山は太い腕で持っているダンベルを床に置いて、軽く頭を下げた。

「急いでたもので」

「ふむ、急ぎなら仕方ない」町田は一瞬の間もなく納得する。

「僕もアメリカン航空で飛行機に乗り遅れそうになった時、飛行機の進路を遮って乗り込んだ経験があるからね。まぁでも、賠償訴訟《ばいしょうそしょう》の発生は不可避《ふかひ》だから注意ね」

町田のウインクに、上山はサムズアップを返す。二人のやりとりを見て、怜良は嫌気がさしてきた。

「それで、急な用事って？」

町田の質問に、上山はダンベルを手に持ってから怜良と町田に近づいてきた。

「一昨日、ホットラインに電話をかけてきた人物の周辺を調べていたんです」

「それで？」

「もみ消しの対象になるという報告が、調査部から上がってきました」

「それを早く言いなさい」怜良は非難するような声色で言う。

「調査書は？」

「これです」

ジーンズの尻ポケットから、四つ折りにした調査書を出して怜良と町田に手渡す。汗で紙が湿っていたので、怜良は爪を立てて、触れる面積を極力少なくした。

「C県の稲穂署にいる安藤雅史から、ホットラインに連絡が入ったのが一昨日。階級は警部補で、勤務態度も良好。通報の内容は、稲穂署の署長が、当直中の被害届の受理件数を制限するよう指示して、それを超えた場合には、超過勤務を強要しているみたいですね。理由を調べるとですね、一昔前は検挙率一本だった警察が、最近では犯罪抑止の方にも力を入れていて、いくら検挙率が上がっても評価されにくいそうなんです。そこで、被害届を受理しないで、そもそも〝犯罪はなかった〟ということにしているみたいですよ」

怜良は上山の話を聞きながら、調査書の数字を追う。

稲穂署では、二年前の四月から事件の認知件数が大幅に減り、それまでは月に三百件台後半〜四百件台だったのが、四月から現在まで二百件台を維持している。犯罪が減ったと言えなくもないが、変化が急激すぎる。

「まだ確証があるわけではありませんが、安藤雅史が語った内容によると、当直の勤務時間中に七件以上被害届を受理した場合、通常は朝の十時半頃に勤務が終わるところを、十六時まで強制的に残らせるそうです。前日の十四時半からの勤務なので、実質二五・五時間連続勤務です」

町田は肩をすくめ、薄くなり始めた髪を守るように手で触る。

「それは酷いな。寝不足は髪の毛にもよくない。さっそく育毛剤の手配を……」

「通報者である安藤の様子は？」

町田の笑えない冗談を遮った怜良は、強い語調で訊ねる。

「様子？」

「これから彼が、どう動こうとしているのかってことよ」

要領を得ない上山に、怜良は厳しい口調になった。

「つまり、我々以外の所へも通報するのかってこと」

上山は合点がいったように頷く。

「あ、そういうことですね。安藤雅史については、とりあえずこれからリスクヘッジ社が事実調査をするという流れになっていて、他言はしないように約束していますので」

怜良はほっそりとした顎に手を当てる。

警察署内の日常生活に根づいた事案は、なかなか表面化しないし、マスコミなどに察知される危険のないものに関しては、基本的にリスクヘッジ社は動かないことになっていた。こういったパワハラまがいのものは、被害者や周囲の者が動かない限り露見せず、もみ消し以前に、組織側からの是正を促すよう働きかける種類のものだ。

ただ、安藤雅史のような案件について、もみ消しの対象に切り替わるポイントがあった。

それは、被害者や周囲の人間が問題に立ち向かおうと動き出すケースだ。この場合、下手をしたらマスコミに察知される可能性もあるので、もみ消しの対象となる。また、組織の不正を探る役目である監察官などが動き出した場合にも、リスクヘッジ社は対応することになっていた。先に監察官に証拠を押さえられたら、もみ消しは困難となるので、絶対に避けねばならなかった。

「それで、監察官の動きは？」

上山は笑みを浮かべる。

「安藤雅史はホットラインに連絡を入れただけで、警務部に連絡はしていません。また、現状では監察官は動いていないという情報です」

怜良はゆっくりと息を吐いた。

監察官。特にK庁長官官房監察官室の和久井勝也に動かれると、仕事がやりにくくなる。和久井のような勘の鋭い監察官はリスクヘッジ社の計画の障害になる上、彼は雑誌記者である鮎川譲という男から情報を得ている様子だった。外部協力者が加わったことと、監察という組織力があるため、今や和久井の情報収集力は飛躍的に高まっていた。リスクヘッジ社にとって、個人としては第一級の危険人物になっている。

怜良は町田に視線を向けた。

「一度告発をしようとした人間は、それなりの決断があったからで、簡単には思いとどまりません。安藤雅史については、もみ消しの対象となりえます。対処してもよろしいでしょうか」

町田は、もったいぶるように唸ったあと、唇を突き出して頷く。

「K庁長官には、私から報告しておくよ。抜かりなくやってくれ」

「それでは、現時点より安藤雅史の事案についての情報は、私に一本化します」

怜良はタブレットを操作して、システムの設定を変更する。

リスクヘッジ社には、現在五十人ほどの社員が働いており、それぞれが役割を担って活動している。そして、もみ消しの事案を探っている段階では、各セクションの人間が情報を整理して、マネージャー職の人間に報告するという体制を取っていた。ただ、実際にもみ消しの対象となった事案が発生した場合、情報は直接マネージャー職の人間に届くようにしていた。ロスがない上に、情報の拡散《かくさん》を防止することができるからだ。

タブレットによる設定変更を完了させる。これで、今まで上山へと流れていた情報が、怜良に来ることになる。

「怜良ちゃん、今回も上山君と一緒に行動するようにね」

町田の言葉に、怜良は憤懣《ふんまん》やるかたない思いで腕を組んだ。

「あの、ちゃん付けはやめていただきたいのですが」

「え、なんで？」町田は本気で分からないといった表情になった。

「ちゃん、って言葉の語源は〝様《さま》〟なんだよ。だから、ちゃんを嫌がるのは変だって」

町田のよく分からない言い草に、怜良は肩を落とした。

今度言ったら無言で殴ってやろうか。そう思った時、携帯電話の振動が太股を震わせる。怜良は気を取り直して、スキニーパンツからスマートフォンを取り出して耳に当てた。

相手の声は低く、電波が良くても上手く聞き取れない。

「……ええ、わかったわ」

内容を聞き終えると、怜良は通話を切って、苦々しい表情になった。

「ん？　何かあったの？」

不審そうな顔で町田が訊ねる。

「稲穂署に、監察官の和久井が向かったそうです」

「え？」

町田が上山に疑いの視線を向けると、上山は慌てて首を横に振った。

「ヘマしたのは俺じゃないですよ。ここに来るまでは確かに監察官は動いていませんでしたし、情報が漏れるなんてこともありえません」

「安藤雅史が警務部に通報した可能性もあるんじゃない？」

町田の問いかけに、上山は何度も首を横に振った。

「いやいや、それもないですって。警務部に連絡するよりも安心だと思ったから、ホットラインにかけてきたんですよ？　いまさら、警務部にも連絡するなんてことは……」

「別件《べっけん》よ」

怜良は会話を遮る。二人は怜良の方向に顔を向けた。

「和久井が稲穂署に向かった理由は、署長である須藤の件らしいわ」

「須藤署長？　何かありましたっけ？」

上山の言葉に町田は首を傾《かし》げる。怜良は下唇を軽く嚙み、床を凝視した。

「須藤署長が、風俗業者から上納金を受け取っているという投書が、K庁の意見箱に送られてきたらしいの」

意見箱とは、K庁のホームページに設置されているメールの窓口で、苦情や意見などの情報を一般の人でも投書することができるものだった。

「そしてそれを運悪く、監察官の和久井が見たようね」

町田と上山の表情が険《けわ》しくなる。怜良は、唇を一文字に結んだ。

もみ消しの案件が、二件同時に発生した。

4

公用車に乗り、和久井はC県の稲穂署に到着した。

「C県警本部の監察官は、あと三十分ほどで来るそうです」

運転席に座っている吉野は、四十代にしては張りのある声の持ち主だ。和久井よりも十歳以上年上だったが、日々身体を鍛えているので若々しかった。K庁長官官房監察官室の主査である吉野は、和久井の部下であり、警察署の監査では主に書類や記録から不正を察知することに長《た》けている。

「……遅いな」

「業務監査で出払っていたそうですよ」

吉野の説明に、和久井は顔をしかめる。

「おおかた、稲穂署に関する資料を慌てて見直しているんだろう」

和久井の言葉に、吉野はどうとも取れるような曖昧な笑い方をする。

K庁が監視の目としてリスクヘッジ社を採用してからというもの、本来ならば現場にはほとんど関与しない和久井たちK庁監察官も、現場の把握をするように言い渡されていた。K庁の監察官だった嘉藤洋平が県警から過剰な接待を受けたことによって、リスクヘッジ社という異物を迎え入れてしまったという汚点があるので、粛々《しゆくしゆく》とこなすしかない。仕事量はほぼ二倍になったので初めは戸惑ったが、和久井は現在の境遇に感謝している。

リスクヘッジ社が隠れて何をやっているのかを暴《あば》くには、現場に近いほうがいい。警察官全体を監視して不祥事を未然に防ぐという触れ込みのリスクヘッジ社が、表向きの業務とは別の動きをして、何らかの工作を行っているのは確かだ。和久井はそれがなんなのかを暴きたいと渇望していた。

公用車を署内の駐車場に停めた吉野は、後部座席へ振り返る。

「県警本部の監察官を待ちますか」

「いや、先にやるぞ」

待っている時間が惜しかったので、ドアを開けて車を降りた。

一歩外に出ると、咽《むせ》かえるほどに熱い空気が全身を圧迫するように包み込む。セミの鳴き声が町中に反響し、鼓膜を震わせた。

こんなにも、セミの発する音は大きかっただろうか。

和久井は去年の記憶を呼び覚ますが、耳障《みみざわ》りだと思ったことはなかったはずだ。リスクヘッジ社の存在が、自分の神経を過敏にしているのかもしれない。

和久井の後ろから、慌てた様子の吉野がついてくる。代謝《たいしゃ》がいいのか、すでに汗をかき、右手にはハンカチを握っていた。

稲穂署の署内は、冷房がほとんど効いていない。猛暑の影響に加えて、警察全体で節電に取り組んでいるので、仕方のないことだった。

エレベーターホールに向かうと、四角い顔をした岩のような男が出迎えた。

「ご苦労さまでございます」男が頭を下げる。

「私が、稲穂署の署長をやらせていただいている須藤です」

名前を名乗った須藤という男は、根性のすわった人物に見える。和久井は第一印象を把握しつつ、頭を軽く下げた。

「K庁長官官房監察官室の和久井と申します。こっちは、主査の吉野です」

「どうも、よろしくお願いします」

吉野の言葉で、須藤は再び頭を下げた。

「先ほど、監察官室から連絡をいただいたところでした。いやぁ、お暑いところ、恐縮でございます。冷房も節電で弱めているので、申しわけございません」

須藤の極端に遜《へりくだ》ったような口調が妙に鼻についたが、顔には出さなかった。

「それで、今日はどういったご用件でしょうか。月例監査の日程はまだ先ですし、なにか不測の事態でもあったのでしょうか」

須藤の言葉づかいは慎重で、一見すると従順だが、相手の様子を探るように動く目は油断ならないものだった。

「今回は、特別監査で来ました」

和久井の言葉に、須藤は色を失う。

「えっ……この、稲穂署にですか」

信じられないといった風に驚愕の表情をしている須藤は、首を横に振った。

「お、お言葉ですが、うちには何もありませんよ。まして特別監査になるものなんて……なにかの間違いではありませんか」

「間違いで来たりはしません」

和久井は淡々と言う。

「そうですか……特別監査ですか」須藤はエレベーターのボタンを押しながら、考え込むように首を傾げて言った。

「ともかく、詳しいお話は私の部屋で伺いましょう」

頷いた和久井は、須藤の後ろ姿を凝視する。

どこか、妙だ。須藤は特別監査と聞いて、想像通りの反応を示した。特別監査を実施するのはさまざまな要因があるが、基本的には緊急に調べなくてはならない事案が発生したからで、しかも、内部告発などの根拠のある監査が多い。つまり、不正がないかを探すという通常の監査とは、全く違う種類のものである。特別監査と聞いて、署長が驚くのも当然なのだが、稲穂署の須藤の反応には、どこか芝居がかった雰囲気があったのだ。

ふと、一つの可能性を導き出す。

「すまないが、先に行っててくれ」

和久井の言葉に、吉野はきょとんとする。

「え？　なにかあったんですか」

「あとで話す」

和久井は吉野にそう言うと、エレベーターには乗らず、吉野と須藤を先に行かせた。

和久井が身体を反転させてカウンターへと向かい、周囲を見渡す。ロビーの一角に掲示物が貼られていた。

『セクハラ・パワハラホットラインは、警察組織とは全く異なる緊急窓口です。我々リスクヘッジ社ならば、絶対に相談内容を他言しません』

明るい色調で書かれた文字を見た和久井は、口の端を痙攣させた。

馬鹿にされている。

和久井は苛立たしさを抑え込んで、ポスターの近くで世間話をしている三人の署員に大股で向かっていった。

「ちょっといいかな」

その声に、三人が一斉に和久井に視線を向けてくる。日焼けした肌から、なにかしらのスポーツをしていることが分かった。

「なんでしょう」

和久井が何者かを確かめるように視線を動かしながら、男が言った。

「K庁監察官の和久井という者だが、一つ聞きたいことがある」

「えっ……」

その言葉に、三人は一瞬ポカンとした後、通電したかのように身体を震わせて、背筋をまっすぐに伸ばした。

「は、はいっ！　なんでしょうか！」

男は野球部員のようなハキハキとした声を出した。他の二人も、顔が緊張で引き攣っている。

「この署に最近、リスクヘッジ社の人間が来なかったか」

和久井の言葉が意外だったらしく、男は困惑した様子だった。

「……リスクヘッジ社、ですか」

男はポスターを指差した。

「そうだ。不審な女でもいい。黒髪で、雪女みたいな顔をした冷たい女だ」

和久井はそこまで言って、自分が感情的にものを言っていることに気づく。

「……いや、今のは気にしないでくれ。それで、妙な人物は見たか？」

男は首を横に振った。

「いや、知りません」男は首を傾げて、他の二人を見る。

「来てないよな？」

二人の男も、記憶にないと答えた。

「そうか。何か不審なことがあったらすぐに連絡してくれ」

考えすぎか。

そう思って何となくロビー内を見渡した時、カウンターの向こう側にいる一人の男と目が合い、思わず身構えてしまう。男の視線は真っ直ぐに和久井に注がれている。

知り合いだろうか。

呼びかけようと和久井が口を開くと、男は慌てて視線を逸らし、奥へと姿を消してしまった。和久井は目を細めて、男が消えていった先を見つめた後、エレベーターへと向かった。


署長室に入った和久井は、ソファーに座っている吉野の隣に腰を降ろし、須藤と相対する。署長室というものは、どこも似たような造りだ。ただ、稲穂署の署長室は、和久井の偏見かもしれないが、高価な置物が多いように感じた。

「それで、特別監査の内容については、教えていただけるのでしょうか」

「それは調査段階ですので言えません。ただ、我々が要求する資料については、隠さずに提供していただきたい。分かっているとは思いますが、我々に隠しごとをするのは得策ではありません。もし嘘が露見した場合は、それ相応の懲罰は覚悟してください」

和久井が有無を言わせぬ口調で言うと、須藤は何度も頷いた。

「も、もちろんですとも。誓って、隠しごともしませんし嘘も申しませんので。我々は全面的に協力しますよ。なんなりと仰ってください」

須藤は両手を軽く上げて、まるで降参のようなポーズをする。

「感謝します」

和久井は言いながら、やはり引っかかりを拭い去ることができなかった。

須藤の芝居がかった反応が信用ならなかった。こういう対応をしておけば、すべて問題なく監査をすり抜けられると言いたげな一種の余裕すら感じられた。

和久井の胸中に湧いた疑惑。その矛先は、リスクヘッジ社に向けられている。

もしかしたら、リスクヘッジ社が稲穂署の不祥事に関する証拠を先回りして隠蔽したのではないか。

和久井は歯を食いしばった。

表向き、リスクヘッジ社は警察官の監視をすることを主な業務と謳《うた》っていた。しかし、その動きに胡散臭《うさんくさ》さがあった。

リスクヘッジ社が、警察官を監視するという名目を隠れ蓑《みの》にして、もみ消しを行っているのではないか。

突拍子《とっぴょうし》もない考えだと思っていた。しかし、三ヵ月前に起こった溝の口警察署での出来事により、和久井の中では現実味のある疑惑へと変わっていた。

須藤のわざとらしい演技の下に見え隠れする余裕を見ていると、リスクヘッジ社がすでにもみ消しを完了させたのではないかと疑ってしまう。

だが、まだ決まったわけではない。和久井は気を取り直して、視線を須藤に向けた。

「まず、このリストにあるものを全て出してください。必要な物は持ち帰りますので、台車もお願いします」

和久井の言葉に、須藤はゆっくりとした動作で二度頭を縦に振った。

K庁に送られてきた匿名《とくめい》の投書の内容は、署長である須藤が風俗業者から上納金を受け取っているというものだった。普通ならば、一件の投書に対して、このように迅速に動くようなことはしない。しかし、今回の投書には「境町《さかいまち》の風俗街は、警察の監視下にあるので、今まで上納金のことを訴えることもできず、もし通報したことが露見すれば、命が危ない。どうか調査をしてほしい」と書かれていた。内容から緊迫感が読み取れたのに加え、不祥事に対して監察官室が敏感になっている時期なので、早急に対処をすることを和久井は決めた。

――それに、リスクヘッジ社の動きも気がかりだった。

「わかりました。早速、取りかからせます。和久井監察官にお手間を取らせないよう、署員には十分言っておきます」

須藤は「よっこらせ」と言いながら立ち上がると、和久井が用意したリストを受け取った。

「ただですね」須藤は舌を出して唇を舐める。

「いくら探しても、何もないと思いますよ」

「その判断は、我々がしますので」

和久井の言葉に、須藤の顔が初めて苛立たしげに歪んだ。


四時間後。

県警本部の監察官たちを加えて、署内にある資料を精査したが、不審な点は見つからなかった。

「当然、探すべきは裏帳簿だろうな」

アイスコーヒーの入った紙コップを手に持った和久井は、渇いた喉に液体を流し込み、いくつかの氷を口に含んだ。

「正規の資料に問題がないとなると、そうでしょうね」吉野は資料の見直しをしながら答える。

「組織ぐるみで裏金作りをやっていた場合、不正な金だとしても、必ず出納《すいとう》管理をするための帳簿が必要になりますからね。ただ、個人でやっている場合には、帳簿の必要はないので、なにか別のものを探さなければなりませんよ」

頷いた和久井は首の骨を鳴らした。

提出させた資料の調査は、いわば事前準備のようなものだ。署長が不正をしていた場合、求めに応じて、おいそれと不正に関する資料を提出するはずがない。関連資料に目を通した上で、綻《ほころ》びを見つけ出し、裏帳簿の存在を探るのだ。

ただ、現時点では、疑わしい点は全くなかった。裏帳簿がないとすると、稲穂署での組織的な犯行ではなく、個人による行動の可能性もある。

やはり、真相究明の最短ルートは、投書者を探し出すこと。

和久井が考えを巡らせていた時、携帯電話に着信が入る。ディスプレイを見ると〝鮎川〟の文字が表示されていた。

和久井は立ち上がり、軽く伸びをする。

「少し外に出るが、いいか」

腕時計を確認した和久井は、吉野に向かって言った。

「大丈夫ですよ。自分は、もう少し資料を調べますので」

「よろしく頼む。なにかあったら連絡してくれ」

和久井はゆっくりとした歩調で部屋を出て、廊下を歩きながら携帯電話の通話ボタンを押した。

「どこにいる」

〈あ、稲穂警察署の裏手です〉

電話の向こうから、ラジオの音と共に酒焼けしたような声がする。

「すぐに行く」

和久井は電話を切り、エレベーターで一階に降りる。外に出る前に、ロビーのカウンターに視線を向けたが、妙な視線を向けていた男の姿はなかった。

アスファルトがジリジリと音を立てて熱せられている道を歩いていき、稲穂署の裏手に停まっている車の後部座席に乗り込むと、運転席に座る鮎川が煙草の火を消した。車内には、電話口で聞こえていたラジオの音が流れている。

「どうも」

バックミラー越しに視線を合わせてきた鮎川は、口を曲げて笑顔を作った。出版業界最大手の時代社の雑誌記者である鮎川は、リスクヘッジ社のことを追っており、和久井とは一時的な協力関係にあった。

ただ、和久井は鮎川を信用してはいない。

監察官の不祥事をすっぱ抜いて、K庁にリスクヘッジ社を採用させる契機を作った張本人だからというわけではない。人当たりの良い顔をしながらも、ときおり、狡猾《こうかつ》そうな目をするのが油断ならなかった。なにより、抜かりがない。使える男だが、注意を怠ったらこちらが喰われそうな雰囲気を持っていた。

「境町の情報は入手できたのか」

和久井の問いに、鮎川は頷く。

「ええ、もちろんです」

そう言うと、鮎川は助手席に置いていたバッグから二つ折りにされた紙を出して、和久井に渡した。

「境町は風俗街ですからね。俺の庭みたいなものです」

「だから頼んだんだ」

蛇《じゃ》の道は蛇《へび》。アンダーグラウンドの世界は、鮎川のような人材が適している。

「そのリストに載っている人間を当たれば、境町で起きていることの大半は分かりますよ」

車を発進させた鮎川は、鼻から息を漏らした。

「こっちは約束を守りました」鮎川は探るような目つきになる。

「だから、和久井さんが何を探っているのか教えてください」

和久井に一瞬の躊躇が生まれた。どんな理由があろうと、監察官という立場上、情報を情報で買うような取引をするのは後ろめたかった。しかし、リスクヘッジ社の実態を探るためには、鮎川の情報網を活用したいのも事実であり、今は、罪悪感よりも実利が優先だ。

「……稲穂署の署長が、風俗業者から上納金を受け取っているらしい」

「そうですか。ま、そんなことだろうと思いました」鮎川は興味をそそられなかったらしく、素っ気ない声を出す。

「警察の上の方は、権力と役得がありますからね。それくらいの不祥事じゃ、もう国民は驚きませんよ」

赤信号で車が停まると、鮎川は首を捻《ね》じ曲げて和久井を見た。

「それよりも、リスクヘッジ社が今回の件に関与しているのかが重要です。そこのところ、どうなんですか」

「まだ、それは分からない」

その返答に、鮎川は不満そうに息を吐く。

「そうですか。では、何か続報があれば教えてください。我々は暫定的とはいえ、連合軍なんですから」

その言葉を発する横顔に、不敵な笑みが浮かんでいた。

——こいつに呑み込まれてはならない。

和久井は心の中でそう念じた。

日が傾き、空は茜《あかね》色に染まっていた。通行人のほとんどは、暑さに参っている様子で、気怠《けだる》そうな表情をしている。

発進した車は左折し、風俗街である境町へと入っていった。

5

川崎の臨海部にあるリスクヘッジ社。そこの上階のカフェテリアで、怜良は安藤雅史と相対していた。百人は優に座れるであろう空間には、二人の他には誰もいない。音楽もなく、人気もなく、窓から射し込む光だけが、温かみを感じさせるような場所だった。

丸テーブルの上にはミネラルウォーターとアイスカフェラテが置かれている。

「お疲れのところお呼び立てしてしまい、申しわけありません」

「……いえ、僕が望んだことですし」

安藤は思い詰めたような表情で言うと、アイスカフェラテの入ったグラスを口に運ぶ。緊張なのか、恐れなのかは分からないが、手が微かに震えていた。

稲穂署での勤務が終わったあと、事前に連絡してあった通り、車でピックアップしてリスクヘッジ社へ来てもらっていた。

「まずは、ホットラインへの通報、感謝しております」怜良は頭を下げる。

「安藤さんから連絡をいただいたこと、また、今後お聞きすることは、決して他言しませんので、ご安心ください」

頷いた安藤だったが、訝《いぶか》しげな視線を怜良に向けていた。

「一つ、聞いてもいいですか」

「もちろんです」

「昨日、監察官の人が来ましたけど、何か関係があるんですか」

安藤は非難めいた口調で訊ねる。怜良は柔和な笑みを浮かべた。

「全くの無関係です。申し上げた通り、我々は安藤さんの秘密を保護する立場ですので、情報が漏れないように細心の注意を払っております」

「じゃあどうして、監察官が来たんでしょうか」

憂《うれ》えるような顔をした安藤は、疑心の混ざった目つきで怜良を見た。

「これとは別の件でしょう」

「別の件？」

怜良は手の指を組んで、テーブルの上に置く。

「我々の業務とは関係ございませんので詳細は分かりませんが、定期的な監査で何かが見つかったようです」

「何かって？」

「不正行為ではないと聞いておりますが、それ以上は分かりません。こちらでお調べして、分かったらご報告します……それでは、本題に入ります」

怜良は強引に話を切ると、椅子の脇に置いていたファイルを手に取った。

「安藤さんの通報を元に、事実確認をしました。被害届の受理件数によって超過勤務強要をしているということですが、タイムカードに異常はありませんでした」

「それは、通常の勤務時間が終わったら押せと強要されているからです！」

安藤は強い口調で言った。顔には、失望の色が浮かんでいる。

「安心してください。我々はさまざまな角度からの検証を行っています」

冷静さを保っている怜良は、ファイルを安藤の前に置く。

「これは、当直者のパソコンのログイン履歴をグラフにまとめたものです。被害届の受理件数が多い日は、規定を大幅に超える接続時間で、反対に、受理件数が少ない日は、ほぼ勤務規定通りの時間で接続が切れています。稲穂署では、個人のＩＤでパソコンにログインしますので、これくらい調べることは簡単なんです」

データを凝視していた安藤は、曖昧に頷いた。

「それなら、署長の超過勤務強要については？」

「当直者全員が足並みを揃えていますので、組織的に行われていることは明白です。つまり、署長を告発することは可能でしょう」

安藤は安堵したようだったが、決して喜んでいるようには見えなかった。

怜良は表情を緩める。

「こちらからも一つ、伺ってもよろしいでしょうか」

「はい」

「どうして、告発をしようと考えたのでしょうか」

なるべく相手に警戒心を抱かせないように心がけたが、安藤はその質問に身体を硬直させたようだった。

「……不正が行われて、それを告発するのは当然でしょう」

安藤は腕を組みながら答えた。

「いえ、どうしてこのタイミングなのか、ということです。我々が調べたところでは、かなり前から、このような状態が続いています」

安藤は渋い顔になった。

「……何か、あったのでしょうか」怜良は追い打ちをかけることにする。

「告発するということは、告発された側の人生が変わってしまうということです。不正を働いていたので当然の報いではありますが。ただ、なにか安藤さんを突き動かした理由があるのでしたら、お聞きしたいと思いまして」

怜良の親身な喋《しゃべ》り方に、安藤は心を動かされたらしく、黒目をわずかに震わせる。

リスクヘッジ社が安藤雅史に関する情報を収集して導き出した彼の性格は、進んで内部告発をするような人間ではないということだった。つまり、そのきっかけを探ることによって、リスクヘッジ社は告発を思い留まらせることができるかもしれないと考えていた。

安藤は躊躇するように顎を引き、思いつめた様子でアイスカフェラテを凝視する。

「告発をするきっかけが、あったんですね？」怜良は一度口を閉じて、上体を前へ少しだけ倒し、距離を縮めた。

「行方不明事件と、関係がありますか」

その言葉に、安藤は弾かれたように勢いよく顔を上げた。意表を突かれたのか、目が大きく見開かれている。

「どうして、それを……」

「我々は、安藤さんの告発の真偽を確かめるために、身辺調査をさせていただきました」

怜良はそう言うと、ミネラルウォーターを一口飲んで喉を潤《うるお》す。

簡単なことだ。今回のように超過勤務強要が継続している状況下にあった場合、何かがきっかけとならない限り、告発へと踏み切ったりはしない。民間企業にサービス残業が蔓延《まんえん》している状況と似たようなものだ。しかし、きっかけとなる出来事が起これば、流れに逆らう力になる。

その〝契機〟を明らかにするために、ホットラインに連絡をした前後の出来事を探って、一つの可能性を発見した。

安藤がホットラインに連絡をした二日前に、一件の行方不明者届が稲穂署に出されていた。

行方不明になっているのは本間聡美。届出をしたのは母親で、リスクヘッジ社の実務部隊がマスコミを装って話を聞くために訪問すると、本間聡美は姿を消す前、母親に携帯電話で連絡を取っていたらしい。そして、ストーカーがいることと、稲穂署に助けを求めたのに追い返されたという旨《むね》の話をしていた。その後、消息を絶ったままだということも確認済みだ。

該当日の事件受理件数はぎりぎり六件だった上、その日は安藤が当直だった。

「安藤さんは、本間聡美さんからのストーカー相談を拒否して、そのまま家に帰した。そして、彼女は行方不明になった」

怜良の言葉に、安藤の顔が真っ青になる。

「ここ数日間の安藤さんの行動をチェックさせていただきました。すると、仕事が終わったあとに、周囲に聞き込みをしたり、彼女の職場に行っていますよね」

「な、なんでそんなことをっ……」

「悪く思わないでください。我々は、あくまで安藤さんの告発の真偽と、安藤さんご自身が信用に足る人物かどうかを確認したかったのです」

怜良は口を閉じると、安藤の反応を待った。

安藤は、短い呼吸を繰り返し、やがて口を開く。

「……その通りです。仕事のあと、毎日手がかりを探し回っています。稲穂署も、まだ行方不明者届を受理しただけで、本格的な捜査は行っていません。だから、手遅れになる前に、僕が探そうと思ったんです……僕が、稲穂署の暗黙のルールに屈したから……本当に、警察官失格です」

怜良は手を組み、気を引き締めた。

肩を落とし、うな垂れる。その姿は、見る者に痛ましいと思わせるものだった。

ここから、もみ消し開始だ。

「理由はどうあれ、安藤さんは稲穂署の超過勤務強要を告発しました。我々は、その裏づけの資料を揃えています。あとは、K庁に提出すれば、稲穂署の須藤署長は懲戒処分になります。それで、よろしいですか」

安藤は視線を泳がせた。

――やはり、安藤は須藤署長を断罪することが目的ではないのだ。

「ご存じかとは思いますが、今回の件が受理されたら、警察組織は告発者を探すかもしれません。我々は完璧に安藤さんを保護しますし、リスクヘッジ社から情報が漏れることは万が一にもないと断言します。ただ、安藤さんを含めた全署員が、何度か面談をすることになるでしょう。その時にはどうか、自然に振る舞ってください」

「僕は……」安藤が発した声は、まるで自分に語りかけているかのように小さかった。

「僕は、今回のことを機に、警察を辞めようと思っています。親父が小さな建設会社をやっているので……元々、親父からも会社を継いでほしいと言われていましたし」

「そうでしたか」

怜良は初耳であるかのように相槌を打つが、すでに調査済みのことで、安藤の出方によっては、誘導の材料にしようと考えていたものだった。

「しかし、個人的な意見を言わせていただきますと、辞める必要まではないと思いますが」

「いいえ、いいんです」

安藤の思い詰めた表情は変わらなかったが、少しだけ声に張りが戻っていた。

「でも、彼女の件の決着をつけてから辞めます。超過勤務強要のことも、署長に恨みがあるわけではないので、何とか穏便《おんびん》にすませようとは考えています」

順調にいい方向に流れている。しかし、まだ安心はできない。本間聡美の件が解決しなければ、心境の変化によって方針を変えてしまう可能性もあった。

「警察官を辞めることは、揺るがないと？」

その質問に、安藤は即座に頷く。

「はい。これは、じっくりと考えた結果です」

怜良は、覚られない程度に頬を緩めた。

「分かりました。ただ、一つご提案があります。今回の件を、全面的に我々に引き受けさせていただけませんでしょうか」

「え？」

安藤は怜良の言葉を怪しむように目を細める。

「引き受ける？　超過勤務強要をやめさせるってことですか」

「それだけではありません。我々が、本間聡美さんを探し出します」

安藤は何かの聞き違いではないかと驚いている様子だった。

「そ、そんなことが……」

「リスクヘッジ社ならば、できます」怜良は断言する。

「弊社はアメリカで、テロの容疑者や予備軍を発見するための活動をしております。そして、一定の実績を上げていますので、誘拐《ゆうかい》犯や誘拐された人間を探すことも、決して不可能ではありません」

怜良は、ファイルから一枚の紙を手渡す。

「安藤さんのお望みの一つ目は、穏便に超過勤務強要をやめさせることですね」

頷いた安藤は、まだ半信半疑といった様子だった。

「……はい。僕としても、警察に復讐したいわけでも、署長を糾弾《きゅうだん》したいわけでもないので、是正してもらえれば構いません」

安藤は動揺しながらも、はっきりとした声で言った。

「分かりました」怜良は続ける。

「そして、もう一点は、聡美さんの捜索。発見し次第、依願退職をするという流れで間違いありませんね？」

念を押された安藤は、緊張した面持ちで頷く。

「かしこまりました。ちょっと失礼します」

怜良はそう言うと、タブレットPCを操作し、安藤との取り決めを入力後、送信ボタンを押す。

「お待たせしました。しばらくしたら、正式な書類を持ってこさせますので」

「正式って……何の書類ですか」

安藤は眉根をよせる。

「それはもちろん、私と話した内容を書面化したものです。リスクヘッジ社は、超過勤務強要の是正と、聡美さんの捜索という二点の約束を守ります。しかし、安藤さんが私と話した内容と反するような行動をとった場合、こちらの予定に狂いが生じてしまいます。特に、超過勤務強要の件については、非常にデリケートな案件ですので、勝手なことをされては困るのです。お分かりいただけますでしょうか」

「はぁ……」

安藤は目をぱちくりと瞬かせ、はっきりとしない返事をする。

やがて、一人の男が姿を現し、用紙をテーブルに置いて去っていった。

怜良は軽く顎を引く。

「これが、先ほど私と安藤さんが話した内容をまとめた契約書です。『機密保持同意書』と書かれてありますが、これは、我々との約束を他言しないという内容を明文化したものとお考えください」

用紙に手を添えた怜良は、目を丸くしている安藤の方にスライドさせた。

「ご安心ください。我々は安藤さんの要求を、寸分違《すんぶんたが》わずに実行してみせますので」

怜良は、信頼している人間にしか見せないような親密感のある笑みを作った。

安藤を帰したあと、怜良は自分のデスクの前に座り、パソコン越しに前方を見た。

視線の先には、上山が立っている。

「上納金の件を投書した人物の特定はできたの？」

足を組み直した怜良の言葉に、上山は指をパチンと鳴らした。

「いえ、まだまったく分かっていません」

「……自信を持って言うことじゃないわよ」

怜良が疲れたような顔をすると、上山は、たしかに、と言って続ける。

「監察官は、K庁のホームページにある意見箱経由のメールが引き金となって動き出したようですが、監察側も投稿者の特定はできていないみたいですね」

堂々とした態度の上山に、怜良は右手で頭を抱えた。

「どうしました？」

上山は心配そうに顔を覗き込んでくる。その真剣な表情が鬱陶しかった。

「ともかく」怜良は疲れを振り払うように大きく息を吸った。

「向こうよりも先に投書した人物を探し出すのよ。K庁の意見箱に投書した送信元も辿れてないのね？」

「投稿者は、匿名化するソフトを使用していたみたいで、摑めてません……と、解析チームから聞きました」

上山はおどけたように言う。

「じゃあ、ヒューミントでいくしかないわね」

　怜良は目の上を親指で揉んだ。ヒューミントとは人的諜報のことで、通信傍受などによる諜報活動と対をなす方法だ。

「署長の単独行動で、上納金などのやりとりをしている可能性は限りなく低いわ。必ず、運搬役なり手足となる人物がいるはずよ。プロジェクト・ユッカ方式ですよね」

「分かっています。協力者の獲得は、プロジェクト・ユッカ方式ですよね」

　心得顔をする上山の言葉に、怜良は頷く。

　プロジェクト・ユッカとは、MI5やCIAの元エージェントらによって創設された諜報企業によるビジネス課報工作作戦の名称で、二〇〇五年頃から数ヵ月にわたっておこなわれたものだ。その時に取り決められた情報源となる人物の選定方法を、リスクヘッジ社は採用している。

　協力者としてもっとも使える人物像は、二十代半ばの男性で、仕事に少し飽きており、上司に不満を持っている。また、現金が必要で、女好き。スポーツを嗜《たしな》み、経費をごまかすが、愛国者。

　これに当てはまる人物は、ほぼ間違いなく協力者となる。

6

三日がかりで風俗街の聞き込みを終えた和久井は、すぐに境町の異常さに気づいた。

風俗業者が、警察に怯えているのだ。

当然、アンダーグラウンドに近い存在の彼らなので、警戒心を持つのは分かる。しかし、怯えるというのは妙だった。調べたところ、境町の風俗店は、公安委員会への届出とそれに対する許可がしっかりとされており、違法性は認められなかった。

「いったい、何があるんですかね」

冷房を効かせた車中で、鮎川は缶コーヒーを飲んでいた。太股には、風俗業者のリストが載っている。

未だに煌々《こうこう》と明かりが灯《とも》っている稲穂署を眺めながら、和久井は思案顔をして、この三日間のことを思い出す。

稲穂署の署長である須藤が、風俗業者から上納金を受け取っているという投書を元に聞き込みをおこなったのだが、誰一人としてこの件について話そうとはせず、厄災《やくさい》を恐れているかのように血相を変えていた。

箝口令《かんこうれい》。

その言葉を思い浮かべてしまうほど、業者の反応は一様だった。

そして、もう一点の違和感。

警察の巡回が、やけに多い気がする。聞き込みをしている間も、各所で警察官に出くわした。風俗街や繁華街は、他の地域よりもトラブルが多い。巡回を厚めに敷くのは当然なのだが、それを勘案してもなお、異常と思える数だった。地域課による警邏《けいら》のスケジュールを確認すると、やはり境町は重点的に回る地域に指定されており、署長である須藤の指示だと判明している。須藤に理由を聞くと、〝犯罪抑止のため〟の一点張りだった。

「やっぱり、妙ですよね。俺も和久井さんとは別行動で、ちょっと境町を探ってみたんですが……」缶コーヒーを飲み干した鮎川は、煙草に火をつけた。

「どう言えば的確ですかね……えーっと、特高警察に怯える戦前の国民みたいな……うーん」

「例え方はなんでもいい」

あれこれと頭を捻っている鮎川に、和久井は冷めた視線を送る。

「そうですか？　でも、雑誌の見出しに使えないかと思いまして」

鮎川の声が弾《はず》む。須藤署長の上納金疑惑に対して、当初はあまり興味を示さなかった鮎川だったが、聞き込みが空振りに終わるごとに、記者の血が騒ぐと言ってやる気を出している。

「ともかく、リストに載っている奴らは全て口を閉ざしている。ここまでくると、どうぞ疑ってくださいと言っているようなものだ」

和久井は、唇に人差し指の第二関節を当てる。

同僚である吉野は、引き続き稲穂署の書類を精査しているが、不審な点は見つかっておらず、署内にも裏帳簿は存在しないようだった。署員のパソコンの中も調べたが、痕跡すらないらしい。もし、署長である須藤が単独で行動していた場合は、裏帳簿は必要ない。しかし、こういったものは必ず手足となる人間が存在するし、個人の力で急に上納金体制を作ったとは考えにくい。おそらく、稲穂署では慣例として脈々と続いていることなのだろう。また、上納金を納めさせている業者が複数あった場合も、必ず管理する必要があるので、裏帳簿までいかなくても、チェック表のようなものは必要なはずだ。

「一応、情報屋も当たっているのですが、なかなか」

「引き続き頼む」和久井はそう言ったあと、厳しい表情になった。

「それと、リスクヘッジ社の件はどうだ」

鮎川の煙草を吸う手が止まった。そして、上半身を捻じ曲げて、後部座席に座る和久井の顔を凝視した。

「和久井さんは、何か分かりましたか」

逆に問い返されて、和久井は言葉に詰まった。監察官という立場を最大限利用して、リスクヘッジ社の動向を探ってはいるのだが、なかなか尻尾《しっぽ》を掴むことができなかった。表向き、リスクヘッジ社は本当に警察官を監視しているようだった。定期的にリスクヘッジ社の人間が警察署に行き、モニタリングと称して署員などに聞き取り調査を行っているところを何度か目撃したこともある。そのあと、モニタリングを受けた当事者に話を聞いたが、特に不審な点はなく、その後も、別段なにも起きていなかった。

「いや、今のところはまだなにも摑んでない」

「隠してませんよね？」

鮎川が疑いの視線を向けてくるので、和久井は睨み返す。

「私は、交わした約束を違えるほど卑怯《ひきょう》じゃない」

「その言葉、信じますからね」

フロントガラスの方向に顔を戻した鮎川は、手に持っていた缶の中に、煙草の吸殻《すいがら》を入れた。

「ネタ元は言えませんがね、面白いことが分かりましたよ」

鮎川は新しい煙草を取り出した。最後の一本だったらしく、口に咥えてから包装紙を手で握り潰す。

「リスクヘッジ社の、日本での献金記録です」

「献金記録？」

和久井の声が険しくなる。

鮎川は勝ち誇ったような表情をした。

「どこへ、どのくらいの金額を献金したのかというデータを入手したんです。それによると、献金は、リスクヘッジ社が日本法人を設立した年よりも前から始まっていました。外国の法人からの献金はいろいろと規制があるので、業務提携した日本企業からの献金ということになっていましたよ。献金先は、金額の大小はありますが、議席数をもっとも多く持つ新民自党から末端の弱小政党まで全てに行き渡っていて、無所属の議員や、若手が集まって作った超党派組織にまで及んでいますね。しかも、政治団体や資金管理団体を媒介させるなどの迂回献金を行っている可能性が高く、法で決められている献金上限額を大幅に上回っているみたいです。正確な金額は、把握できていません」

和久井が唸ると、鮎川はバックミラーを見た。

「そういった根回しがあったから、リスクヘッジ社がK庁に採用されたんですかね。K庁長官って、結構政治家に近いでしょ」

和久井は寒気を感じる。

そもそも、警察組織が外国の一般企業を監視役として雇うというのが突飛すぎる話で、初めは民意も反対意見が目立っていた。しかし、監察官の不祥事などもあり、国会は国民を置き去りにするような速さで法案を強行採決。瞬く間に法律が制定され、リスクヘッジ社が警察組織に入り込んだ。

和久井はそこに疑義を抱いていた。ただの監視機関としての採用ならば、政府にも警察組織にも旨味《うまみ》が少ないため、あれほど早く制定される理由はないだろう。

何かが、あるのだ。

「それともう一つ」鮎川はカーエアコンの風量を強くした。

「あいつら、やはり不祥事のもみ消しを行っているようですね」

何気なく発せられた鮎川の言葉に、和久井は目を見開いた。

「証拠はあるんだろうな」

「証拠って言っても……」

「奴らの正体を暴くものならなんでもいい！」

和久井は目を怒らせる。鮎川は、一瞬きょとんとした後、苦笑いを浮かべる。

「まぁまぁ、落ちついてください」鮎川は、声を荒らげた和久井をなだめるように言った。

「俺が摑んだのは、アメリカのリスクヘッジ社のことで、近衛怜良たちが働いているリスクヘッジ・ジャパンのことではないですよ」

そう前置きした鮎川は、耳の後ろを掻いた。

「実は今、リスクヘッジ社が各国の諜報機関に狙われているって噂があるんです」

和久井の顔つきが変わった。

「どういうことだ」

「なんでも、アメリカが各国の首相や要人の携帯電話を盗聴しているということが暴露されてから、リスクヘッジ社がこの件に介入して、いろいろともみ消しを行っているって噂です。ま、その〝いろいろ〟の部分は、リスクヘッジ社がもみ消しているので、知る由《よし》もないですが、諜報機関はその動きを看過できない問題だと捉えているようです。あ、この話、確固たる証拠があるわけではありませんので悪しからず」

　でも、と鮎川は続ける。

「情報屋によると、大使館でもときどき話題になっているらしく、まったくの見当違いってわけじゃないようですね」

「……大使館の内情に詳しい情報屋なんているのか」

　その質問に、鮎川は不敵な笑みを浮かべただけだった。

　和久井は目の下が痙攣するのを指で押さえる。

　もみ消しを行っているというリスクヘッジ社。もしそれが本当ならば、K庁が必ず関わっているはずだ。

　和久井は無意識に足元に視線を落とす。なにか、とんでもない底なし沼に足を踏み入れてしまったような気がした。

「それよりも、ずいぶんと遅いですね」

　鮎川はフロントガラスから見える稲穂署のほうを向いて言った。

　和久井は時計を確認する。目的の人物の勤務予定を調べたところ、今日の勤務は十七時半までなので、二時間もオーバーしていることになる。定時に帰れるとは思っていなかったが、地域課なので、突発的な残業も少ないだろうし、重要事件が発生していないのも確認済みだから、帳場《ちょうば》に駆り出されているということもないだろう。

「和久井さんは監察官なんですし、堂々と会いに行けばいいじゃないですか」

鮎川は欠伸を噛み殺しながら言った。

確かに、監察官の地位を使えば、勤務中だろうがなんだろうが、強制的に捕まえることも可能だし、出頭もさせられる。

ただ、まだ疑惑の段階なので、おおっぴらに行動したくなかったし、相手から情報を引き出すのは経験上、待ち伏せによる不意打ちの方が有効だった。

もう一度時計を見てから外に目をやると、ちょうど、一人の男が稲穂署から出て来た。リュックを背負い、少しよれたスーツを着ている。

「あれですか？」

鮎川の問いを無視した和久井は、車のドアハンドルに手をかけた。

「何かあったら、こちらから知らせる。ちょっと待っていてくれ」

そう言って車を出た和久井は、着ているジャケットを一度手で払う。

リネン素材のスーツだったが、さすがに暑い。

陽《ひ》が落ちて、空は暗くなっているにもかかわらず、気温は一向に下がっていない。

先ほどまで吹いていた風も収まっているので、余計に蒸《む》しているように感じる。

唾《つば》を飲み込んだ和久井は、歩きながら口を開いた。

「安藤さん」

稲穂警察署の正面口で、声をかけられた安藤はビクリと身体を震わせた。

「ちょっといいですか」

「えっ……誰ですか？」

安藤は、蚊《か》の鳴くような声で訊ねる。

「K庁監察官の和久井と申します」

「えっ……」

安藤は警戒するような目つきをしつつも、ひどく臆病な顔つきになった。監察官に急に声をかけられれば誰だって、多かれ少なかれ似たような反応をするので、違和感はない。

二日前に特別監査に入った時、和久井に鋭い視線を送っていた男が、目の前にいる安藤だった。あの時、和久井はロビーでリスクヘッジ社のことを署員に聞いていたので、もしかしたら、リスクヘッジ社という名前に反応したのかと思い、こうして接触したのだ。

事前に調べたところ、リスクヘッジ社のモニタリングを安藤は受けていなかった。もしリスクヘッジ社との接点があるのならば、別のアプローチの可能性がある。和久井はそこを知りたかった。

「すぐに終わりますので、立ち話で失礼します」

和久井はそう言いながら、他に人の姿がないことを確認する。

「待ち伏せのような形を取ってしまい、すみません」

「……いえ」

安藤は力なく首を横に振るが、瞳には怯えの色が浮かんでいた。和久井は、些《さ》細《さい》な変化も見逃すまいと注視しつつ口を開く。

「早速ですが、私はある件で、稲穂署を監査しています。特別監査です。それは知っていますね」

「……いろいろと、資料を提出してますので」

安藤は恐る恐るといった様子で受け答えをする。

「その件で、少しお伺いしたいことがあるんです」

「僕で、分かることでしたら」

「ご協力感謝します」和久井は、相手に警戒させないように軽い調子で言った。

「実はですね、稲穂署で、署長が風俗業者から上納金を貰っているという投書がK庁のホームページにある意見箱に送られてきたんです」

その言葉が意外だったのか、安藤は啞然《あぜん》とする。未知の事実に直面した人間が示す反応だった。

「そ、そんなこと……」

「まだ、投書が悪戯《いたずら》という可能性も否定できません。しかし、我々がここ数日調べたところによると、かなり真実に近いと思います」

和久井としては、真偽を確かめられていない投書の内容を署員に話すのは躊躇《ためら》われたが、三日間監査に入っても成果が得られない状態なので、別の角度での調査をすることに決めていた。

「僕が、それに関係していると？」

心外だと言いたげで、安藤の声は刺々《とげとげ》しくなった。

「そういうわけではありません。何か知っていることがあれば教えていただきたいと思いまして」

安藤は小さく唸り、腕を組んで目を瞑《つむ》ったが、やがて首を傾げた。

「いえ、分からないです」

「たとえば、境町を巡回する警察官や、巡回エリアではないのに、境町によく行く人間。その中に、不審な動きをしていると感じた人物はいませんか」

「すみませんが」

その質問にも、安藤は頭を振る。

和久井としても、想定内の反応だった。安藤がこの件について知っていると踏んで声をかけたのではない。知っていれば儲《もう》けもの、という程度だった。

本題は、リスクヘッジ社だ。

「もう、いいでしょうか」

「いえ、もう一点聞きたいことがあります。リスクヘッジ社のことです」

間髪《かんはつ》を入れずに放った言葉に、疲労の色を見せていた安藤の顔が石化したように白く強《こわ》ばる。

「……リスクヘッジ社が、どうしたんですか」

「ご存じですか」

質問の意味を吟味《ぎんみ》するかのように唇を動かした安藤は、ゆっくりと頷いた。

「知っていますよ。警察官を監視する会社でしょ」

「そういう意味で訊ねたわけではありません。個人的に、知っているのかと聞いたんです」

安藤の喉仏が動き、苦しそうな表情になる。

「個人的なんて、そんな……」

「そうですか。それなら結構です」

和久井はあっさりと言う。まだ疑いが晴れたわけではなかったが、押し問答になっても証拠がないので成果は得られないだろう。リスクヘッジ社に関係があるなら、監視していればいつかぼろを出すはずだ。

「お時間を取らせました。お送りしましょうか」

「一人で帰ります」

そう答えた安藤は、足を一歩踏み出した。

「一つご忠告しておきます」和久井は安藤の背中に声をかける。

「リスクヘッジ社と関わっても、ろくなことはありませんよ。何かありましたら、私にご連絡ください」

ピクリと肩を震わせた安藤だったが、返事はせずに、そのまま歩き続けて遠ざかっていった。

和久井は安藤の姿が完全に見えなくなったのを確認して、鮎川の車が停まっている場所まで戻り、後部座席に乗り込んだ。

「帰しちゃったんですか」

鮎川は残念そうな声を出す。

「あぁ」

「追及が甘くありませんか」

運転席に座る鮎川は、安藤が消えていった方向に視線を向けていた。

「これでいい。もし安藤がリスクヘッジ社と関係があるのなら、何か問題を抱えているからだ」

和久井が思わせぶりに接触したことにより、安藤が妙な動きをすることを期待していた。そこを突けば、風穴を開けられるかもしれない。

「尾行はつけますか」

鮎川の言葉に、和久井は頷く。

「その価値はある。大丈夫か？」

鮎川は耳の穴を指で掻《か》きながら頷いた。

「もちろんですよ。編集長にリスクヘッジ社の件を報告したら、潤沢《じゅんたく》な経費を落とせることになったんで、問題なしです」得意気に言う鮎川は、顎を手で擦った。

「リスクヘッジ社の奴らが安藤に近づいたら、すぐに安藤を確保できるように、尾行は二人雇っているんで」

「そうか」

短い返事をした和久井は、座席のシートに背中をつけて、静かに息を吐いた。

——尾行二人で、果たしてリスクヘッジ社の動きに対応できるかどうか。

胸に湧き出た不安を、和久井は無理矢理に押し込めた。


翌日。

安藤を監視する人間からの電話はなかった。しかし、稲穂署の件の聞き込みをしていた業者の一人から連絡があり、和久井は再び境町に来ていた。今日は別の場所での監査があったのだが、通常の月例監査だったので、同じ監察官室の吉野に任せることにした。

公用車のアクセルを踏み込む。

境町は夜の街なので、陽があるうちはシャッターを閉めているところが多く、眠ったようにひっそりとしている。ただ、雑居ビルに入っている風俗店は朝から営業しているところもあるようで、客と思われる野暮ったい服装をした男をちらほら見かけた。

連絡をしてきた男が経営するスタイルジーンという店は、専用の駐車場があったので、そこに車を停めて、歩いて数分のところにある店の中に入った。

雑居ビルの四階にあるスタイルジーンは無店舗型の風俗店だった。つまり、勤務している女性は別の場所におり、客とはホテルで会うという形式だ。

店の面積は狭く、古くなった蛍光灯が仄暗《ほのぐら》い。和久井は芳香剤の匂いに、思わず顔をしかめた。

受付のような机の前に座っている男は、和久井の顔を見ると、ギョッとしたような驚いた表情をする。肌は病的に白く、太陽の光を浴びたことがないのではないかと思う。

「本当に来たのかよ……」

瞼が異様に窪《くぼ》んだ痩《や》せぎすの男は、後悔したように呟く。

「呼ばれたから来たのに、その言い草はないだろ」

和久井は対面に置かれている椅子に座ると、男をじっと見つめた。

「それで、上納金の件だが……」

そう口にした和久井は、部屋の奥に気配を感じて素早く腰を浮かせ、そちらを睨みつけた。

「……おい、誰が後ろにいる？」

男に声をかけながら、和久井は気配の方向に集中し、もしもの時の対応を考える。

多人数が潜伏している場合は、分が悪い。出入り口は和久井の背にあるが、逃がさないという意図があるならば、挟み撃ちをされることは当然想定しなければならない。

まずいな。

逃げるならば、相手が動き出す前だと思った時――。

「上納金の件は、俺から話すよ」

奥にある背丈ほどのパーテーションの向こうから声が聞こえてきたかと思うと、別の男が現れる。身形《みなり》が派手というわけではなかったが、男の持つ雰囲気から金の匂いがした。

「誰だ」

問いかけに対して、男はニンマリと笑みを浮かべる。

「シュシュっていうキャバクラをやっている辻堂《つじどう》だ。朱朱って書いて、シュシュだ。センスがいいだろ」

辻堂と名乗った男は、漢字を指で空に書く。

「そんで、ここへお前を呼んだのも、俺だ」

「それじゃあ、あんたが上納金の件を……」

「そう焦るな」

和久井の言葉を手で遮った辻堂は、丸椅子に座り、首の骨を鳴らした。

「しかし暑いな。おい、もっとクーラーの温度を下げろや」

辻堂の言葉に、成り行きを見守っていた男は慌ててリモコンを取って温度を下げる。

「あとな、ちょっと込み入った話だから、お前はしばらく外で時間を潰してこい」

「は、はい」

男は一瞬の躊躇もなく、店から姿を消した。それを横目で見送った和久井は、辻堂に強い眼差しを向けた。

「説明してもらおう。どうしてここへ呼んだ」

和久井は問いかけると同時に、鮎川からもらったリストに辻堂の名前がなかったことを頭の中で確認する。

辻堂は、小馬鹿にするような笑みを浮かべつつ、鼻をひくつかせた。

「上納金の話をするからに決まってんだろ」

「それなら、お前の店でもいいだろ」

「用心するに越したことはないだろ？　俺の店にあんたが入っていくのを見られたら、こうだからよ」

辻堂は右手の親指を立てて、自分の首を掻っ切る仕草をする。

「……どういうことだ」

「どうもこうも、昔っからそういう町なんだよ、この境町ってところは。警察に刃向《はむ》かったり、金を出さなかったら、あっという間さ」

辻堂は続きを喋る代わりに、舌を出して白目を剝《む》いて見せた。

「それで、もう我慢の限界だから、こうやって決死の覚悟をしたってわけだ」

「K庁の意見箱に情報を寄こしたのもお前か」

「ご明察」辻堂は指の骨を鳴らしながら答えた。

「俺たちは小悪党だってことは自覚している。でもな、それだったらお前たちは大悪党なんだよ。意見箱に通報したのだって、お前たちがどのくらい本気で動いてくれるかを確かめたかったからなんだ。いきなり名乗り出るのは危険だからな」

「つまり、こうしてここまで来て、本気を見せたから合格だってことだな」

和久井が言うと、辻堂の目が鋭くなる。

「いや、まだ駄目だ……と言いたいところだが、お前を信用するしかねぇだろ」そう言った辻堂の表情がより一層険しくなった。

「信用はする。だが、信頼はしない。だから、俺にも担保が必要だ」

「担保？」

目を細めた和久井に合わせるように、辻堂も目を半分ほど閉じた。

「お前が境町を歩き回っている間、俺もお前の素性を調べさせてもらった。もし、お前が裏切ったら、大切なものを道連れにする」

辻堂は、薄い笑みを浮かべた。

「あんたも大変だな。事故で奥さんを亡くして、一人で子供を育てているんだろ」

和久井の頰がピクリと痙攣する。

「お前には関係ない」感情を抑え込もうと歯を食いしばるが、無駄な努力だった。

「……もし手を出したら、その時は必ず報復する」

「おっと、そう殺気立つなよ。警察が物騒なことを言うなって」

辻堂は茶化すような声を出してから、身を乗り出して前のめりになった。

「まぁ、こんな俺でも命は惜しいからな。担保だよ担保」

「証拠を出せ」和久井は地を這うような低い声を出す。

「稲穂署の署長が上納金をせしめているという証拠を出せ。そうすれば、すぐにこのことを公表してやる。もちろんお前に危害が及ばないように、稲穂署の関係者全員を断罪してやるから安心しろ」

「ふん。いい面構えだ。交渉成立だな」

辻堂は笑みを浮かべて握手を求めてくるが、和久井は無視した。

「……まぁいい。今は持っていないが、お前が欲しがっている証拠とやらを持ってくる。俗にいう、裏帳簿だ」

「……なぜ、裏帳簿をお前が持っているんだ」

「それはな、俺が帳簿の管理をしているからだ」

その言葉に、和久井は目を見張る。

「……それは」

「お察しのとおり、俺たちが金を出して、俺たちで帳簿を管理してるんだ。と言っても、境町の業者から集金して、チェックするような簡単なものだが、証拠にはなる」

和久井は驚きを隠しえなかった。

裏帳簿は隠していたのではなく、任せていたのか。

どうりで稲穂署をくまなく探しても、上納金を管理しているようなものが見つからないはずだ。しかし、裏帳簿は決定的な証拠になるものである。それを風俗業者に管理させるなんて、危険すぎる方法だ。マスコミに持ち込めば、一巻の終わりだろう。

「妙だと思うだろ」

辻堂は、和久井の考えを読み取ったらしく、苦々しそうに顔を歪める。

「裏帳簿があれば、首根っこを掴んだも同然で、逆に脅《おど》しつければいいと思うか。でもな、俺たちも綺麗な身体じゃねぇ。上納金のことをリークしたら、境町の既得権益が失われるのが痛手だったんだ」

「既得権益？」

「闇カジノだよ。稲穂署はな、俺たちの闇カジノを容認する代わりに、上納金を要求してるんだ」

和久井が渋い顔をすると、辻堂は嘲笑《ちょうしょう》するような笑い声をあげる。

「最近、どっかの国の大使館が外交特権を盾に闇カジノに関与していて、結局、警察に摘発されただろ？　でも、境町では違う。ここでは、大使館の代わりが警察なんだよ。いわば、国家権力を盾にしているってわけだ」

ただな、と辻堂は続ける。

「上納金を黙って渡す理由はそれだけじゃねぇ。以前、賭博場を経営していた男が、上納金を拒否してな。しばらくして死んじまったんだ。絶妙なタイミングでな。だから、境町の連中は、警察を恐れている。リークするなんて怖くてできねぇんだ」

「死因は？」

「心臓発作だ」

「警察が関わった証拠はあるのか」

和久井は早口で訊ねる。もしこれが本当ならば、とんでもない不祥事に発展しかねない。

辻堂はしばらく考えている様子だったが、やがて首を横に振った。

「ないな」

「それなら……」

「だから、タイミングだ」

辻堂は強い口調で和久井の声を掻き消す。

「男が勝手に死んだのか、お前らに殺されたのかは問題じゃねぇ。上納金を拒否して、それからすぐに死んだ。そして、警察もそれをチラつかせて脅す。この構図が成り立ったんだから、そう簡単に抜け出せねぇんだ。事実かどうかは関係ねぇ」

辻堂は荒々しい声で続ける。

「お前たちは権力を持っている。事実だろ？　そして、その権力があって、ちょっと頭を使えば金を儲けられる。監察官のお前に一度言いたかったんだがな。監視体制が甘ちゃんなんだよ」

和久井は歯を食いしばり、怒りをこらえる。

「……どうして、K庁の意見箱に投書したんだ。お前の話を聞いていると、このまま黙って上納金を渡し続けたほうが得じゃないか」

質問に対して鼻で笑った辻堂は、見下すような視線を向けてきた。

「警察は俺たちの闇カジノに対して目を瞑《つぶ》っているし、風俗営業に関しても便宜を図ってくれている。ただ、最近は警察も市民団体にすり寄っていて、みかじめ料を払わない店も多くなったんだ」

「なんでキャバクラ経営をしているお前が、みかじめ料を取るんだ」

「これでも鉄幹九龍会《てつかんくりゅうかい》の人間だからな」

和久井の疑問に答えた辻堂は、ニヤリと笑う。鉄幹九龍会は、C県の地場ヤクザで、竹石組《たけいしぐみ》の二次団体のため、規模はそれほど大きくない。非指定暴力団だが、県警に鉄幹九龍会の担当者がいたはずだと和久井は記憶していた。

「みかじめ料は取れないし、最近の若いやつは風俗産業に金を落とさない。親父世代はなんだかんだで手持ちがないから店に来ないで、収入は目減りしてる。そして、最大の問題は、俺たちの闇カジノも昔ほど儲けられなくなっていることなんだ。知ってるか？　外交官がらみの闇カジノってのはな、赤坂《あかさか》や六本木《ろっぽんぎ》に普通にあるんだよ。金持ちはどうしてもそっちに流れていって、今では境町の闇カジノは閑古鳥《かんこどり》が鳴いて、旨味が少なくなっているんだ」

頭を掻いた辻堂は、愚痴《ぐち》っぽい言い方をする。

「俺たちの実入りは確実に減っているから、上納金を減額しろって言ったんだが、あいつら拒否しやがった。昔なら、金を出したほうが得だったんだがな、最近は過当競争で客足が減って、バランスが変わっちまったんだ」

遠い目をした辻堂は、昔を懐かしむようにため息をついた。

「つまり、潮時ってことだ。まぁ、すでに闇カジノは撤収しているから、このことがバレても俺らに痛手はねぇ。もしお前たちが動かなかったら、次はマスコミに投書するつもりだ」

「その心配はない」和久井は強い口調で言う。

「我々が動き、正規のルートで稲穂署の不正を摘発する」

マスコミに情報が流れたら、動きにくくなるのは必至であり、避けねばならない。

辻堂は見定めるような視線をしばらく和久井に向けたあと、微かに頷いた。

「いいだろう。明日、同じ時間にここへ。裏帳簿を渡す」

そう言うと、辻堂は立ち上がった。

「一つ、聞きたいことがある」

「……まだ何かあるのか」

和久井の言葉を背中で受けた辻堂は、面倒そうな声で返答する。

「お前が裏帳簿を持っているということは、金の場所も知っているはずだ」

「それも、俺の店にある」

和久井の頬が強張った。

辻堂は薄い笑みを浮かべる。

「店の奥に金庫がある。もちろん鍵は持っていないから、毎回運搬役の人間が開閉をするんだ。持ち逃げしてやろうと何度も思ったが、奴ら、警察ＯＢがいる警備会社の最新式のセキュリティーをかけていて、下手なことをするとすぐに通報がいくようになっているんだ」

下衆《げす》のやることは汚ねぇ。

そう言い残した辻堂は、部屋から姿を消した。

一人残った和久井は、乱れた感情をなだめるため、深呼吸を繰り返した。

一度、K庁に戻った和久井が退庁したのは、二十時を過ぎた頃だった。霞ケ関《かすみがせき》駅から電車に乗り、四ツ谷《よつや》駅で降りる。そこから十分ほど歩いた場所にあるマンションが、和久井の自宅だった。道路に面した三階の部屋の窓には明かりが灯っている。オートロックの玄関を抜け、歩きながら腕時計を見ると二十時四十五分だった。

「ただいま」

ドアを開けて声をかけるが、返事がない。

「帰ったぞ」

玄関に靴があるので、帰っているのは確かだ。

ふと、辻堂の言葉が頭をよぎった。

――まさか。

和久井は不安を覚え、靴を脱いで急いでリビングに行く。すると、英太《えいた》はソファーに横になって寝息を立てていた。つけっぱなしのテレビ画面には、明日の天気予報が映っている。

胸を撫で下ろした和久井は、ダイニングテーブルの上にラップがしてある皿を見つけた。小学校六年生の英太が作ってくれた炒飯《チャーハン》だった。

「あ……帰ってたんだ」

目をこすりながら、英太は上半身を起こす。

「遅くなった」

「大丈夫だよ。お疲れさま」

英太はリビングの壁にかけられている時計を見たあと、摺《す》り足で移動し、キッチンのコンロの前に立つ。

「炒飯は自分でチンしてね。味噌汁温めるからさ。玉子は冷たいままでいいよね」

「あぁ」

和久井は皿を手に取って電子レンジに入れてから、寝癖で立った英太の後ろ髪に視線を向ける。

「学校はどうだった」

「学校？　普通だよ」

素っ気ない返事をした英太は、冷蔵庫からサラダを取り出してテーブルに置いた。

そして、手際よく味噌汁をお椀《わん》に入れる。

「普通か」

「うん、普通」

和久井はレンジから温かくなった炒飯を取り出して、椅子に座った。英太がスプーンと箸《はし》を持ってきて手渡す。

「僕、宿題あるからさ」

「……そうか」

「顔色が悪いから、早く寝た方がいいよ」

英太は、茶色い瞳で和久井を見ながら、まるで母親のような言葉を発する。

「そうだな」

英太は心配そうな顔をして、しばらくその場に立っていたが、やがて自室へと消えていった。

その後ろ姿を見送った和久井は、小さく息を吐いた。

妻を交通事故で亡くしたのが三年前。それ以降、和久井は英太を一人で育ててきた。愛《いと》おしい。ただその一心で愛情を注いできたつもりだ。

小学校六年生になった英太は、身の回りのことは一通りできるようになっており、今では和久井の世話までこなしている。

親らしいことをしてやりたい。常にそう思っていたが、仕事にかまけて、ついつい英太に甘えてしまっていた。

ラップを取り、炒飯をスプーンで口へと運ぶ。

英太の目は、母親譲りのものだ。その目を見るたびに、懐かしさを覚えると同時に、事故当時の辛《つら》さが蘇《よみがえ》り、少し胸が痛む。

次に、玉子を頬張る。

和久井が仕事から帰ると、三回に一回は厚焼玉子が食卓に並ぶ。それは、妻が英太に教えた唯一の料理であり、味も忠実に再現されている。

少し塩気が多い炒飯を平らげた和久井は、コップに入った麦茶を飲み干した。

仕事に余裕ができたら、たまには英太に手料理を振る舞おう。そう思い、昔買っておいた料理本の置き場所を思い出そうとするが、まったく記憶になかった。

ネクタイの結び目を緩め、リビングにあるソファーに移動した。テレビ画面には、紛争地域の情勢に関する映像が映し出されている。

和久井は、移りゆく映像に目の焦点を合わせていたが、いつの間にか眠りに落ちてしまった。

翌日。

和久井は境町へ行き、昨日約束した通りに、スタイルジーンに向かった。しかし、辻堂は姿を現さなかった。

7

リスクヘッジ社の十三階のオフィスで、怜良は目を瞬かせ、髪を掻き上げる。目の前には上山が立ち、手には資料の束を持っていた。

「どうしてあの監察官は、こうも私たちの邪魔をするの」

怜良が苛立たしげな声を上げると、上山は爽《さわ》やかな笑みを浮かべる。

「勘がいいんじゃないですかね」

「答えになってないわ」

怜良はこめかみに指を当てて、和久井の顔を思い浮かべていた。K庁監察官の和久井には、三ヵ月前の案件で邪魔をされたばかりだ。

「安藤雅史に尾行がついたのは本当ね？」

「実務部隊の追跡者が確認済みです。尾行をしている人間の素性はまだ分かりませんけど」

「尾行がついた理由は？」

「それはまだ判明してないですね。ただ、超過勤務強要の件を追っている可能性は低いんじゃないですかね。監察の調査はつつがなく終わっていますし、稲穂署には超過勤務強要の証拠書類はなし、監察官がそれを探っているような動きもなし。安藤雅史も、監察官には喋っていないと言ってますので、察知することは不可能ですよ」

「別の人間が超過勤務強要を告発した可能性は？」

「それだったら、監察官が安藤雅史に尾行をつけるのは変じゃないですか」

それもそうだと怜良は思う。

「それならやはり、署長の上納金の件を探っていて、なにか異変に気づいたというのが濃厚ね」

「おそらく、そんな感じだと思いますよ」

怜良は鼻梁《びりょう》に皺を作る。

稲穂署の署長が風俗業者から上納金を貰《もら》っていたことについては、リスクヘッジ社のデータ解析では引っかからず、気づけなかったのが実情だった。

K庁の意見箱の投書をもとに調査をしたところ、理由が判明する。署長の口座に上納金が入っていなかったため、データ上の変化が読み取れず、察知ができなかったのだ。おそらく、金をもらったら、その都度細々《こまごま》と使っていたのだろう。大きな買い物をすれば、リスクヘッジ社のシステムに引っかかるはずだ。

データ解析による不正発見は万能ではない。さまざまなケースに対応するためには、やはり人員を増やさなければならない。

ただ、稲穂署で発生している今回の件について、リスクヘッジ社はすでに行動を起こしており、監察官の先をいっている自信はあった。

「まぁ、監察官が安藤雅史のことを探っている以上、もみ消しを早急に行わなければならないですね」

上山の言葉に対して、苦悶《くもん》に似た表情を浮かべた怜良は、自分の指を見る。

「もちろんよ。監察官が真相に気づく前に処理するわ」

視線を腕時計へと移すと、作戦が決行される時刻をすでにすぎていた。

「……もう始まってますね」

上山も時計を見ながら言う。直後、怜良の携帯電話が鳴った。

「はい」

通話ボタンを押して電話に出た怜良は、要約された無駄のない報告を聞いてから電話を切り、ゆっくりと息を吐いた。

「誘拐された本間聡美を無事に保護したわ」

その言葉に、上山は指をパチンと鳴らす。

「安藤雅史に連絡して、ここへ連れてきて。もちろん、誰にも覚られず、スピーディーに」

「了解です」

上山は海軍式の敬礼をしてから、部屋を出て行った。


一時間後の十六時。

安藤を出迎えた怜良は、応接室で事の顚末《てんまつ》を話すことにした。

「誘拐犯を捕まえたって本当ですか！」

急《せ》くように訊ねる安藤に、怜良はもったいぶるようにゆっくりと頷いた。

「いえ、リスクヘッジ社がおこなったのは、誘拐犯である園崎浩次《そのざきこうじ》の居場所を警察に知らせただけです。我々が直接介入すると、いろいろと面倒ですので。もちろん、本間聡美さんの身柄を保護したのも確認済みです」

安藤は安堵するようなため息をついたのも束《つか》の間、すぐに険しい表情になった。

「……園崎という男が、犯人なんですか」

怜良は頷く。

「園崎浩次、三十六歳。契約社員として警備員をしており、聡美さんが勤務するシュシュに何度も来ている常連です」

「どうして、そいつが犯人だと？」

「簡単なことです。オンラインの監視カメラをハッキングしたのです」

安藤が怪訝な表情をして首を傾げるので、怜良は聞き取りやすい口調を心がける。

「我々が普通に生活している間、オンラインの監視カメラと閉回路の監視カメラを合わせて、一日あたりだいたい三百回ほど撮影されています」

「三百……」

「もちろん、閉回路の監視カメラについては外部から侵入することが不可能なので、ハッキングができませんが、オンラインの監視カメラでしたらハッキングは可能です。我々はこの方法を用いて、シュシュに通っている客の動きをトレースしたのです」

怜良は報告書を安藤に渡しながら、説明を続ける。

「それだけではありません。今の時代、ほとんどの人間は発信機と言っても過言ではないものを所持していますので、ある程度ターゲットを絞ることができれば、それを追うだけでいいのです」

「発信機？」

安藤は信じられないといった調子で聞き返した。

怜良は笑みを浮かべる。

「ええ。現代の発信機は、携帯電話です。たとえ電源を切っていても、微弱電波を捉えることは可能ですから、調べようと思えば居場所は簡単に分かります。場合によっては、遠隔操作で携帯電話を起動させることもできます」

安藤は腕を組み、渋い顔をする。

「でも、そんなことが民間企業にできるんですか。警察だって、面倒な手続きを踏まないと……」

「正規のルートならば難しいでしょうね。しかし我々は、インターネットに接続されているものならば、どこでも侵入することが可能といってもいいレベルにあります。マルウェア、というものをご存じでしょうか」

安藤は首を横に振る。

「簡単に言えば、コンピューターウイルスのようなもので、我々は、スパムメールやSNSを介して、膨大な量のパソコンをマルウェアに感染させ、セキュリティーの入り口をこじ開けるのです。これにより、パソコン上のデータを盗むだけではなく、ウェブカメラから画像を取得したり、音声を勝手に拾い上げたり、ファイルのダウンロードを妨《さまた》げたり、アクセスを遮断したりと、さまざまな工作が可能となります。アメリカのNSA（国家安全保障局）がやっていることと、同じ手段ですよ」

　怜良は口の端を上げる。

「ただ、今回のケースでは、聡美さんの携帯電話は壊されていた上、オンラインの監視カメラにも映っていませんでした。そこで、彼女が勤めていたシュシュに来る客を全て洗い出したのです。運よく、店の近くにオンラインの監視カメラがあったので、常連客を全てリストアップして行動を分析した結果、園崎浩次という人物が浮上しました。園崎は、シュシュに来る際は、必ず電車を使っていたんです。これは、鉄道会社の電子カードから割り出しました。しかし、聡美さんが消えた当日は、車で来ていました。やはり人を誘拐するならば、車を使うのが一番手っ取り早いですからね」

　説明についていけない様子の安藤に対し、怜良は容赦なく言葉を浴びせ続ける。

「個人の情報を収集する際、使える情報の九〇パーセントは、オープン・ソースの公開情報です。しかし、我々リスクヘッジ社は、最高の情報を収集する能力も有しているので、欲している状況の把握は難しいことではありません。今回は残りの　〇パーセントの情報を活用しました。また、園崎の周辺を調べていると、このところ、仕事へも行っていないですし、食品の買い物の量も一人分よりも多かったので、我々は彼が犯人だという確信を得たのです。当然、警察が動けば、いずれは園崎浩次に辿り着いていたでしょうね」

一度言葉を区切った怜良は、涼しげな目で安藤を見る。

「ですが、リスクヘッジ社の身上は、スピーディーに動くことですので。警察よりも、何よりも早く対応することで、状況を打開することができるのです。First《ファースト》 come《カム》, first《ファースト》 served《サーブド》――先んずれば人を制すというのは、至言ですね」

その言葉を聞いた安藤は、背中をソファーの背もたれに預ける。顔には安堵の表情が浮かんでいた。

「質問があるんですけど、いいですか」

「どうぞ」

「その、リスクヘッジ社の能力を使えば、犯罪捜査も楽になるんじゃないですかね」

安藤の問いかけに、怜良は一瞬虚を突かれたが、すぐに笑みを貼りつけた。

「そうですね。ビジネスとして成り立つのでしたら、一考する余地があります。ただ、我々が本気で取り組む場合、まだまだ監視カメラの数が足りません。民衆が、現在の半端な自由よりも、完璧な安全を欲するようになったら、もう一度今の問いを投げかけてください」

怜良の言葉を聞いた安藤は、驚いたような表情をしたあと、奇妙な苦笑いを顔に浮かべる。そして、ようやく肩の荷が下りたと言わんばかりに深く息を吐いた。

8

半日考えた末、和久井は、辻堂が経営するシュシュに踏み込むことにした。ただ、一人では不安もあったので、鮎川を同行させて、いつでも逃げられるように車で待機してもらうことにする。

時刻は十八時。シュシュの開店時刻である十九時前に行って、約束を破った辻堂を問い詰めるつもりだった。

「辻堂って奴、消されたんですかね」

「そんなことがあるか」

鮎川の言葉を一蹴《いっしゅう》した和久井だったが、不安もあった。

――昔っからそういう町なんだよ、この境町ってところは。警察に刃向かったり、金を出さなかったら、あっという間さ。

大袈裟《おおげさ》とも取れる辻堂の言葉だったが、全くの虚構とは思えない口調だった。

シュシュは、境町の最も華やいだエリアからは少し外れた場所にあり、外観もこぢんまりとしていた。

店の前に車を停めると、和久井は鮎川を残して車外へ出た。

歩道にはスーツを着たサラリーマンの姿がちらほらあったが、特に不審なところはない。

〝CLOSED〟という札がかかった扉を開けて中に入った和久井は、開店準備をしているボーイと目が合う。

「すみません、まだ店は……」

「辻堂を出してもらおう」

和久井の言葉に、ボーイは不機嫌な顔つきになる。

「……どなたでしょうか」

「安心しろ。辻堂に協力しに来たんだ」

ボーイはその言葉を聞いても、警戒を解こうとはしない。

和久井は歩を進め、店の中心に立つと、周囲を見渡した。

「今日、辻堂と別の場所で落ち合う予定だったんだ。にもかかわらず、姿を現さなかった。いったいどこにいるんだ」

「……用件は」

和久井はボーイを凝視する。落ち着きぶりからして、ただのバイトではないだろう。おそらく、店の内情を知る地位にいる人間だと推測できた。

「不正を明らかにしてほしいと頼まれている。上納金の件だ」

その言葉を聞いたボーイは、驚いたように目を丸くすると、店の出入口に向かっていき、扉に鍵をかけた。

「辻堂さんは、行方不明です」

鍵がかかっているのを何度か確かめたボーイが、背を向けながら言った。

「行方不明だと？」

和久井は胸騒ぎを覚える。

「そうですよ。昨日からここへは来ていません」

振り向いたボーイの顔は、怒りに歪んでいた。

「あんた、警察官でしょ」

「そうだ」

「それなら、お仲間に聞くのが一番じゃないですか」

「どういうことだ」

「言葉通りですよ。辻堂さんをさらったのは、警察でしょ」

和久井は怪訝そうな表情を作る。

「そんなことをするはずはない。ともかく、金庫のところまで案内してもらおう」

「金庫？　だからもう……」

「とぼけるな」

和久井はボーイを睨みつけた。

「上納金の証拠となる帳簿と、現金が入った金庫があるはずだ。今日、辻堂から帳簿を受け取ることになっていたんだ」

ボーイは、真っ直ぐに和久井を見ると、皮肉るように笑った。

「本当に、何も知らなそうだな」

ボソリと呟いたボーイは店の奥へと歩いていき、和久井はその背中を追った。

店の奥は事務所になっており、事務机が四台並べられていた。机の上は整頓され、清潔感のある印象だった。

ボーイが事務所のクローゼットを開けると、腰ほどの高さの金庫があった。

「これが、帳簿が入っていた金庫ですよ」

入っていた？

和久井はその言葉に違和感を覚えつつ、金庫を凝視する。

「なんだこれは……」

ＩＣカード式の耐火金庫の扉は開いており、中には何も入っていなかった。ボーイは鼻を啜《すす》った。

「昨日の夜、警察官と名乗る男が来て、中身を全てかっさらっていったんですよ。いつもの奴じゃなかったから妙だなと思ったんですが、ＩＣカードを持っているのは警察だけですからね」

和久井は喉に何かが詰まったかのように、咳払いを何度かしてから、ジャケットから封筒を取り出して、ボーイに手渡す。

「その男は、この中にいるか」

中には、稲穂署員の顔写真が全員分入っていた。ボーイは一瞬面倒臭そうな顔をしたが、黙々と写真を繰る。

和久井は歯嚙みした。上納金を探っていることに勘づいて、署長が回収させたのか。いや、それならば、ここに保管しておくのが一番安全だ。今まで、監査に引っかからなかった隠し場所だから、動かす方が危険だろう。

しかし、辻堂が裏切ったことを知ったら話は別である。その時は、ここから移動させるはずだが、和久井はどこか釈然としない思いがあった。辻堂がそう簡単に露見するような行動を取るだろうか。

「あっ」

声を上げたボーイは、一枚の写真を手に持っていた。

「こいつがいつも来る運搬役です」

写真を受け取った和久井は、狐顔の男と記憶を照らし合わせる。地域課に所属する警部補の有川だった。

「まぁ、昨日来た男はこいつじゃないですけどね」

ボーイは手で首の辺りを拭いながら言った。店内に比べて、事務所は空調の効きが悪く、蒸している。

「どんな奴だ」

「えーっと、もっと筋肉質の男です」

和久井はジャケットの内ポケットから手帳を取り出して、そこに挟んでいる三枚の写真のうち、一枚を見せる。これは鮎川が入手したもので、和久井は常に持ち歩くようにしていた。

「この男か」

写真を見せられたボーイは、顎に手を当て、考え込むように口を曲げてから頷いた。

「たぶん」

「……あいつらか」

舌打ちをした和久井は、リスクヘッジ社の上山翼が写った写真を奪い取り、店の外へ向かって歩き出す。

これ以上、好き勝手にもみ消されてたまるか。

店の前に停めてあった車に乗り込んだ和久井は、鮎川の肩を叩く。

「すぐに稲穂署に戻ってくれ」

「え、どうしたんですか」

「リスクヘッジ社に先を越された！　ともかく、急げ！」

「は、はい」

鮎川がエンジンをかけると、ラジオが車内に流れ出す。車を発進させて、昼間よりも格段に人通りの多い道を突っ切り、稲穂署に到着する。

「……なんだ、これは」

和久井は、目の前の光景に思わずポカンと口を開いた。

マスコミが、稲穂署に押しかけていたのだ。

「……どういうことだ」

和久井が呟くと、運転席に座っている鮎川も首を横に振る。その時、ラジオからニュースが流れてくる。

〈C県で発生した女性誘拐事件の犯人が本日、逮捕されました。稲穂警察署によると、午後二時に近隣から通報があり、捜査員が駆けつけて、被害女性を保護したとのことです。同署は、女性の行方不明者届を受理しており、早急な対応をしたとの……〉

和久井の顔が強張る。

稲穂署の監査に入っていたが、失踪事件や誘拐事件を扱っているという話は聞かなかった。誘拐事件であれば、秘匿する可能性はあるが、署内で全く話されないということはない。それに、捜査一課が来ていないのも妙だ。

何かがおかしい。違和感が和久井を支配し、やがてそれは、リスクヘッジ社が一枚噛んでいるという確信へと変化した。

和久井は車を降りると、マスコミのいない裏口から入り、そのまま署長室へと直行した。

「須藤署長、どういうことでしょうか」

ノックをしないで署長室の扉を開けた和久井に対し、須藤はまるで予想していた出来事であるかのように出迎えた。

「これは和久井監察官。どうなさったのですか」

「誘拐の件です」

「誘拐？　あぁ、あの件ですか。迅速に解決できてよかったですよ」

「そんな事件を追っているという報告はありませんでしたが」

「そうでしたか？　あぁ、当初はただの家出か何かだと思われていたので、特別報告する必要はなかったんです。今回の早期解決は、市民の通報があったからこそですね。それに、監察官に誘拐事件の詳細まで教える義務はないはずです」

椅子に深く座っている須藤は、挑むような笑みを浮かべていた。

「なんだと？」

和久井が須藤を追及しようと口を開いた時、署長室の扉をノックする音が聞こえる。

「どうぞ」

須藤が言うと、一人の女性が入ってきた。身体にフィットしたパンツスーツを着ており、空調の効きの悪い署内でも、汗一つかいていない。肌は白く、冷めた目でこちらを見ていた。

まるで雪女のような——。

和久井の思考は一瞬止まったが、すぐに怒りが全身を駆け巡るのを感じた。

「近衛、怜良……」

「お話し中のところ、失礼します」

怜良は淡々と挨拶をしてから、須藤に視線を向けた。

「ご用意ができておりますので、こちらへ」

「うむ、そうか」

須藤は立ち上がると、大きく背伸びをした。そして、勝ち誇ったような表情を浮かべる。

「和久井監察官、私は今日で依願退職することになったんですよ」

「ど、どういう……」

「一身上の都合というやつですな。後任は決まっているようですから、安心してください」

須藤はそう言うと、含み笑いをしながら和久井の横をすり抜けて、部屋を出ようとする。

「ま、待てっ」

和久井は追いかけようとするが、怜良が立ち塞がる。

「失礼ですが、須藤元署長は、我々リスクヘッジ社の顧客となりましたので」

事務的に喋る怜良を、和久井は睨みつける。

「そんなことは、聞いていないぞ」

怒りで声を荒らげてしまいそうになるのを、必死に堪えた。

「これからお伝えします。リスクヘッジ社は、事情があって警察官を退職された方の心のケアも担当することになっております。セクハラ・パワハラホットラインの延長業務とお考えください」

「……事情とはなんだ」

「守秘義務がございます」

和久井は歯を剥き出しにした。

「上納金の件を、もみ消そうとしているな」

怜良は微かに笑みを浮かべる。一見すれば微笑んでいるように見えるが、和久井は威嚇《いかく》されていると感じた。

「さぁ、上納金とはなんでしょうか。そもそも、もみ消しなど、リスクヘッジ社はしておりません」

「ふざけるなっ！」和久井の感情が爆発した。

「お前たちに関わった人間がどんどん警察を辞めていっているんだ！　偶然とは言わせないぞ！」

そこまで言った和久井は、あることに気づく。

安藤雅史も、リスクヘッジ社に関わっている可能性があった。それに、地域課の有川も、上納金の運搬役なのだ。

「どけっ」

和久井は怜良を押し退《の》けて署長室を出る。そして、廊下を歩いていた女性署員を捕まえた。

「地域課の安藤雅史はどこだ！」

急かすような声で問い質《ただ》された女性署員は、突然のことに動揺している様子だった。

「……安藤さんなら、き、今日はいません」

唇を震わせつつ発せられた言葉に、和久井は舌打ちをした。

「有川は！　安藤と同じ地域課で警部補の有川はどこにいる！」

後退《あとずさ》りした女性署員は、顔を硬直させる。

「あ、有川さんは……」

「早く答えろ！」

和久井の形相に慄《おのの》いたかのように首を横に振った女性署員は、胸のあたりを手で押さえつつ、口を動かす。

「た、退職されました」

「なっ……」

「し、失礼しますっ」

そう告げた女性署員は、頭を下げてから、逃げるように去っていった。

呆然とした和久井は、歯を食いしばる。

――また、先を越された。

和久井は、握りしめた拳を壁に叩きつけ、天を仰ぎ見た。

9

署長室を出た怜良は、和久井の動向を窺《うかが》ったあと、その場を立ち去ろうと歩き出したが、和久井に声をかけられた。

「……お前たちは、いったいなんなんだ」

和久井の表情には疲れが滲《にじ》み出ており、蛍光灯の影響かどうか分からないが、目の下に影ができて異様に黒くなっている。

「我々リスクヘッジ社は、警察官の不正を監視するというサービスを提供する、民間企業でございます」

怜良は軽く頭を下げながら答えると、そのまま廊下を歩き続ける。

耳を澄ますが、和久井は追ってはこないようだった。

正面玄関にマスコミの姿はない。

誘拐犯を逮捕したことに関する記者会見が始まっているのだろう。誘拐事件は解決したが、本間聡美のストーカー被害の訴えを退けた事実があるので、その説明責任もある。リスクヘッジ社は、不受理の件については費用対効果を勘案して、関与しない方針だ。

怜良は来客用の駐車場に停めてある車に乗り込み、エンジンをかける。

稲穂署の署長である須藤を退職させたのは、監察に対する予防措置だった。裏帳簿や金についてはリスクヘッジ社の手の中にあり、証拠というものは他には存在しない。闇カジノに便宜を図っていた件に関する証拠も、全て抹消《まっしょう》した。ただ、監察官である和久井が嗅《か》ぎまわっている以上、須藤が警察官として存在し続けるのは望ましいことではなかった。

当然、須藤を辞めさせる時には、上納金のことは黙っているようにと言い、『機密保持同意書』にもサインさせた。最初は退職することに対して不服そうにしていた須藤だったが、歴代の稲穂署の署長が溜め込んだ上納金の大部分を渡すと伝えたら、態度をころりと変えた。退職金と合わせて一億円を超える金額は、口止め料としては十分すぎるものだ。

須藤が上納金を受け取っている証拠となる裏帳簿の保管場所は、地域課の有川という人物から聞き出すことができた。有川は、プロジェクト・ユッカで定められた情報提供者の条件と完全に一致した人物であり、彼はたびたび境町の監視カメラに姿が映っていたため、上納金の運び屋だという見当はついていたのだ。

そして、有川が不倫をしていることを摑んでいたリスクヘッジ社は、暴露されたくなければ全てを吐けと脅しつけ、迅速に情報を収集することに成功した。元々、有川は署長である須藤に反感を持っていたようで、簡単に協力者になった。もちろん、上納金に関与している以上、警察官として置いておくわけにはいかなかった。そこで、上納金の一部を渡して依願退職させることにしたのだった。

怜良は唇を結んだ。

まさか、上納金を出させている風俗業者に、帳簿の管理をやらせていたとは盲点だった。弱点を渡すなど普通では考えられないが、金庫の管理体制は万全だったので、その方法の有用性も頷けたし、監査をすり抜ける大胆な方法だと感心さえする。

金庫のＩＣカードに関しては、金庫のセキュリティー会社にハッキングを仕掛け、偽造ＩＣカードを作成した。

境町の業者が稲穂署の署長に上納金を渡し始めたのは、およそ十五年前からだったようだ。境町にある風俗店は、表向きは全ての店舗で公安委員会の許可を受けている合法店だった。しかし、内情は違う。稲穂署の署長が、代々境町の風俗業者の業務内容を偽って報告していたのだ。闇カジノを黙認していたことと合わせて、多大な協力を稲穂署はしていたことになる。その見返りに、稲穂署に上納金を渡す仕組みになっていた。

歌舞伎町ですら警察による浄化作戦の対象となっている中で、境町は手をつけられていなかった。他の地区よりも違法が蔓延《はびこ》っていた理由は、ここにあるのだろう。

怜良は馬鹿らしいとも思ったが、普通のサービスでは生き残れないのは、どこの業界も同じだと思い直し、妙に納得した。

また、地域課の安藤雅史の件についても対応済みだったが、やはり和久井の動きは目障りだった。超過勤務強要について和久井が調べている様子はなかったが、安藤雅史に監視をつけていたということは、なにかしら怪しいと踏んでいた可能性が高い。リスクヘッジ社として、和久井への対応を検討する必要があるだろう。

安藤雅史については、約束通り本間聡美を保護して、犯人を警察に逮捕させたので、円満に退職していった。

全てにおいて、スピーディーに先手を打つ。それこそが、リスクヘッジ社が今まで生きてこられた理由だ。

車がリスクヘッジ社のビルの敷地内に入ったところで、怜良は連絡を忘れていたことを思い出す。

車を地下駐車場に停めて、携帯電話を取り出し、上山に電話をかける。

シュシュの経営者である辻堂の監禁を解かなければならなかった。

10

安藤雅史は、警察官を辞めたあと、父親の建設会社を継いで、順調に仕事を覚えていった。元々、警察官になる前は父親の仕事を手伝っていたし、少ない従業員も昔から知っている人ばかりだったので、安藤には居心地がよかった。

携帯電話の画面をタップし、メールを送信する。相手は、本間聡美だった。警察による救出後、ストーカー被害に遭《あ》っているという訴えを退けたことを一通り詰《なじ》られたが、それがきっかけとなって、今ではメールのやりとりをするまでになった。本間聡美がキャバクラに勤めているので、営業メールという可能性もあったが、それはそれで構わないと思った。

「あ、今日はこの家の施主《せしゅ》様がいらしてますので」

ハウスメーカーの担当者が近づいてきて、苦しそうにネクタイの結び目に指をかけながら伝えた。十二月なのに、今日は日差しが温かく、汗ばむほどの陽気だ。そのため、安藤は長袖のシャツを一枚着ているだけだった。

「分かりました。僕がご挨拶します」

安藤は頷き、家が建つ予定の土地に目をやった。千葉《ちば》県の郊外に七千万円の家を建てるとは何とも景気のいい話だ。安藤の会社は、この家の基礎工事を担当しており、工事は順調に進んでいた。

悠然とした歩き方で近づいてくる男が目に入ったので、安藤はヘルメットを脱いで、脇に抱える。

「あっ……」

思わず声が漏れた。男も、安藤が誰だか分かった様子で、目を大きく見開いて立ち止まった。

ハウスメーカーの担当者は、小走りで男の方へと足を運んだ。安藤も後ろからついていった。

「須藤様、こちらが安藤建設の担当者です」

心臓が耳元にあるのではないかというくらいにうるさく高鳴ったが、平静を装う。

「初めまして。須藤様の家の基礎工事を担当させていただく安藤と申します」

「……君か」

目の前の光景が信じられないとでも言いたげな表情をしていた。

安藤は営業用の愛想を超えた、満面の笑みを浮かべる。

「家を建てるにあたって、一番重要な基礎工事をお任せいただいて光栄に存じます」

その言い方に、ハウスメーカーの担当者が怪訝な表情をするが、安藤は真っ直ぐに須藤の顔を見つめながら続ける。

「快適に住んでいただける家を建てるために、身を粉にして働きます。すでに着工しておりますので、ご安心ください」

はっきりとした発音を心がける。

「超過勤務をしてでも、工期は守ります」

安藤が握手を求めると、須藤は顔を強張らせる。夏でもないのに額から汗がどっと吹き出ていた。

第三話　酸《す》っぱい葡萄《ぶどう》

1

ノートパソコンのキーボードを叩く音が室内に反響する。

記者会見場には、記者クラブのジャーナリストがつめかけており、暖房から吐き出される熱と相まって室温を必要以上に上げていた。建物の外には寒風が吹き荒れ、ときおり、窓をガタガタと揺らす。湿度が高いので、冬にもかかわらず首筋から汗が流れている者もいた。

壇上にいるJ県警警務部長が言葉を発するたびに、記者たちは聞き漏らすまいと耳を傾け、同時にパソコンに文字を入力していた。

神経質そうな顔をした広報室員数人が、その場を取り囲むように立ち、周囲に厳しい眼差しを向けている。そのせいか、警務部長の間延びしたような喋《しゃべ》り方にそぐわない、緊迫した雰囲気が漂っていた。

部屋の後方で、K庁長官官房監察官室の監察官である和久井勝也は腕を組み、壁に背中をつけて、前方に視線を向けていた。

警務部長は目の焦点を机上に合わせ、淡々と不祥事の概略《がいりゃく》を話しつつ、思い出したように謝罪のセリフを挟んでいた。真摯《しんし》な態度とは言いがたいなと思いつつ、和久井は視線を動かす。

「残念だったな。私の勝ちだ」

抑え気味に声を発した和久井の口元は綻《ほころ》び、隠しきれない笑みが顔に浮かんでいる。しかし、隣で同じ方向に視線を向けているリスクヘッジ社の近衛怜良は、和久井の言葉にまったく反応せず、話し出す気配もない。いつもの雪女のような冷たい表情からは、なんの感情も読み取ることができなかった。

和久井は少しだけ眉間に皺を寄せて、周囲に聞こえないように慎重に口を開く。

「お前たちがもみ消す前に、不祥事を明らかにしてやったぞ」

その言葉にも、怜良の反応はない。しかし、和久井は上機嫌だった。

身内である警察の不祥事が発生したことは事実であり、それを明らかにしたことを喜ぶのは妙な話だが、ともかく、リスクヘッジ社に証拠隠滅をされる前に不正を正したことに満足感を得ていた。

「今まで散々、虚仮《こけ》にしてくれたな……でも、これからは違う。いずれ、お前たちをK庁から追い出してやる」

その言葉が気に障ったのか、怜良は視線だけを向けて口を開く。

「何か勘違いされているようですが、我々リスクヘッジ社はもみ消しなど……」

「とぼけるな」

思わず声を張り上げてしまい、近くに座っている記者が数人振り返った。和久井は咳払いをした後、詰め寄るように怜良に顔を寄せた。

「必ず、お前たちがやっている悪事の証拠を掴んでやるからな。今回のように」

和久井が壇上の方向を顎《あご》で示すと、ちょうど、警務部長が頭を下げているところだった。

今回の不祥事は、出版社最大手の時代社で雑誌記者をしている鮎川譲からの情報によって発覚したものだった。J県警の教養課の課長である皆本徹《みなもととおる》は、教養や仕事に必要な知識を得られる書籍を警察官に紹介するという業務を行っており、警察官から書籍代を集めて一括購入していた。ただ、皆本は担当になってからしばらくして、時代社に「今まで以上に割引されなければ、もう書籍は購入できない」と通知する。最初は戸惑った時代社だったが、提示してきた割引率でも利益は出るため、その求めに応じることにしたようだ。皆本は、警察官から集金した規定の金額と、密かに割引した書籍代の差額を着服し続けていた。そして、三年もの間、誰もそのことに気づかず、分かっているだけでも三百万円の業務上横領の疑いが持ち上がった。

和久井は、鮎川から時代社がかなりの割引率で書籍を警察に売っていることを偶然聞き、調査をした末に、今回の不祥事を発見することができたのだ。和久井にとっては、鮎川から思いがけずもたらされた成果だったが、リスクヘッジ社が動く前に不正を明るみに出したことに変わりはない。

和久井はジャケットの裾《すそ》に糸くずがついていたのに気づき、手でそれを払った。

「これも、もみ消そうとしていたんだろ？」

その問いかけにも怜良は反応せず、記者会見の様子を静かに眺めている。

冷血。

まさにそう表現するのが相応《ふさわ》しいと思える横顔からは、いかなる感情も読み取れない。

「……負け惜しみくらい言ったらどうだ」

和久井は自分が苛立っているのを意識しながら言った。同時に、理由のない焦燥感に駆られていることに気づき、途端に居心地が悪くなる。

それを察知したかのように、怜良は横目で和久井を見た。

「The grapes are sour《ザ　グレープス　アー　サワー》」

「は？」和久井は顔を歪める。

「ぶどうが酸っぱい？　なんのことだ」

「負け惜しみ、という意味の諺《ことわざ》です。防衛機制や合理化といった意味のほうが一般的かもしれませんが」

怜良の声は淡々としていたが、顔には薄《うっす》らと嘲笑《ちょうしょう》の色が浮かんでいる。

「……ふざけるなよ」

和久井の声が震える。怜良の、人を見下したような態度が気に食わなかった。

「こっちだって、お前たちに好き放題させて、ただ手をこまねいていたわけじゃない。必ず……」

「そうですか」

怜良は芯のある声で和久井の言葉を掻き消す。相変わらず、壇上で喋っている警務部長の方向に顔を向けながら、じっとその場に立っている怜良には、敗者の気配はない。

——何を考えている？

和久井は、先ほどまでの浮ついた気持ちが急速に萎《しぼ》んでいくのを感じた。

2

記者会見の一週間前。

リスクヘッジ社の上層階にある執務室で、怜良は、上司である町田真次と相対していた。部屋の中には、さまざまな形をしたアイアンメイデンが飾られており、異様な雰囲気を否応なしに演出している。その中でも特に目を引くものが、二メートルほどの高さのアイアンメイデンだ。怜良は、アイアンメイデンの実物大がどのくらいの大きさかは分からなかったが、人を中に入れて串刺しにする拷問器具なので、おそらくこのくらいのサイズなのだろうと推測する。

「今回対象となった……」

「ねぇねぇ、あれ、そんなに気になる？」

怜良の視線に気づいたのか、町田は話を途中で遮って、実物大のアイアンメイデンを指さす。

「いえ、まったく気になりません」

突き放した口調で言った時はすでに遅く、町田はベルトからはみ出た腹を揺らしながら、等身大アイアンメイデンの前まで小走りで向かっていった。

「これ、ついに買っちゃったんだ。実物大だよ実物大。もちろん、中にも入れる特注品！　しかも送料無料！」

テレビ通販の売り込みのような声を出した町田は、鉄製のアイアンメイデンの留め金を外し、前半分を開けて、中に入ってみせる。

「特注だから高かったけど、ようやく夢が叶ったよ。さすがに串刺しになるのは嫌だから、棘《とげ》の部分は伸縮するように出来ているんだ」少年のように目を輝かせた町田は、棘を手で押して縮ませる。

「命が二つあったら、刺さってみたいって好奇心もあるけどね」

「ぜひ、試していただきたいです」

怜良は町田が串刺しになるところを想像しながら言ったが、町田は何食わぬ顔をしている。

「それで、報告の続きは？」

アイアンメイデンの中に入り、完全に姿を消した町田のくぐもった声が聞こえてくる。自分から話を遮っておいて、その言い方はなんだと苛立ったが、目の前に立つアイアンメイデンにこれから報告の続きを喋るのかと思うと、気が滅入った。

壁にかかっている時計を確認する。二十四時を回っており、今日も日付を跨《また》いでしまったとため息をつく。しかも、こんな夜更《よふ》けに報告する相手がアイアンメイデンとは、なんの冗談かと思う。

「続けます」

馬鹿らしいと思う反面、これも業務だという割り切った職業意識によって、怜良はなんとか自分の体裁を守りつつ口を開いた。

「今回、もみ消しの対象となった者は、J県警の教養課に在籍する皆本徹です。一ヵ月前に、高級車レクサスを購入し、同時期に高額な買い物を立て続けにしています。購入品の内訳は報告書に記載してありますが、三十五歳で課長ということに鑑《かんが》みると、収入的にも逸脱した行動ですし、これまでの支出に照らし合わせても変化が激しく、異常数値が検出されています。また、ホステスに金を注《つ》ぎこんでいるのも発覚しており、けっこうな金額を店に落としているという報告があがっています」

怜良は資料の数値に目を走らせる。リスクヘッジ社は全警察官を対象に、信用調査や公式書類といったデータから、自宅や自家用車のレベル、収入、家族構成、旅行頻度、消費傾向といった情報を集積し、変化を常に監視している。そして、システムに異常数値が出れば、対象者の調査に乗り出すという手法をとって不祥事を発見していた。

そして今回、皆本徹がリスクヘッジ社のシステムに引っかかり、リストアップされて調査に動き出したのだった。

「身辺調査をしたところ、遺産相続もありませんし、資産運用での儲けや、宝くじといったものによる資産の増加もありませんでした」

「棚からぼた餅みたいな収入がないとなると、不正に得た金の可能性が高いというわけだね」

相変わらず、アイアンメイデンの中に入っている町田が訊ねた。

「そうです。皆本徹は教養課で、警察官向けの書籍を購入する業務を担当していました。そこで彼は、もともと規定されていた値引き率の書籍代を警察官から集金し、出版社側と勝手に交渉した大幅な割引後の価格で支払うように工作していたようです」

「それは確かだね？」

ようやくアイアンメイデンから出てきた町田は、額に汗を浮かべていた。薄くなった髪の毛が、額に張りついている。

怜良は、町田の眉間に視点を定めた。

「はい。警察と称して出版社に問い合わせましたので、間違いはありません」

「……ふむ」

町田は頷くが、納得がいっていないような表情をした。

「それが確かだとしてもだよ、書籍の差額をくすねるくらいで、それほど豪遊できるものなの？」

「無理ですね」怜良は即答する。

「この不正で得られる金額は微々たるものです。現に皆本徹がこのようなことをやっていたのは三年前からですし、その間、我々のシステムに引っかかるほどの金銭の増減はありませんでした。問題は、もう一つのほうです。報告書の二十八ページをご覧ください」

怜良は町田に告げ、自身はタブレットＰＣを操作する。

「皆本徹が書籍代の差額を着服していた背景を調べた結果、少々面倒なことを起こしています」

資料に視線を落とした町田の頬がどんどんと引き攣《つ》っていき、乱れた薄毛を何度か手で撫でつけた。そして、資料を読み終えると、なで肩をガクリと落とす。

「嫌なケースだなぁ」

ため息まじりの声に、怜良は頷くことで同意した。

皆本徹は独身で、金のかかる趣味もない。生活も派手ではなく、住居とするアパートは、駅から徒歩二十五分の距離のところにあり、家賃も格安。交友関係も狭く、特にローンも組んでいなかった。ただ、リスクヘッジ社が入手した、皆本徹が写っている写真が全ての要因を物語っていた。

口から煙を吐いている皆本は、目が虚《うつ》ろになっており、人差し指と中指の間には、煙草のようなものが挟まれている。

「これは、J県にある〝ネオダイス〟というクラブで撮影されたものです。この店は届出がされていない非合法のクラブで、内偵をさせたところ、売春や薬物売買の温床のようなところでした」

怜良は、内偵をしている上山翼の報告を思い出す。部下である上山は、アンダーグラウンドの人間になりすまし、客としてネオダイスに潜入して、情報収集をしていた。

今現在も上山は潜入調査中であり、状況の把握に努めているはずだった。

「ネオダイスで売買されているものは、マリファナから覚醒剤、ＬＳＤ、クラックコカイン、あと、モルヒネなんかもあります」

「中毒者にとっては、まさにエデンの園だね」町田はお手上げのポーズをとる。

「一時の快楽は確かに魅力的だけど、ネットで検索すれば、中毒者の末路なんて容易に分かるのにね」

「人は、嫌な部分から目を逸らす生き物ですから」

「それなら、リスクヘッジ社に勤務する我々は、汚い部分ばかりを見ることになるから、まいっちゃうね」

そう言った町田はなぜか満足そうな表情をする。怜良はいよいよむかつく顔だなと思いつつ、ストレスを最小限にするために、いつもよりも早口での説明を心がけた。

「ネオダイスは、広域暴力団である竹石《たけいし》組の組員が運営していますので、お世辞にも品行方正な店とは言えません。客層についても調べましたが、少数の裏稼業の人間以外、大半が怖いもの見たさの若者で、中には中高年も交じっているようです。そして、薬を購入するのは金に余裕のある中高年が多いということです」

「ストレスと金をたんまり抱えている彼らが、そうやって餌食《えじき》になるわけだ」

怜良は頷く。最近、アメリカのワシントン州とコロラド州ではマリファナが合法化され、その影響もあってか、日本でもマリファナへの恐怖心が薄らいでいる様子だった。上山が調査している時にも、アメリカでの合法化をダシにして、マリファナを勧める売人を何度か見たと言っていた。

「教養課の皆本徹がネオダイスに行ったのは、九ヵ月前です。その時期、彼は一人でタイ旅行へ行っています。おそらく、この旅行が薬物依存になったきっかけかと」

町田が唸る。

「九ヵ月前にタイ旅行に行って、マリファナを経験。帰国してもその時の高揚感が忘れられず、ドラッグストアのようなネオダイスに足しげく通った」

「その結果として、薬をいつも購入していた売人に誘われ、自らが売人になって大金を稼ぎ始めた、と考えるのが妥当でしょう」

「非常に分かりやすい落ちぶれ方だね。しかし、警察が売人になる時代ねぇ」

町田は鼻の穴の内側を指で掻きつつ、大きな欠伸《あくび》をした。怜良は自分が侮辱されているのではないかと腹が立ったが、町田の呆けた顔には他意はなさそうだったので、辛うじて怒りを鎮めることができた。

「……客が売人になるというのは珍しいケースですが、皆本徹を売人に仕立て上げたのは、竹石組の人間です。推測ですが、おそらく竹石組は、皆本徹の警察官という立場を利用していると考えられます」

言い終わった怜良の瞼《まぶた》が痙攣する。これが、今回の不祥事で最大の問題なのだ。怜良はこめかみの辺《あた》りに痛みを覚え、軽く頭を振った。

皆本徹が売買しているドラッグは、どうやらネオダイスを運営している竹石組の人間から流れているようだった。個人栽培のものを捌《さば》いているならまだしも、暴力団が絡んでいる場合、隠蔽工作の範囲が一気に広がってしまう。もみ消しという行為は、根こそぎやらなければ意味がないのだ。つまり、暴力団と皆本徹がどんな関係にあるのか確認し、両者が関わっていた証拠があるならば、すべてを抹消しなければならなかった。

「暴力団かぁ……日本での荒事《あらごと》って難しいんだよね。なるべく穏便にすませたいなぁ」

町田がぼやいたのと同時に、突然、執務室の扉が開いて上山が姿を現す。アルコールを摂取しているせいか、ほんのり赤ら顔だった。

「戻りました」

「だからさぁ、ノックを忘れないでって前も言ったよね！」

上山の出現に、町田がお笑い芸人のような速さでツッコミを入れる。しかし、上山は泰然自若《たいぜんじじゃく》という言葉がピタリと当てはまるほど、堂々としていた。大学時代にアメフトをやって形成された体躯《たいく》は、同じ部屋にいるだけで威圧感がある。

「あ、分かりました」上山はその場で扉をノックしてみせ、笑顔になった。

「これでいいでしょうか」

一瞬迷うように頭に手を置いた町田は、瞬きを繰り返した末、曖昧に頷いた。

「……オーケー。でも、次は部屋の外にいる時点でやることをお勧めするよ。今の状況では、ノックの意味が違ってしまうからね」

窘《たしな》めるような口調で言った町田は、すぐに愉快そうな表情になった。

怜良は、この二人の妙なかけ合いを見ていると、本気で転職を考えてしまう。

「あ、報告いいですか」

上山は改めてといった風に、直立の姿勢になった。

「皆本徹の件の報告ですけど、彼、結構ヤバイ状況ですよ」

怜良の表情が険しくなる。

上山は喉を鳴らしてから、もったいぶったように口を開いた。

「皆本徹が売っているヤクですが、ネオダイスのバックにいる竹石組から流れていることは間違いないですね。金も結構稼いでいる感じです。でも、好きで売人をやっているわけではないみたいですよ」

「どういうこと？」

怜良の問いに、上山は困ったように首を傾げる。

「なんて言ったらいいんですかね……つまり、売人になって金を稼いだはいいものの、抜け出せない状態に陥っているって感じです」

「それは、脅されているってこと？」

要領を得ない言葉に、怜良は苛立ちを覚える。

「違いますよ」上山は首を横に振り、心得顔になった。

「竹石組の意図は分かりませんが、売人となった皆本徹をかなり厚遇しているようですね。それはもう、一介の売人とは天と地ほどの差です。マージンも多いし、完全になにかありますよ」

怜良は顎に手を置いた。暴力団が無駄なことをするわけがない。それ相応のメリットがあるから、皆本徹を囲い込んでいるのだ。

「やはり、警察官という立場を利用したいってことかもしれないわね」

怜良は呟く。

リスクヘッジ社が皆本徹について出自から現在までを調べた限りでは、他に利用価値のありそうな点は見当たらなかった。警察関係という狭い範囲の中ならば、理由を突き止めるのにそれほど時間はかからないだろうと怜良は思案する。

「皆本徹はJ県警に所属しているので、県警内の動きを早急に調べます」

怜良の言葉に、町田は頷く。

「真相究明については急いでね」町田は言いつつ、口を窄《すぼ》める。

「ただ、皆本徹の利用価値がなんであれ、今分かっている確かなことが一つある」指を立てると、ニヤリと笑った。

「皆本徹の不正をもみ消すために、おそらく竹石組に渡りをつけなければならないってこと」

気取ったような声を出した町田は、怜良と上山を交互に見る。

「警察には竹石組にアポイントを取ってもらうよう取り計らうからさ。実際の交渉はよろしくね」

目にゴミが入ったかのような忙《せわ》しいウインクをした町田は、人差し指に中指をからめる。

幸運を祈るサイン。

その仕草に気づいた怜良は、危うく町田の顔面にタブレットPCを投げつけるところだった。

3

三日後。

怜良と上山の二人は、竹石組の事務所の前に立っていた。

都心のオフィス街からそれほど離れていない場所にある事務所の外観は、場違いに感じる日本家屋で、門構えが異様に立派だった。

「なんで俺と怜良さんの二人なんですかね」

上山は頭を掻きながら、面倒そうに顔を歪めて事務所の方向を見ていた。

怜良は横目で上山の顔をとらえる。

「私は交渉要員だから仕方ないとして、あなたは……もしもの時の人質要員ってところね」

怜良の言葉に、上山は「げっ」という声を漏らした。ただ、心から恐れているような様子は感じられない。今回の訪問は、警察の手配によるものなので、竹石組としても無下《むげ》にはできないだろうし、手荒な真似をするおそれもないに等しいのだが、上山がそれを勘案しているとは思えなかった。おそらく、無知からくる楽観だろう。

事務所の前には、白いジャージを着た男が二人立っている。坊主頭とパンチパーマで、世界のすべてを敵視しているような目つきをしていた。

「なんだ、お前ら」

坊主頭が怜良と上山を睨みつけながら、低い声を出した。右隣にいるパンチパーマは坊主頭よりもずいぶんと若く、親子と表現するのが適切なほどだった。まだ二十歳そこそこのパンチパーマは、怜良と目が合うと、慌てたように視線を逸らして上山に食ってかかった。

「あんた、ここがどこだか分かってんのかよ」

声が幼い。もしかしたら、高校生くらいの年齢なのかもしれない。

「竹石組の本部でしょ？　だから来たんだ。君は学校に行かなくていいの？」

上山がさも当然のように返したので、パンチパーマは驚いたように目をパチクリとさせた。

「なっ……てめぇ！」

「私たちは、組長である須賀武《すがたける》さんに会いにきました」

怜良はパンチパーマが怒鳴り散らす前に口を挟む。その後、余計なことを喋るなと上山を咎《とが》めた。

「……あんたらが、例の？」

事情を知っているらしい坊主頭が疑わしげな視線を向けてきたが、すぐに真顔になると、少々お待ちを、と言って門の中に入って姿を消した。

手持ち無沙汰となったパンチパーマは、上山をじーっと睨んでいる。

「君、学校は？」

「……行ってないっす」

上山の質問に、パンチパーマは先ほどよりもほんの少しだけ丁寧な言葉遣いになる。おそらく、組長の客である可能性を考慮しているのだろう。しかし、声色は相変わらず好戦的だった。

「極道で生きていくのも大変だよ。俺も、売れないマジシャンだったけど、かなり大変だったし。でも、手に職つけるってのも、終身雇用がなくなったご時世では精神衛生上いいと思うから、頑張れるうちは頑張ったほうがいいよ」

極道とマジシャンを同列のように言い、パンチパーマの肩に手を置いた上山は、口からタランチュラを出す。

「ひっ」

パンチパーマは目を見開き、後ずさって尻もちをついた。それを見た上山はけらけらと笑う。

「おもちゃだよ」

掌にタランチュラの人形を吐き出した上山がからかうような声を出した時、神妙な顔をした坊主頭が帰ってきた。

「お待たせしました。どうぞ、こちらへ」

慇懃《いんぎん》な態度になった坊主頭は丁寧な口調で言うと、門の中に怜良と上山を招き入れる。

「おい、なに座ってんだ！　しっかり番してろっ！」

坊主頭の怒鳴り声で、パンチパーマは慌てて立ち上がり、直立不動の体勢で体育会系の人間が発するような快活な返事をした。

「すんません、こちらです」

先導して歩く坊主頭は、振り返って軽く頭を下げた。

玄関で靴を脱いだ怜良たちは、塩路《しおじ》の板が敷かれた廊下を歩く。埃《ほこり》ひとつ落ちていない廊下は、まるで鏡のように磨かれていて顔が映りそうだった。

絵に描いたような豪奢《ごうしゃ》な屋敷。開いた襖《ふすま》の隙間から、数本の日本刀が見えた時には、改めて普通の家ではないと思う。

廊下の一番奥にある襖の前までくると、坊主頭は立ち止まった。

「組長、失礼いたします」

心持ち声を張り上げた坊主頭は、耳を澄ますように顔を襖に近づける。

「入っていいよ」

その声に、坊主頭は襖をゆっくりと開けて中に入り、促されるようにして怜良と上山も続く。

十五畳ほどの部屋は、書斎という表現がしっくりくる簡素な造りになっていた。ただ、机や本棚、応接用にこしらえたようなソファーは一目で高価と分かるものだった。

「ご苦労さま」

革張りの椅子に座っている髭面《ひげづら》の男は、静かな声で自らを須賀と名乗った。年齢は五十歳を超えたあたりだろうか。白髪《しらが》交じりの髪は短く刈られている。

「もういいよ」

須賀の言葉に、坊主頭は九十度腰を曲げてお辞儀をしたあと、怜良と上山を一睨みして部屋を出て行った。

怜良は須賀の容姿を観察する。着物を着て、手にはパイプ煙草を持っており、どこか物憂《ものう》げな表情。まるで、昭和の文学者だった。

「……小説家かよ」

上山も似たようなことを思ったらしく、笑いをこらえつつ小声で呟いていた。部屋の中には三人しかいないので、上山の言葉は須賀に聞こえているだろう。

「よく言われるよ」

須賀は立ち上がると、ソファーに座るように言い、自らも対面に腰かけ、怜良に視線を送った。

「県警のお偉いさんから会ってほしい人がいると言われていたから、どんな人かと思ったら、まさかの美人さんだ。刑事っぽくはないけど、どこか棘があるね。普通の職業の人間にはない雰囲気だ」

真っ直ぐな視線の須賀は、次に上山に顔を向ける。

「君は無鉄砲な感じだな。我々がいる業界でも、そのような性格は美徳にはならないし、長生きしないね。慎重が一番だよと助言しておこう」

「俺はこれでいいんです。このまま生きていきます」

上山がにこやかな表情で返答した。この自信はどこからくるのか不明だったが、リスクヘッジ社は、上山のこういった点も評価して採用していた。

怜良は咳払いをする。

「我々は、人相占いをされるために来たのではありません」

「そうだろうね」須賀は頷く。

「警察ルートで連絡がきて、しかも君たちは警察官ではない。となると、リスクヘッジ社というところかな」

「……お調べになったのですね」

「警察の友人がいるからね。でも、君たちの会社が何をやっているのかまでは分からなかったよ」

須賀は目を細める。

「我々は、警察組織の監視を請け負っている会社です」

「表向きはね」

「表も裏もありません」

怜良の言葉に、須賀は可笑しそうに笑う。

「まぁいい。押し問答をしても仕方ないからね。それで、今日の用件を聞こうじゃないか」

面倒な男だと思いつつ、怜良は上山に目くばせしてから口を開いた。

「我々がここへ来た目的は、ご存じありませんか」

「知らないね」

「全く？」

「ああ」

「心当たりも？」

「知らないと言っているじゃないか」

須賀は少しだけ語調を強める。

「分かりました」怜良は頷いた。

「それでは、皆本徹という人物をご存じでしょうか」

「……皆本？　さぁ、記憶にはないようだ」ややあって、須賀が耳の後ろを掻きながら答える。

「では、竹石組の人間が運営しているネオダイスというクラブはご存じですよね？」

「知っているよ。ネオダイスは我々の下部組織である鉄幹九龍会が実務を取り仕切っているからね。最近はC県だけじゃなく、J県にも勢力を伸ばしていて偉いよ。でも、私は関知していないよ」

鉄幹九龍会。過去にC県にある稲穂警察署で発生した不祥事に関係していた組織だ。リスクヘッジ社は当時、不正をもみ消すため、鉄幹九龍会の辻堂という男を監禁した経緯があった。ただ、証拠の類《たぐい》は一切残していないので、辻堂は誰が何の目的で監禁を行ったかを知るすべもない。

「皆本徹は、そのネオダイスで麻薬などを売買している男です」

怜良は須賀を凝視しつつ、慎重な声を出した。

「へぇ……君たちは、その男を追っているのか？」

須賀は身体の重心を移動させながら訊ねる。

「いえ」怜良は首を横に振った。

「どうして皆本徹が、麻薬の売人としては破格の優遇を受けているのかを知りたいのです」

「そんな些末《さまつ》な現場の事情を、私が知っているとでも？」須賀は不思議そうに首を傾げる。

「こう見えて、私は竹石組の組長だよ。行動を全て把握するなんてできないし、ましてや末端のことなど……」

「県警本部にいる麻薬の専従捜査員の顔写真が、違法にコピーされた形跡がありました」

　途端に、須賀の瞳が揺れる。

　リスクヘッジ社が、Ｊ県警内のパソコンの操作ログを洗いなおしたところ、薬物犯罪を追っている捜査員の写真が外部媒体にコピーされている形跡を発見した。そして、その操作をおこなったアカウントが皆本徹のものであり、売人となった時期とちょうど合致していたのだ。麻薬を売りさばく側としては、捜査員の顔が割れているだけで、逮捕される危険性は大幅に低くなる。そのため、顔写真は価値のある情報だ。皆本徹が売人として優遇されている理由はこの点だとリスクヘッジ社は考えていた。

　須賀は鼻梁《びりょう》を指で掻いて、足を組みなおす。

「その男は、警察官なのか」

　須賀は顎のあたりを手で擦《さす》りながら慎重な声で訊ねる。

「言いませんでしたか」

「聞いていないね」

「それなら、どうして警察官だと思ったのですか」

　不快そうに顔を歪めた須賀は、パイプを咥えて、口の端から煙を吐いた。

「捜査員の顔写真をコピーできる立場の人間は限られているだろう。内部の人間が、一番可能性がある。それくらい少し考えれば分かる」

「その写真の行方も、ご存じですよね？」

怜良の質問に、須賀は真意を確かめるような視線を向けつつ、頭を掻いた。

「知っているわけがないだろ」

「そうですか。では、竹石組が麻薬を売買していることは認めますね」

事務的に話を進める怜良の言葉に、須賀は即座に首を横に振った。

「私たちはそんなことはしない……が、母体が大きい分、目が届かないことはあるし、過去には構成員が捕まったこともある。まぁ、それくらいは調べてきたんだろ？」

「もちろんです。事前準備に怠りはありません」

怜良はバッグから冊子を取り出して、須賀に差し出した。

「時間がありませんので、手短にすませます。これは、我々が調べた竹石組に関係する売人の一覧表です」

「……なに？」

怪訝な表情をした須賀は冊子を手に取り、パラパラとめくる。

「我々は、売人の元締めである卸《おろし》ルートを特定して、その末端までをリストアップしました」

「……嘘はすぐにバレるから、よしたほうがいいよ」

須賀はそう言いながらも、リストから目を離さなかった。

「嘘ではありません。警察が麻薬の売人を捕まえても、元締めや密輸ルートまで辿れないことが往々にしてあるのには理由があります。売人が口を割らないし、証拠も持っていないからです。一方、我々はまず元締めを割り出してから、麻薬の密売ルートを明らかにして売人をリストアップしました」

「そんなことが、できるのか」

須賀は驚きを隠しえない様子で目を丸くする。

「できます。麻薬の密売は体系的に行わなければなりません。つまり、管理が必要となります。そして現在は、大体がパソコンでの管理になり、連絡もネットを媒介にしたものが多いのが実情です。そこにハッキングすれば、おおまかなルートを特定することは可能です」

「ハッキングは犯罪だろ？」

「ハッキングの違法性については、ひとまずおいておきましょう」

茶化すような須賀の言葉を、怜良はサラリとかわす。

「また、近年ではインターネット接続がされていないオフラインのパソコンにすらハッキングできるという話があります。製造段階で、発信機を取りつけるようですので、手の施しようがありません。そうなると、パソコンメーカーもグルということになりますね。あくまで噂ですので、真偽のほどは分かりませんし、我々がその方法を利用しているかどうかもノーコメントとさせていただきます」

　淀みなく言った怜良は口を閉ざす。冊子から視線を上げた須賀は苦々しい表情になっていた。

「それで、なにが言いたいんだ？」

「この資料は、あくまで、皆本徹を売人にした組織を特定し、関連性を明らかにするための、いわば下ごしらえです。我々が須賀組長にお願いしたいことは二つ」

　怜良は耳に髪をかける。

「一つは、皆本徹と竹石組の接点をなくし、真相を訊ねられても、知らぬ存ぜぬを貫き通していただきます。そしてもう一つは、皆本徹が渡した専従捜査員の写真の破《は》棄《き》。二点目については、回収は不可能だと考えますので、存在を秘匿《ひとく》していただくだけでも結構です。警察も、捜査員の入れ替えを行うようですので、いずれにしても写真の価値がなくなります」

「そうかい」須賀は怜良の言葉が途切れると、腕を組んだ。

「だけどね、そもそも、皆本徹のことなど知らないと言ったらどうする？」

須賀が意地の悪い顔をしたのに対して、怜良は薄らとした笑みを浮かべる。

「知らないということはありえません。皆本徹は間違いなく竹石組の構成員と接点がありますし、今までの会話を戦術的行動評価《タクティカル・ビヘイビア・アセスメント》したところ、須賀組長が皆本徹について知っている可能性が限りなく高いことが分かりました」

「……タクティカル？」

須賀が訝しげな声を出す。怜良は微《かす》かに頷いた。

「欺瞞《ぎまん》探知のテクニックで、ＴＢＡと略すことが多いです。これは、人が嘘を言う時に表わす言語および非言語に着目し、頭の中で正反対のことを同時に考える時に発生する認知的不協和を……」

そこまで言った怜良は一度口を閉じ、再び開いた。

「つまり、ＴＢＡとは、真実と嘘が同時に脳内に発生した時の無意識の反応を観察する方法です」

怜良は須賀の表情を見て、かみ砕いて説明することを心がける。

「基本的にＴＢＡは、見て聞くというルック＆リッスンを重視して、嘘を示す兆候を探ります。一例を挙げれば、落ち着きがなくなったり、足を組みなおしたりという無意識の動作に注目するのです」

須賀は笑みを浮かべる。

「そんな子供騙《だま》しの方法で真実が分かるならば、誰も苦労しないよ。たまたま頭が痒《かゆ》くなったりして掻いた動作に、いちいち反応して意味を持たせるなんて馬鹿馬鹿しい」

「そうなんです」怜良が同意したことに、須賀は意外そうな顔をした。

「TBAの難しいところは、動作の一つ一つが、それだけでは大きな意味を持たないことを念頭に置かなければならないことです。おっしゃる通り、頭が本当に痒くて掻いたのか、認知的不協和の影響でやったのかの判断はつきません。ですが、我々が求めるのは〝手がかりの群《クラスター》〟なのです。先ほど、皆本徹を知らないかという一連の会話の中で、須賀組長は実に多くの動作をしました。鼻梁《びりよう》を掻いて、足を組みなおし、顎のあたりに手を当てると同時に、声が慎重になりました。一つ一つの動作では判断できませんが、こうした〝群〟で起こった動作には、間違いなく意味があるのです」

怜良は掌を須賀に見せる。

「知りたいことを引き出すには、尋問を開始して五分以内という統計が出ています。

ほかにも〝餌質問《ベイト》〟などの手法によって真実を引き寄せる方法もありますが、須賀組長の反応が素直でしたので、ルック&リッスンで十分でした」

「……すぐに内面が表情に出ると、よく言われるよ」

須賀は皮肉るように片頰を釣り上げる。

「それで、いったいなにが分かったのかな？」

「須賀組長が、皆本徹を知っているということです」

怜良ははっきりとした口調で言った。

「それだけ？」須賀は首の後ろを手で揉《も》む。

「それって、重要なことなのかなぁ。私がそれでも知らないと突っぱねたら、それで話が終わってしまうんじゃやない？」

須賀は、討論を楽しむ学生のような無邪気な表情になった。

「おっしゃる通りです」怜良は頷く。

「ＴＢＡは相手の心を読み取る手段の一つであって、交渉成立の決定打を与えるものではありません。あくまで、須賀組長が皆本徹を知っているかどうかの確認のため、そして、交渉相手として適切かを推《お》し量るために用いました」

「それならば、私をどう落とす？」

須賀は声を弾ませる。見た目は文学者のように繊細だが、やはり豪胆《ごうたん》な性格だなと怜良は思い、自然と口元が綻んだ。

「力ずくで、我々の要求を呑《の》んでいただきます」

その言葉に、須賀の目が鈍く光る。

「……それは、私たちを敵に回そうということだね？」

言葉遣いは変わらないが、須賀が発する気迫を肌で感じた怜良は、口元を引き締めた。

「我々は、武力行使も厭《いと》いません。ただし、一つご忠告しておきます」怜良はそこで一呼吸入れて、次の言葉を強調するように心がけつつ口を開いた。

「我々が警察の庇護《ひご》下にあることを、ゆめゆめお忘れになりませんようお願いいたします。我々とやりあうということは、警察と対立することと同義です。それでもなお突き進みたいのでしたら、受けて立ちましょう」

怜良が口を閉じると、部屋に沈黙が訪れる。暖房の音がやけに耳障りに感じた。

じっと視線を怜良に向けてくる須賀に表情はなく、重苦しい無言を貫いていたが、やがて、剽軽《ひょうきん》な笑みを顔に浮かべた。

「対立もなにも、もともと、私たちと警察は敵対関係だし、武力も火力もまだまだ衰えていない。十分やりあえるよ。少なくとも、君たちに痛手を負わせるくらいにはね」

　怜良は頬を痙攣させた。交渉決裂か。そう判断した時、須賀が言葉を継いだ。

「でもね、なんとか上手くやっていくのが生き残る手段なのも事実。私はね、初めから警察の膝元にいる君たちに楯突《たてつ》こうなんて思っちゃいないよ。君たちを少しからかっただけだ」

　須賀は屈託のない声で言った。

「ご想像の通り、私は皆本徹の件についての報告を受けていた。ヤク好きの不良警察官で、薬のためなら仲間も売るって男だ。しかも薬物中毒で金に困っている。だから、上手く利用してやれと指示した。そしたら、売人にはなるし、捜査員の顔写真は提供するし、なかなかの悪人だったね。現役の警察官を小間使いにできるってのは、我々の業界では、けっこう価値のあることなんだよ」

「しかし、警察とやりあうほどの価値は、皆本徹にはないかと考えます」

　怜良の声に、須賀は同調する。

「確かに、警察を敵に回してまで引き止めるほどの男じゃない」

　怜良は覚《さと》られないように小さく息を吐いた。最悪の事態は避けられそうだった。あとは、証拠となりそうなものを全て提出させれば、懸案事項の一つが片づく。

「ただし」怜良の安心をよそに、須賀は語調を強めて続ける。

「私は、君たちが警察組織の内部で、なにをやっているのかには興味がある。いったいどうして、君たちが不良警官を追っているんだ？　しかも、口外するなってのは穏やかじゃないな」

笑みを絶やさない須賀だったが、先ほどまでの柔らかな雰囲気が嘘であるかのように、重圧感が怜良を襲う。上山も同じ感覚を受けたらしく、拳に力を込めているようだった。

「……それを聞いても、須賀組長の得にはなりませんよ」

「損得の問題じゃない。聞きたいから聞く」

「答えられません」きっぱりと拒否した怜良は、毅然とした態度を崩さなかった。

「どうしても知りたいようでしたら、それこそ、力ずくでお調べになることです」

怜良の即答に、須賀は驚いたように目を丸くした。そして、小さな笑い声を上げる。

「君、面白いね」本心からの言葉なのか、須賀は愉快そうに肩を揺すった。

「ほしいものは手に入れたい性分だから、あらゆる手段を使って調べたいって気持ちもあるけど、触らぬ神に祟《たた》りなしとも言うからね」

　立ち上がった須賀は、軽く伸びをする。

「でも、私たちが売人を使ってヤクを売り捌《さば》いているってのは、黙っていてくれるんだよね？」

「ええ。もちろんです。それは、警察の仕事ですから」怜良が再び即答する。須賀は、美術館の展示品を見るような目になる。

「なかなか楽しい時間だったよ。もし今の会社を辞めるようだったら、うちに就職するといい」

　須賀は冗談とも取れない言葉を発する。怜良は髪を耳にかけた。

「今の会社よりも好条件でしたら、考えます」

「言い値でかまわないよ」ますます機嫌をよくしたようで、声が弾んでいた。

「皆本徹の件は、私から言っておく。約束は破らないから安心してくれ」

　そこまで伝えた須賀は、なにかを思い出したとでも言いたげに、わざとらしく手を叩いた。

「ただね、今回の件は素直に引き下がるけど、この業界って体裁っていうのが大切なんだ。次になにかあっても、譲歩はしない」

須賀はにこやかな表情のまま宣言するが、声には重みがあり、そのギャップは気味悪く感じるほどだった。

怜良は頷きながら、頭の中では次の段階のことを考えていた。残りは、書籍代着服の証拠を処理し、皆本徹本人を依願退職させれば、もみ消しは完了だ。


しかし、四日後。K庁監察官の和久井によって、皆本徹の着服が露見して、記者会見が開かれてしまう。

最悪の事態は避けられたものの、怜良としては不手際の目立つ案件となった。

4

皆本徹の不祥事に関する記者会見が終わり、和久井はK庁に戻っていた。

K庁長官官房監察官室のデスクの前に座り、なにをするでもなく一点を見つめ、手に持っているボールペンでコツコツと机を叩く。

記者会見時に見せた、近衛怜良の様子が引っかかっていた。

——どうして近衛怜良は、悔しがっていないのか。

今回、もみ消しをされる前に、不正を明らかにした。それにもかかわらず、不祥事をもみ消すことが目的で雇われていると考えられる近衛怜良の様子は、普段と変わらないように思えた。

「……もしかしたら、すでになにかをもみ消していたのか」

思わず呟いてしまい、慌てて周囲を見渡す。すると、主査の吉野と目が合ってしまう。

「どうしたんですか」

怪訝な表情で訊ねた吉野の声は、心配そうな調子が含まれていた。

「いや、なんでもない」

和久井はそう言って取り繕い、書類作成の雑務を再開する。最近、ぼうっとすることが多くなった気がする。

「少し休んだらどうですか。目の下のクマ、すごいですよ」

吉野は言いながら、自分は最近四十肩だから何をするにも辛い、と愚痴《ぐち》る。

和久井は目元を指でこすった。確かに、最近過労気味で身体が重かった。自宅へ帰る時間は常に遅く、ろくに息子である英太の顔も見ていない。通常の監査業務に加えて、リスクヘッジ社が警察組織の不祥事をもみ消しているという証拠を掴むことに必死だったのだ。

ただ、疲労の理由はそれだけではなかった。

リスクヘッジ社がもみ消しを行っているということは、もみ消しを依頼した発注者がいるということだ。当然、警察内部にも真実を知っている者がいるはずなのだ。その考えが、片時も頭から離れなかった。

和久井は、K庁首席監察官である倉木《くらき》義一《よしかず》をちらりと見る。事務作業に追われているらしく、先ほどから一心不乱にパソコンのキーボードを叩いていた。

倉木は、警察組織を監視する監察官のトップであり、リスクヘッジ社がもみ消しを行っているという事実を知っている可能性が高い。

だとしたら、この組織は根っこから腐っている。

もしトップの人間たちが不祥事を隠蔽するためにリスクヘッジ社を採用したのならば、膿《うみ》を出しつくすべきである。

たとえ上層部に楯突くことになろうとも、不祥事の隠蔽を見過ごすことはできない。

和久井は、疲労があふれ出たような重いため息をついた。

「最近疲れが取れない。だから、明日は休暇をもらうことにしているんだ」

その言葉に、吉野は意外そうな顔をする。

「珍しいですね。今まで有給休暇取ったことありませんよね」

確かに、吉野とは三年以上の付き合いだが、その間、一度も有給休暇を申請していなかった。

「疲れが溜まっているからな」

和久井は自分の肩を手で揉んだが、わざとらしい所作《しょさ》かと思ってすぐにやめる。

「いいと思いますよ。明日は監査もないので、ゆっくりしてください」

「ああ」和久井は返事をしながら時計を確認すると、二十時を回っていた。

「そろそろ帰るよ」

和久井は机の上に散らかっている書類を片づけつつ、何気ない調子で告げる。すると、吉野も机の上を整理しだした。

「自分も帰りますから、一緒に出ましょう。忙しいと、ついつい遅くまで残ってしまいますね」

吉野がのんびりとした様子で言うので、和久井は慌てて書類一式を机の中に放り込んだ。

「……いや、すまないが、ちょっと用事があるから先に行くよ」

和久井は鞄を手に持って、書類が山積した吉野の卓上に視線をやった。

「そうですか、了解しました。それでは明日……いや、明後日ですね」

吉野は特に不審がる様子もなく、椅子に座りなおす。

「お疲れ。ゆっくり休むとするよ」

和久井は首席監察官のデスクに座る倉木に一礼をした後、急ぎ足で部屋を辞した。

——不自然だったか。

廊下を歩きながら自分の言動を振り返ったが、すぐに気持ちを切り替える。たとえ不自然だとしても、これからの行動を覚られるわけではない。

K庁庁舎を出た和久井は、東京メトロ日比谷《ひびや》線に乗り、上野駅で降りる。あまり行かない駅なので構内で迷いそうになるが、人混みを避けながら目的の改札を出て、アメヤ横丁に入った。そして、携帯電話を取り出して鮎川にかける。ワンコールですぐに繋《つな》がった。

〈あ、もう着きました?〉

「アメ横の入り口だ。どこへ行けばいい?」

和久井はぶっきら棒に言い放つ。目的地の住所を教えればいいのに、鮎川はあくまで電話で案内すると言い張った。いまさら警戒してどうすると食い下がったが、鮎川は情報屋からの要望だから従ってほしいと頑《かたく》なだったのだ。

〈そこを右です。そしたらニンニクを下げている中国雑貨店があるでしょ〉

「……ああ」

店の左右を紅い柱で支えている店の軒先には、ニンニクが吊るされており、その量は五十個ほどもあるので、一見しただけでは不気味な白い塊《かたまり》にしか思えない。

〈その道を真っ直ぐ進んでください。高架下にいますので〉

高架下に視線を向けた和久井は、鮎川が手を振っているのを確認して、携帯電話を上着の内ポケットに入れる。

「情報屋はどこだ」

鮎川の前にたどり着いた和久井の問いに、鮎川は左側を向いた。

そこには、闇に溶け込むように建つ一軒の店があった。陳列されているものから、ミリタリーショップだと分かる。

「……こんなところにいるのか」

「そうですよ。リテルはここの店長ですから」

そう説明しながら鮎川は歩き出し、和久井も後に続いた。

店に足を踏み入れると、雑然とした空間が広がり、乱暴に置かれている商品の中には、見慣れた服も交ざっている。

「おい、警察の制服まであるぞ」

ハンガーにかかっている見慣れた制服を指さしながら言った。

「模造品ですよ。コスプレグッズみたいなものです」

鮎川はそう説明するが、本物と言ってもいい出来である。

「内緒ですけど、俺もよくここでポリスグッズを買って、取材などに役立てます……なんてね」

鮎川は冗談交じりに言う。和久井はいつか鮎川の家の家宅捜索を申請することを心の中で誓ったが、今は視線の先にいる大男と話すことが先決だった。

フィンランドのサンタクロースを思わせる風貌の大男は、店のカウンターに座り、葉巻を吹かしている。

「初めまして」

柔和な声を出した大男は、鮎川の話ではリテルという名前の元コラムニストで、現役時代はかなりの有名人だったらしい。しかし、世間のトレンドに迎合することに疲れを感じ、コラムニストを辞めた後は、日本に移住して情報屋をやっているという。

「君が、ミスター和久井か」

リテルは立ち上がると、中世の貴族を彷彿《ほうふつ》とさせるような形式ばったお辞儀をした。

「監察官をやっていて、性格は真面目。仕事熱心なタイプだけど、ときどき周りが見えなくなる」

流暢《りゅうちょう》な発音で紡《つむ》がれた言葉に、和久井は鮎川を睨みつけた。

「ち、違いますって。俺は何も言ってないですよ」

鮎川は首を必死に横に振って弁明する。

できれば情報屋であるリテルに対しては身分を伏せておきたかったので、鮎川には情報を与えるなときつく言っておいたのだ。

リテルは愉快そうに笑う。

「自分で調べたんだ。和久井が僕のことを知っていて、僕が和久井を知らないのはアンフェアね。それに、職業柄、直接顔を合わせるなら事前情報入手は必須だよ。そして安全だと判断したから、こうして我が邸宅に招いたんだ」

リテルは周りを見渡し、邸宅と言うには粗末すぎるけどね、とつけ足した。

「どこまで知っている？」

リテルは、ホッホッホと歌うように笑う。

「和久井がリスクヘッジ社を追っているということは、そこの鮎川から聞いていた」

指をさされた鮎川は、それ以上は伝えていないと慌てて言った。

「今日、ここへ来たのも、リスクヘッジ社のことが知りたいからだろう？　お見通しだよ」

心を見透かすように細められたリテルの目を向けられた和久井は、一瞬だけ躊躇した後、ゆっくりと頷いた。

「……それならば話は早い」

和久井はリテルに近づいて対峙する。和久井自身、背が高いほうだったが、リテルは恰幅《かっぷく》もいいので、自分のほうが一回り小さく感じる。

リテルは自分の顎髭《あごひげ》を撫でた後、和久井の横を通り抜けて店の表玄関へ向かう。そして、勢いよくシャッターを閉めた。錆《さ》びているのか、金切声《かなきりごえ》のような不快な音がする。

「どうにかして、リスクヘッジ社の尻尾《しっぽ》を摑みたいんだ」

和久井はリテルの背中に言葉を投げかける。

「簡単なことだよ」リテルは振り返り、指を一本立てた。

「K庁のお偉いさんと、リスクヘッジ社の会議を盗聴すればいい。この方法だけで、すべてを覆《くつがえ》せるよ」

「……会議を盗聴？」

不穏な言葉に、和久井は顔をしかめる。それに反比例するかのように、リテルは愉快そうな顔になった。

「K庁長官といったお偉方とリスクヘッジ社は、定期的に会議を開いているようなんだけど、知ってる？」

和久井は首を横に振った。同じ庁舎内にいるとはいえ、長官レベルの行動を知る術《すべ》はない。それなのに、どうしてリテルは知っているのか。

「僕は情報屋だからね。知りたいことを知るのが仕事なのさ」

疑問が顔に出てしまっていたのか、心の内を読んだかのようにリテルは言った。

「K庁がリスクヘッジ社にもみ消しを依頼していることが真実なら、必ずこの会議で話し合っているはずだ。そして、その会議は、明日ある」

リテルの言葉に、和久井は息を吞んだ。鮎川が、明日は休暇を取っておいたほうがいいかもしれないと言っていたのは、このことだったのか。

「それじゃあ、盗聴器を仕かければ……」

「駄目だね」

リテルはため息交じりに言った。

「リスクヘッジ社はアメリカの諜報産業を牛耳《ぎゅうじ》っているんだ。追従する企業はたっぷりいるにもかかわらず、トップの座を譲らないのは、リスク管理を徹底的にやっているからだよ。つまり、そう簡単には盗聴できないということだ。盗聴されていないかどうかの事前のチェックは必ずやるだろうし、もし発見されたら、盗聴器の出所を割り出されて、カウンターブローを受ける可能性だってある」

「それなら、どうやって……」

「そう慌てないことだよ」リテルは和久井をなだめつつ、葉巻を美味《おい》しそうに吸った。

「僕はリスクヘッジ社に対抗する手段を持っている。これがあれば、絶対に覚られずに、会話を抜き出せるよ」

「……本当だろうな」

疑いを持った和久井に対し、リテルは笑みを浮かべたまま頷いた。

「本邦初の、最新兵器をお見せするよ」

厳《おごそ》かに言った後、ただし、と続ける。

「決行前に、報酬の話をしよう。いくら僕が一生分の富を持っているからと言って、奉仕活動をしているわけじゃないからね。仕事にはモチベーションが必要だ」

「いくら必要なんだ」

和久井は訊ねる。鮎川は取材費ということで時代社から経費が出るようだが、それで足りないことも計算に入れて、出費もやむを得ないと思っていた。

「三百万円はほしいな」

さらりと言い放った言葉に、和久井は目を見開く。

「吹っかけているわけじゃないよ。最新鋭の兵器を手に入れるのに、いくらかかったと思う？　聞いたら度肝を抜かれるレベルだよ。それを貸し出そうと言っているんだ。むしろ、安くついたと喜ぶべきだよ」

リテルは和久井の反応を楽しんでいるかのようにニヤついていた。

「……三百万か」

和久井は鮎川を見る。

「こっちでは、この経費は落とせませんね」

鮎川は声を落として返事をした。

和久井は預金額を思い浮かべる。亡くした妻の生命保険がそのまま残っているので、無理な金額というわけではなかった。しかし、息子である英太の学費もあるし、そう簡単に出せる金額ではなかった。

——ただ、組織を浄化できるのなら、金額の多寡《たか》は関係ない。

唾《つば》を飲み込んだ和久井は、ゆっくりと口を開く。

「……回答する前に一つ聞きたい。その最新鋭の兵器とやらは、本当に役立つのか」

「それは請け合う。部屋に一歩も入らず、触れもしないで声を抜き取る方法があるんだ」

リテルは胸を張って答える。

「分かった。出そう」

「そうか……」和久井はリテルの青い瞳を見た。

隣にいる鮎川から驚嘆の声が聞こえてくる。

「エクセレント！」リテルはホッホッホと笑った。

「和久井とは、いいビジネスパートナーになれそうだよ」

「ただし、証拠を手に入れた場合のみ支払う。私の手の内に証拠が収まった時だ」

念を押すような声に、リテルは何度も頷く。

「少々、君たちに有利な取引だけど、交渉には妥協も必要だからね」

リテルは、ちょっと待っていてくれと言って、店の奥に消えていった。

「本当に、お金は大丈夫なんですか」鮎川は心配そうに訊ねてくる。

「逃げ切れるなんて思わないほうがいいですよ。ああ見えて、各国の大使館との繋がりもあって、怖い人たちとも友達らしいですから。治外法権を盾にして襲われたら、たまったもんじゃ……」

「安心しろ」和久井は険のある声を出す。

「私は約束を反故《ほご》にはしない」

そう返事をした時、リテルが軽快な足取りで戻ってきた。

「明日の十時に、この場所で」

折りたたまれている紙を和久井は受け取る。開いてみると、住所が殴り書きされていた。番地は、K庁庁舎の近くだった。

「ここに来れば、約束通り面白いものを見せてあげるよ」

ウインクしたリテルは、和久井を避けて通り、出入り口のシャッターを開ける。

「では、ごきげんよう」

一メートルほど開かれたシャッターの先には、暗闇が広がっていた。

どろりとした漆黒《しっこく》。

和久井は唾を飲み込み、息苦しさを紛らわすためにネクタイの結び目に指を引っかけた。

上野で鮎川と別れた和久井は、電車を乗り継いで四ツ谷駅近くの自宅に戻る。

時刻は二十二時。まだ英太は起きている頃だ。マンションのエントランスを抜けて、玄関の鍵を開ける。リビングには明かりが点《つ》いており、テレビの音が微かに聞こえてきていた。靴を脱いで廊下を歩き、自室でコートをかけてリビングに向かう。

「ただいま」

ドアを開けながら言うと、パジャマ姿の英太が振り返った。

「あ、おかえり」

即座に立ち上がった英太は、すぐに台所へと移動し、夕食の準備を始めた。

「今日は鯖《さば》の味噌煮を作ってみたよ」

「……そんなもの、いつ作れるようになったんだ？」

和久井の質問に、英太は台所に置きっぱなしの料理本に視線を向ける。

「ちょっと料理の腕を上げようと思ってね。そのほうが、女子にモテるって言うじゃん？」

「なんだ、好きな子でもできたのか」

小学校六年生に料理の腕を求める女子がどれほどいるのか分からないが、今の子供は大人びているというから、もしかしたら料理も加点のポイントになるのかもしれない。

「彼女を作る時間なんてないよ」

英太の冷淡な反応に、和久井の胸が痛む。家事全般を英太に任せっきりだったので、遊ぶ時間は削られているだろうし、そのほかにもいろいろと我慢させているはずだった。

「すまないな……」

和久井は申しわけないと思いつつも、今の状況を変えようとしない自分に苛立ちを覚える。十歳そこそこの子供に甘える自分が、組織内で偉そうなことを言っているのが滑稽《こっけい》な気さえした。

英太は首を横に振る。

「悪意があって言ったわけじゃないから、気にしないでよ。お母さんが死んじゃってからのお父さんは、偉いと思うよ。仕事が忙しいのに、しっかり子育てもしてさ」

「子育てって……」

子供から言われると奇妙な気がしたが、そもそも子育てと言っていいようなことは一つもしていなかったし、家事を押しつけているので、英太の負担になっているはずだった。

味噌汁を椀によそった英太は、お玉をまな板の上に置いた。

「料理も趣味みたいなものになってきたし、いっそのこと、料理人にでもなろうかなぁ」

「料理人か」電子レンジで温められた鯖の味噌煮を目の前にして、和久井は呟く。

「小学生でこのレベルなら、いけるんじゃないか。ほら、カリスマってやつ」

「料理ができないお父さんに言われても、あまり嬉しくないなぁ」

冗談めかすように言った英太は、目をこすって欠伸をする。

「明日学校だろ？　片づけはやっておくから、寝る準備をしなさい」

髪が湿っているところを見ると、風呂にはすでに入ったようだ。

「分かってるって」

英太はそう返事をしたあと、あっ、と声を上げて、冷蔵庫のところまで行き、缶ビールを取り出した。

「仕事大変そうだね。だから、一本だけだよ。お父さんも疲れているだろうから、すぐに寝たほうがいいよ」

英太はそう言い残すと、再び欠伸をして自分の部屋にいった。

残された和久井は、缶ビールを開けて一口飲む。

――一本だけ。

生前、妻に幾度となく言われていた言葉だったので、懐かしさが胸の内に広がる。

箸《はし》を手に取り、鯖の味噌煮をつまむ。味は少し濃かったが、初めて作ったにしては申し分のない出来だった。


翌日の十時。

リテルとの約束通り、指定された住所に到着した。K庁庁舎の東側に位置するそこは、ビル群の一角であり、別段なにかがあるわけでもなかった。

「あ、こっちですよ」

ビルの隅っこで二台の携帯電話をいじっていた鮎川は、それぞれをポケットにしまうと近づいてくる。鮎川は仕事用と個人用の携帯電話を使い分けており、常に持っていた。

「ここでいったい、なにをするつもりなんだ？」

和久井の問いに、鮎川は首をかしげた。

「さぁ、詳しく聞いているわけではないので、なんとも」

「本当に、リテルという奴は信用できるんだろうな」

和久井は不安を口にするが、鮎川は自信満々といった様子で頷いた。

「情報屋としては、かなり有能だと思いますけど」

「情報屋としてではなくてだな……」

「ビジネスパートナーとしてなら、それ以上に信用してもらってかまわないね」

背後から聞こえてきた声に、和久井は驚いて振り返る。そこには、長身のリテルが立っていた。まったく気配を感じなかったのは、偶然ではなく、リテルが気配を消していたからだろう。

「どうぞ、こちらに」

穏やかな表情で言ったリテルは、目の前のビルに入っていった。和久井は鮎川と目を合わせた後、リテルの大きな背中を追った。

エレベーターに乗った和久井たちは十五階で降りて、奥の会議室に入る。

「ここはレンタルオフィスっていって、時間単位で誰でも借りられるスペースなんだ。いやぁ、事前にここを確保しておいてよかった」

電気を点けたリテルはそう説明しつつ、ブラインドで遮られた窓の前に立つ。窓際には、百五十センチほどの高さの三脚があり、三脚の上には、小型の天体望遠鏡ほどの大きさの機材がセットされていた。

「そしてこれが、レーザー・マイクロフォン」

機材に手を置きながら、リテルは得意げな表情になった。

「この機材で、会話を盗聴できる」

リテルはブラインドを開ける。すると、遠方にK庁庁舎を眺めることができた。距離にして、八百メートルほどだろうか。

「レーザー・マイクロフォンは知ってる？」

和久井と鮎川が首を横に振ると、リテルはますます得意げな顔になった。

「時間がないので簡単に説明すると、不可視のレーザー光線を会議が行われている部屋の窓ガラスに照射するんだ。その結果、レーザー光線は室内で交わされる会話によって発生した微細《びさい》な窓ガラスの振動を測定し、声に変換することができる。これがあれば、一キロという限定的範囲だけど、盗聴したい場所に侵入しなくても、情報を抜き取ることは可能ね」

「……日本でも、それは手に入るのか？」

和久井が訊ねると、リテルは首を横に振る。

「低スペックのものを購入するのは可能だけど、あまり実用的なものではないね。そもそも、レーザー・マイクロフォンっていうのは二つほど問題点があるんだ。最大の問題は、二重三重の窓ガラスに当てても、上手く盗聴できないということ。もう一つの大きな問題は、光線の角度。なるべく垂直に照射しないと、上手く聞き取ることができないから厄介《やっかい》。今回は、リスクヘッジ社との会議をやる部屋の正面にレンタルオフィスがあったので助かったよ。しかも、これは軍が払い下げたものだから、三重ガラスまでなら対応できる代物だよ。高かったけど、ミリタリーオタクとしては満足だし、今回のようにビジネスの材料となったから、結果オーライね」

リテルは満足そうな表情をした後、思い出したかのように手荷物検査と言って、服の上から和久井の全身を確認した。いわく、ICレコーダーを持ち込まれたら、今回の商談がフェアではなくなるということだった。

「どうやって、リスクヘッジ社との会議がある部屋を割り出したんだ」

携帯電話の電源を切るように指示された和久井は、電源ボタンを押しつつ質問する。リテルは胸のあたりに手を当てた。

「僕が持っている情報網で、定期的にK庁のお偉方が集まっている場所を特定したまでだよ。少し工夫すれば、これくらいは簡単に分かる」

リテルが言い終えた時、レーザー・マイクロフォンの近くに置いてあるスピーカーから、ガチャリ、という音が聞こえてくる。クリアな音なので、扉が開く音だとすぐに分かった。

「レーザー・マイクロフォンによって摘出された音声は、このスピーカーから流れるようにしているんだ」リテルは、コードで繋がっているパソコンとスピーカーを指さす。

「もちろん、フラッシュメモリーに音声データとして保存されるようになっているから、証拠として持って帰っていいよ」

スピーカーから、ぞろぞろと人が入ってくる音がする。和久井の心臓が高鳴り、手が汗で滑《ぬめ》る。談笑する声の主を聞きわけるために耳を澄ますと、K庁長官のほかに、首席監察官である倉木の声もあった。全員で五人ほどだろうか。

〈それでは、始めさせていただきます〉

その声に、和久井の表情が険しくなった。リスクヘッジ社の近衛怜良だ。

〈まずは、皆本徹が起こした不祥事についてのご報告です。お手元の資料をご覧ください〉

淀みのない怜良の声の後、紙がめくられる音が続く。和久井はスピーカーを睨みつけ、固唾《かたず》を呑んだ。

〈書籍代を誤魔化して差額を着服していた皆本徹の件は、力及ばず露見してしまったものの、麻薬の売買を行っていたことや、指定暴力団である竹石組との関係はもみ消しました〉

和久井は目を見開いた。

麻薬の売買？

竹石組？

思いがけない情報に、歯を軋《きし》ませる。やはり、不祥事は他にもあって、それをリスクヘッジ社はもみ消していたのか。

〈つまり、完璧な仕事とは言いがたい結果に終わったということか〉

K庁長官の声は、相手を蔑《さげす》むような高圧的なものだった。

〈おっしゃる通りです。弁解の余地はございません〉

怜良は謝罪を口にしているようだったが、普段と全く変わらない声色だったので、謝っているようには聞こえなかった。

〈しかし、我々がもみ消しを行わなければ、もっと多くの人間の首を飛ばさなければならない結果になっていたのも事実です〉

〈それは認めるが……〉長官の声は、あくまで傲岸不遜《ごうがんふそん》と言うべきものだ。

〈今回、もみ消しを完全にできなかった理由は分析できているんだろうな？〉

〈もちろんです。皆本徹の件では、K庁監察官である和久井勝也の行動がイレギュラーでした〉

〈監察官の対策はできていると言っただろ〉

〈はっ、はい〉

K庁長官の言葉に、首席監察官の倉木が緊張しきっているような声を上げた。

〈和久井勝也については、十分な対策を施してあります〉倉木の返答を代弁するように、怜良が続ける。

〈しかし、時代社の雑誌記者である鮎川譲が厄介な存在なのです〉

〈時代社……不正をした馬鹿が書籍を購入していたところか〉

〈はい。和久井勝也は、我々の動きを探ろうと躍起《やっき》になっており、現在は鮎川譲と組んで動いています。そして鮎川譲が、書籍代の値引きの件をなんらかの形で和久井勝也に話したと考えられます。その結果、予想以上に早く情報を入手できたため、今回のような落度に至りました〉

〈……確かに、巡り合わせが悪かったようだが、まさか、それが言いわけになると思

っていないだろうな？〉

〈承知しております。インセンティブについては、規定通りにCランクと自己評価しますが、それでよろしいでしょうか〉

怜良の言葉が途切れると、代わりに複数の声が溢《あふ》れ出すようにして聞こえてくる。注意深く聞くと、どうやら報酬の妥当性を話し合っているようだった。

〈まぁ、それくらいは当然だろう〉やがて、K庁長官の声がスピーカーから流れてくる。

〈ただし、監察官と雑誌記者が一緒にいるのはまずい。すぐに分離させるよう工作してくれ〉

〈方法を検討します〉

怜良は即答し、引き続き、定期報告と思われる説明を続けていた。

全身が発熱したようになった和久井は、その場に立っていられなくなるほどの眩暈《めまい》に襲われ、聞こえてくる言葉を処理できなくなった。

――やはり、組織ぐるみのもみ消しだったのだ。

真実を眼前に突きつけられた和久井は眉間に皺を寄せる。内にある正義感が、途端に風前の灯《ともしび》のように感じられた。

所属する組織が不正を行っている。その組織は途方もなく強大で、個人が立ち向かえるような相手ではない。

和久井は空咳《からせき》を何度かして喉を擦《さす》った。呼吸がしづらい。純然たる恐怖心が身体を萎縮させ、全身が鉛《なまり》のように重くなった。

「大丈夫ですか？」

歯をガチリと鳴らした和久井に、鮎川が声をかけてきた。

「もう、終わりましたよ」

「……そうか」

呼吸を整えた和久井は、やっとの思いでそう返事をした。腕時計を見ると、会議が始まってから二十分ほどしか経《た》っていなかった。

「録音はばっちり」

パソコンからフラッシュメモリーを抜き出したリテルは、ウインクをしながら和久井に手渡す。

「盗聴は法的証拠としては弱いけれど、波紋《はもん》を起こす一石にはなる」

リテルの言葉を聞きながら、和久井はフラッシュメモリーを手で握りしめた。

確かにそうだ。この証拠さえあれば、世間に是非を問うことができる。そうすれば、組織は強制的に浄化される方向に向かうはずだ。

——これさえあれば。

和久井は自分を奮い立たせ、葉巻を吸い始めたリテルに視線を向ける。

「感謝する。報酬の受け渡し方法は？」

三百万円という金額が安く感じるほどの充足感と、組織に対する嫌悪感が入り混じった感情によって、上ずった声になってしまう。

「現金でお願いするよ。すぐにとは言わない。今から三十日間の内に僕の店に持ってきて。その時は、靴を三足並べておくから、一つのシューに百万円ずつ、新聞紙に包んで入れてくれればいい。その時には会話は厳禁で、無言で作業をして店を出てほしい」

和久井は不可思議な要求を聞いて、渋い顔になった。その反応の意味に気づいたのか、リテルは破顔《はがん》する。

「おまじないみたいなものさ。深くは考えないでくれ」

そう言ったリテルは、鼻歌を歌いながら、部屋に広げられた機材を片づけ始めた。

リテルを置いてビルを出た和久井と鮎川は、K庁庁舎を避けるような道を辿り、駅へと向かった。

「完璧な証拠を摑みましたね」

鮎川は興奮しているらしく、顔を赤く火照らせている。和久井は苦々しい表情をして、口をつぐんだ。

「約束通り、週刊ジダイの大スクープとして発表させていただきますよ」

ホクホク顔の鮎川の言葉に、和久井は頷く。雑誌の発売を待たずに、即日リリース可能な報道機関などのネット記事も考えたのだが、そのためには、報道機関に真実を説明しなければならない。

――リスクヘッジ社が、K庁の意思によって不祥事をもみ消している。

盗聴音声という確固たる証拠があるとはいえ、K庁の考えに背《そむ》く情報を報道機関がすぐに発表してくれるという確信が持てなかった。現に、アメリカのNSAの元職員の暴露記事が掲載されるまでには、さまざまな思惑が交錯し、危うい場面もあったと聞いたことがあり、最短だと思っている方法が仇《あだ》になる可能性も考えられる。だからこそ、たとえ公表が遅くなってしまう雑誌でも、信頼のおける人間に記事を託したかった。そして、鮎川は、今回の暴露について編集長だけにそれとなく相談したらしく、会社のチェックを通さずに出版する約束を取りつけたと胸を張っていたので、和久井はそれにすがるしかないと思っていた。雑誌での発表後は、迅速に盗聴音声を各メディアに渡すつもりだ。

「確か、原稿の校了日は明後日の木曜日だったな」

「ええ。木曜の夕方までなら間に合いますよ。あと二日ありますから、時間的には申しぶんないです」

その答えを聞いた和久井は、一点を見据えて、少し考えた末に口を開く。

「今回リテルから手に入れたフラッシュメモリーだが、木曜の正午にお前に渡すことにするが、構わないか？」

「え？」鮎川は驚愕の表情を浮かべる。

「ど、どうしてですか。俺だって原稿を書かなきゃ……」

「奴らがこのことを知ったら、おそらく証拠を奪いに来るだろう」

「奴らって……リスクヘッジ社ですか」

「ああ」

「それなら、コピーしてくださいよ。証拠は複数あったほうが安心ですって」

「駄目だ」鮎川の言葉に、和久井は首を横に振った。

「コピーでもなんでも、お前が証拠を持っていることをリスクヘッジ社に覚られた場合、時代社に圧力をかけてくることだって考えられる。そしたら、元も子もなくなるだろ」

　鮎川は反論したそうに口を開いたが、声を発することなく、力なく頷いた。

「……わかりました。でも、俺たちの動きを察知するなんてできませんって」

「本当に、自信を持って言えるか？　今までのことを考えたら用心するに越したことはないだろ」

　和久井は語調を強める。

「あいつらの情報収集力は、私たちが考えるレベルを遥かに凌駕《りょうが》している。ギリギリまで安全な場所に保管しておくつもりだ。コピーが増えれば、それだけリスクヘッジ社に察知される可能性が増える。奴らを甘く見るな」

　和久井の言葉に、鮎川は押し黙る。

　これまでもリスクヘッジ社は、K庁で発生した不祥事をもみ消してきたと考えられる。その手際の良さに和久井は苦しめられたのだ。今回の件だって、どこから攻勢をかけてくるか分からなかった。

　腕を組んでいた鮎川は、観念したように下唇を出しながら首を縦に振った。

「分かりました。木曜日の正午で大丈夫です。そこから必死で書いて、来週の月曜の号に間に合わせます。でも、和久井さんも気をつけてくださいね」

「すまない」

和久井は呟き、フラッシュメモリーを持っている手に力を込めた。

「あと、お前が持っている携帯電話をどちらか貸してくれ。二台持っているだろ？」

不意を突く要請に、鮎川は怪訝な顔をする。

「どうしてですか？」

「あいつらを出し抜くために必要なんだ」

和久井の言葉を聞いてもなお、鮎川の疑問は解消されないようだった。

5

鮎川は和久井と別れてから、路上パーキングに停めていた車に乗り込み、再度時計を確認する。

十時四十分。

一度だけ深呼吸をした後、カーナビに目的地を入れた。すると、ルートが画面に映し出される。画面上には山梨《やまなし》県の辺鄙《へんぴ》な場所が映し出されており、道よりも山林が大部分を占めている。

車を発進させた鮎川は、鼻を啜《すす》る。平日のこの時間なら、事故でもない限り混雑はしないだろう。

目の前の信号が黄色に変わったので、アクセルを踏み込む。

この車も、そろそろ替え時だな。そう思いながら、車のハンドルをテンポよく指で三度叩いた。

車を走らせてから三時間後。

カーブの多い山道を登り切り、畑に囲まれた一軒の民家の前に車を停める。

ちょうど、嘉藤洋平の姿があった。農作業用らしき服は土で汚れ、K庁の監察官だった頃の面影は完全になくなっていた。

「嘉藤さん、どうも」

車から降りた鮎川の言葉に、嘉藤は苦々しい表情をした。

「話すことなどないと何度言ったら分かるんだ」

低い声で返事をした嘉藤は、背を向けて立ち去ろうとするので、鮎川は慌てて呼び止める。

「嘉藤さんの利益になる情報を持ってきましたから聞いてください」

その言葉に立ち止まった嘉藤は、くるりと身体を反転させた。

「だから何度言われても……」

「リスクヘッジ社が不正を行っているという証拠が見つかりました」

早口で発せられた鮎川の言葉に、嘉藤の顔が引きつる。

「……リスクヘッジ社の、不正だと？」

「他人に聞かれたらまずいネタです。これがあれば、嘉藤さんの名誉挽回ができますよ」

嘉藤は見定めるように鮎川を凝視しつつ、薄い唇を歪める。

「……入れ」

そう言うと、嘉藤は古びた民家の戸を引いて、鮎川を中に入れた。

C県警による、群馬県での過剰な接待をすっぱ抜かれたK庁監察官の嘉藤は、警察官を辞めて以来、逃げるように東京を離れ、実家であるここ山梨の寒村に籠《こも》っている。鮎川は嘉藤に何度も会って取材を申し入れたのだが、話をしてもメリットはないと突っぱねられるばかりだったのだ。

ただ、今回のリスクヘッジ社の盗聴記録があれば、嘉藤も気を許すはずだという自信があった。

　こうして嘉藤と会っていることは、和久井には言っていなかったし、来週号の雑誌に記事が載るまでは伏せておくつもりだった。和久井と嘉藤は、K庁監察官の同僚だった時期があり、かなり仲が良かったらしい。和久井の気持ちを逆なでする情報は与えないほうが得策だと鮎川は考えていた。そしてなにより、この件は、鮎川自身で決着をつけたい事案だった。

「今日は、お父様はいらっしゃらないんですか」

　鮎川の言葉に、嘉藤は舌打ちをする。

「畑に出てる。耳も遠いから、聞かれる心配はない」

「そうですか」

　鮎川は周囲に視線を走らせながら室内の様子を窺った。

「ジロジロ見るな」居間に置いてある椅子に座った嘉藤は不快そうな顔をする。

「それで、私を陥れた雑誌記者が、今度は私の名誉挽回のためにやってきたというわけか」

　嘉藤は皮肉るような言い方をして、蔑みの視線を向けてくる。

「いやぁ、あくまで事実を明らかにするのが週刊ジダイの記者ですから。嘉藤さんだけ特別というわけにはいかないんですよ」

　鮎川が後頭部を掻くと、嘉藤は鼻を鳴らした。

「まぁいい。それで、リスクヘッジ社の不正の証拠ってのはなんだ？」

「リスクヘッジ社と、K庁長官、それにK庁首席監察官なんかが不祥事をもみ消していることを喋っている音声を入手しました」

「……盗聴か。せこいことが好きなんだな」

　嘉藤は目を細める。盗撮によって過剰接待の痴態を撮られたのだから、当然の反応だと鮎川は思った。

「その証拠は、今持っているんだろうな？」

「いえ。手元にはありません」

　鮎川は首を横に振った。

「それじゃあ、信じられないな」

「ちょ、ちょっと待ってくださいよ」鮎川は食い下がる。

「リスクヘッジ社の動きを警戒して持ってきていないだけです。来週の月曜に刊行する号にスクープとして書きますので、信じてください」

　嘉藤は真偽を探るような顔つきになる。鮎川は言葉を続けた。

「今回のネタは、K庁を根底から揺るがすものです。証拠は安全な場所に保管してあります。それもこれも、リスクヘッジ社に感知されないためです」

考え込むように小さく唸った嘉藤は、おもむろに口を開く。

「……なにが知りたい？」

嘉藤の態度が軟化したことに、鮎川の期待が高まる。

「当然、K庁にリスクヘッジ社が採用される契機となった群馬県での過剰接待についてです。リスクヘッジ社は、K庁で不祥事のもみ消しをやっています。そして、そのような体制になったきっかけが、C県警がK庁監察官である嘉藤さんに対して行った過剰接待なんです。あの事件がなければ、国民はリスクヘッジ社がK庁に入ることにもっと反発を覚えたはずなんですよ。でも、あれがあったことで、すんなりと採用されてしまった」

鮎川は乾いた唇の皮を指先でつまむ。

「偶然とは思えないんですよ」

リスクヘッジ社がK庁で不祥事をもみ消しているという証拠でも、十分すぎるほどの記事になると鮎川は思っていたが、欲が出た。

リスクヘッジ社は、K庁に雇われてもみ消しをしている。当初は、監視体制を強化するためという大義名分があったとはいえ、K庁に民間企業が入ることを国民は簡単には承知しなかったし、反発の声も大きかった。そのため、スムーズに採用されるための装置が必要だった。

そんな折の、警察を監視するはずの監察官が不祥事を起こすというセンセーショナルな事件は、まさに最適だった。適切すぎて、わざとらしいほどだ。

嘉藤が故意に、リスクヘッジ社のために過剰な接待を受けたとは考えにくい。それに、鮎川がその場に居合わせたのは自らの意思であり、誘導されたわけではなかった。

そこで、鮎川は一つの推測に到達する。

K庁監察官の嘉藤は過剰な接待をたびたび受けていた。そこに目をつけたリスクヘッジ社は、雑誌記者である鮎川が嘉藤を追っていることを利用して、嘉藤の接待から最大の効果を得られるように演出したのだ。

『あの時のことは、ほとんど記憶にない。どうかしていた』

この言葉は、嘉藤が報道記者に対して語ったものであり、警察の内部調査の時にも、乱痴気騒ぎについては記憶にないと証言していた。

よくある言いわけ。

鮎川は当初そう思っていたが、よくよく調べてみると、腑《ふ》に落ちない点があった。嘉藤を接待する際、コンパニオンを呼んでいたのは毎度のことだったようだ。しかし、節度ある楽しみ方しかしておらず、群馬県で起こしたようなものは過去一度もなかったらしい。つまり、鮎川が現場にいたあの時だけ、嘉藤は乱れたのだ。

おそらく、この件にはリスクヘッジ社がからんでいるはずだと直感した。一連の事実を摑んで、時系列でいっぺんに記事にしたい。これは、鮎川自身も歯車の一つにされた可能性があるため、意地でも明らかにしたいことだった。

「証拠があるわけではないが……」

嘉藤がポツリと呟いた言葉に、鮎川の心臓が高鳴った。

「私は、リスクヘッジ社にハメられたんだよ」

ようやく引き出した。鳥肌が立った鮎川は、慌てて口を開く。

「接待が始まる前、なにか妙なことはありませんでしたか？」

「ある」その質問に、嘉藤は意外にも即座に頷き、身を乗り出すようにして続きを喋る。

「私がハメられたと思った理由は、接待の前に、旅館の人間から肝臓保護剤だといって薬を渡されたからだ。それを飲んでから、記憶が曖昧になって、それであんなことを……」

嘉藤は悔いるように唇を嚙んだ。鮎川は確信を持って頷く。

「おそらくそれですね。その従業員は本物だったんですか」

「いや、後日旅館に行って確認したんだが、そんな人間はいないと言われたよ」

嘉藤は口惜しそうに言う。

「分かりました」

証拠がないのが残念だったが、このコメントだけでも、記事にするには十分すぎる情報だった。

これで、リスクヘッジ社がK庁に採用される前から、実際の活動までを順序立てて記事にすることができる。

「ありがとうございます」

鮎川は立ち上がると、軽く頭を下げて礼を述べた。

「リスクヘッジ社がK庁に採用されるための工作から、実際にK庁で暗躍して悪事を働いているということまでを記事にします。そうすれば、嘉藤さんの汚名も返上できますよ。薬剤で自制心を失わされたんですから」

「……そうか。よろしく頼む」

嘉藤は嬉しそうにするでもなく、無表情のまま、感情のこもっていない返事をする。まるで、最初から無理だと諦めているようでもあった。

「では、俺はこれで帰ります」

「ああ」

軽く手を挙げた嘉藤を一瞥した鮎川は、背中を向けて家を辞した。

都会よりも一層冷たく感じる空気に震えつつ、車の電子キーを取り出して、車の方向に向けて開錠した。

時計を確認し、週刊誌の校了までの時間を計算する。

――記事の構成を考えなければ。

このネタを最大限活かす見せ方を想像するだけで、血液が沸騰するような興奮が体中を駆け巡る。自然と、足取りが軽くなった。

「鮎川さん」

ドアノブに手をかけたところで、突然背後から声が聞こえてきて、はっと息を呑む。

振り向いた直後、鮎川は意識を失った。

6

翌日。

和久井は仕事を淡々とこなすように心がけるが、どうも上の空になってしまった。事務処理をこなしつつ、窓の外に目をやる。空は地上にのしかかるように感じられるほど雲が厚く、今にも雨が降り出しそうだった。

週刊ジダイの校了日は明日。正午になったら鮎川にフラッシュメモリーを渡し、受け取った鮎川が原稿を書けば、あとは来週の月曜日の号で告発文が世に出る流れだった。

この記事の信憑性《しんぴょう》を高めるため、和久井は自らの名前を公表することを鮎川と決めていた。つまり、月曜日には、和久井はK庁を追われることになるだろうし、K庁の人間が和久井と接触することを禁止するだろう。

その前に、伝えておきたいことがあった。

時刻は十六時。

部屋には、人の姿はまばらだった。今日は監査がある上に、首席監察官である倉木も国家安全保障会議の会合に出ている。

「吉野、ちょっといいか」

机の上に置かれた書類に目を通している吉野に声をかける。

「なんですか？」

「この後、少し時間があるか？」

和久井の言葉に目を丸くした吉野は、信じられないといった風に頷いた。

「昨日、有給休暇を取ったと思ったら、今日はなんですか。呑みのお誘いですか？」

「いや、大事な話があるんだ」和久井はそう言いつつ、周囲を見渡す。人の姿はなかったが、リスクヘッジ社が盗聴器を設置している可能性もあるので、ここではまずいと思った。

「表に出ないか？」

「外ですか？」吉野は少しだけ怪訝そうに眉をひそめた。

「別にかまいませんよ」

そう返事をすると、ロッカーからコートを取り出して着る。和久井はそのままの格好で外に出て、二人で並んで日比谷公園に向かった。

寒空の下、和久井は歩きながら肩に入った力を抜こうと試みるが、上手くいかなかった。盗聴した会話を聞いた時から、全身が石のように凝《こ》り固まっていた。

雨が降りそうだなと空を見つつ、歩いて日比谷公園にきた和久井と吉野は、噴水《ふんすい》の近くにあるベンチに座る。

噴水の周辺には、ほとんど人影がなかった。

「仕事中すまないな」

「大丈夫ですよ。それよりも、急にどうしたんですか。ものすごく怖い顔をしていますよ。鏡見ました?」

吉野に指摘された和久井は、自分の顔を手で揉んだ。

「これから吉野も、こんな顔になるだろうな」

和久井はそう言うと、昨日起こったことを簡潔に伝えた。

吉野に今回のことを話そうと思ったのは、なにも心細かったからではない。リスクヘッジ社とK庁長官たちの会話記録を公表すれば、組織が想像を絶するほどの混乱状態に陥ることは明らかだった。そして、K庁の意にそわぬ行動をした和久井は、組織にはいられなくなるだろう。その前に、部下である吉野には真実を話しておきたかった。

できれば、今の仕事を続けていきたい。しかし、それ以上に、この組織を正しい方向に導きたかった。

　周囲を気にしつつ、和久井はリスクヘッジ社を追っていたことや、それによって判明したこと、そして、昨日起こった出来事を話した。その上で、K庁を辞める覚悟があることも。

「……そうですか」すべてを聞き終えた吉野は、組んでいた腕を解《ほど》く。

「リスクヘッジ社は最初から怪しいと思っていましたが、まさかそんなことまで……」

　信じられないといった風に、視線を曇り空に向けた。

「信じないのは無理もない。でも、事実なんだ」

「いえ、嘘だとは思っていませんけど……でも、和久井さんが辞めることはないじゃないですか」

　吉野の言葉に、和久井は力なく首を横に振った。

「一連のことを告発するということは、組織に楯突くことと同義だ。そうしたら、もうここにはいられない」

　吉野は、そうですか、と呟く。

「……なにか、お手伝いすることはありますか」

「いや」和久井はかぶりを振った。

「これは私が一人でやる。組織を追われるのは、一人で十分だ」

内部告発をした場合、公益通報者保護法といった、身を守る制度があったが、十分に機能していないのが実態だった。

吉野は困ったように八の字眉になった。

「で、でも和久井さんにだけ……」

「吉野にこのことを話したのは、私が去ってからの組織を君に託すと伝えたかったからだ。世間から相当なバッシングがあるだろうが、どうか、よろしく頼む」

「ち、ちょっと、やめてください」

頭を下げた和久井に、吉野は慌てたような声を出す。

「和久井さんの気持ちは十分に分かりましたから……しかし、本当にK庁長官がリスクヘッジ社とそんな会話を……」

「信じられないかもしれないが、ここにしっかりと証拠が残っているんだ」

和久井は内ポケットから、フラッシュメモリーを取り出す。吉野はそれを凝視した。

「コピーはしました?」

吉野が低い声を出す。

その声の変化に、違和感があった。

嫌な予感に和久井の身体が震え、一瞬で口の中が乾く。

「……いや、まだだ」

和久井は、絞り出すような声を発する。

「そうですか」なぜか、吉野は微かに笑みを浮かべていた。

「念のため、どこかにコピーしておいたほうがいいですよ。そういった記憶媒体は、いろいろな要因で壊れますから」

「そうだな……家に帰ったらコピーするつもりだ」

「念には念をいれなければならないですよ。だって……」

その言葉の直後――。

吉野が、フラッシュメモリーを和久井の手から奪い取った。

7

頭痛に顔をしかめ、鮎川は目を覚ました。

ゆっくりと目を開ける。自分がソファーに横たわっていると気づくのに、しばらく時間がかかった。

腕時計を見る。嘉藤洋平に会いに行ってから、一日が経っていた。

気を失っていたのか。

上半身を起こし、部屋を見渡すために視線を走らせると、窓際に男が立っていることに気づく。筋肉の盛りあがった肩を持つ男は、窓の外に広がる夜景を眺めており、ストレッチでもするように太い首を回していた。

「あっ」

鮎川が起きたことに気づいたのか、男は身体を反転させる。手には、ダンベルを持っていて、それを忙《せわ》しく上下させていた。

「……俺を、さらったのか」

まだ意識がはっきりとしていないせいか、上手く発音できなかった鮎川は、苦労しつつ目の焦点を合わせる。男の顔に、見覚えがあった。

リスクヘッジ社の、上山翼。

「さらったというか、便宜上、ここに来てもらうために気を失わせただけですよ」

明け透《す》けにものを言う。

「意識を奪って連れてくるってのは、どう見積もっても誘拐《ゆうかい》だろ」

「方法として一番、都合がよかったというだけです」

　上山に悪びれた様子はなかった。

「……いつから、俺を追っていた？」

　嘉藤の家を出てから襲われたということは、ずっと行動を見張られていたという可能性が高い。もし、盗聴をしている時点でつけられていたとしたら、一巻の終わりだった。

「追っている、というのは間違いですね」上山は首を横に振る。

「リスクヘッジ社は、ずっと嘉藤洋平を監視下に置いているんです。そこへ、鮎川さんが網に飛び込んできただけですよ」

「……どうして、監視なんかしているんだ？」

　鮎川の反応に、上山は嬉しそうに口の端を上げた。

「どうせ、気づいているんでしょ？」

　見透かしたような言葉に、鮎川はしぶしぶ頷く。

「……だいたいな」

「推測でもいいから言ってみてください。当たっていたら、正解って言いますから」

裏表のなさそうな上山の言葉には、嫌味が感じられなかった。しかし、鮎川はなんとなく小馬鹿にされているような気もする。

「その前に、水を飲ませてくれ」

先ほどから、口の中がカラカラに乾いていて、舌の根元が痛かった。

「まったく……なにを嗅《か》がせたんだよ」

鮎川は喉に手を当てる。嘉藤の家を出てから、突然、背後から声をかけられ、布のようなもので口を覆《おお》われて意識を失った。それから、この部屋で目を覚ますまでの記憶はなかった。

「なにかは知らないですけど、対象者を無力化するのに非常に役立つものです」

「知らないものを使うなよ」笑顔の上山に鮎川は悪態をついた。

「ともかく、水でもなんでもいいから持ってきてくれ」

「分かりました」

上山が頷くのを確認してから、鮎川は逃げるチャンスを窺う。窓の外を見る限り、ここは川崎にあるリスクヘッジ社の社屋だろう。上山が部屋を出れば、隙を見て逃げ出そうと思っていた。

大股に近づいてきた上山は、ダンベルを鮎川の前に差し出す。

次の瞬間、ダンベルがペットボトルに変わっていた。

「どうぞ」

目を瞬かせた鮎川は、ミネラルウォーターを受け取った。

「昔、マジシャンだったんですよ」ウインクをした上山は続ける。

「絶対に逃がすなって命令されているんで、部屋からは出ませんよ」

鮎川の考えを知ってか知らでか、上山はそう宣言した後、頑丈《がんじょう》そうな前歯を見せた。

「それよりも、鮎川さんがたどり着いた真実を聞かせてください。さっきも言ったように、推測でいいですから」

逃げるチャンスはまだあると思い直した鮎川は、ペットボトルの水を半分ほど飲んでから、手の甲で口元を拭った。

「それじゃあ、まずは、嘉藤洋平に接触した理由を言ってください」

上山の質問に、鮎川は頭を掻いた。はぐらかそうとも考えたが、思い直す。

「……俺が嘉藤と接触したのは、群馬県での過剰な接待や、俺が記事に起こすことまでをリスクヘッジ社が仕組んでいたんじゃないかと思ったからだ」

「へぇ」上山は感心したように頷く。

「どうして、そう思ったんですか？」

「すべてが上手く行きすぎだからだよ。俺が嘉藤を追って群馬県に行って、嘉藤が痴態をさらして、写真を撮られて、それが世間を騒がせて、結果としてリスクヘッジ社がK庁に採用された」

あの時、鮎川はコンパニオンに頼んで写真の撮影をしてもらった。しかし、よくよく考えてみたら、女が隠し撮りしてきた写真は完璧で、腕がよすぎたのだ。そもそも、群馬県での接待を事前に把握できたのだって、新宿の情報屋から仕入れたネタで、今考えれば、警察情報が得意分野ではない奴がそんなことを知っていること自体妙だ。昔から懇意にしている情報屋なので、リスクヘッジ社の人間とは考えにくい。

そうなると、おのずと答えは出てくる。

――リスクヘッジ社が意図的に情報を流して、群馬県の温泉街に鮎川を誘い込んだのだ。

「……すべて、仕組まれていたんだ。嘉藤が痴態をさらしたことも、俺がそれを記事にしたことも」

鮎川は忌々《いまいま》しげに言う。リスクヘッジ社が嘉藤を監視していたのは、秘密を暴《あば》こうとする人間が嘉藤に接触する可能性が高いと考えていたからだろう。まんまと、術中にはまってしまったという不甲斐《ふがい》なさに、鮎川は心底落胆した。

上山は腕を組み、少しだけ首を傾げて鮎川を見ていたが、やがておもむろに口を開く。

「確かに筋は通っていますけど、本当にそうなんですかね？」

上山が逆に質問してきたので、鮎川の目は点になった。

「実はですね」上山は肩をすくめる。

「俺も真相は分からないんですよ。聞いても教えてくれないし。だから、こうして鮎川さんに訊ねてみたんです」

その言葉に、鮎川は拍子抜けした。そして、無償で情報を与えたことを後悔すると同時に、馬鹿そうなキャラを演じているだけで、なかなか頭の切れる奴だと警戒心を強める。

「鮎川さんの話を聞いて、確かにそうなのかもなと思いました」

弾力を確かめるように上腕二頭筋を指で押している上山は、納得するように頷いた。

――こいつ、本当になにも知らないのか。

鮎川はこれ以上話しても無意味だと覚り、ため息をついた。

「それで、俺を監禁してどうするつもりだ？　早く家に帰してくれ」

鮎川は首や肩を手で擦りながら言う。ソファーで寝ていたせいか、全身が寝違えたように痛かった。

「まだ駄目です。証拠を、別働隊が回収し終えてからです」

さも当然であるかのような上山の口振りに、鮎川の背筋に冷たいものが走った。

「証拠ってのは……」

「鮎川さんたちが、リスクヘッジ社とＫ庁の会議を盗聴した音声ですよ。言ったでしょ？　嘉藤洋平を監視下に置いているって。監視はもちろんですけど、嘉藤の家に盗聴器を仕かけてますから、あなたたちの会話は筒抜けでしたよ。秘密を知ろうとする人間は、必ず嘉藤のところへ足を運ぶとリスクヘッジ社は考えていたらしいんですけど、ビンゴでしたね」

その言葉に、鮎川は歯を食いしばって頭を抱えた。

8

日比谷公園を覆う雲は厚く、周囲は夜のように暗かった。

和久井は、ふらつきながらベンチから立ち上がった。

強い風が吹き、周辺の木々を激しく揺らしていた。

遠雷が聞こえてくるが、ただの耳鳴りかもしれない。そう思ってしまうほど、和久井は動揺していた。

「こんな大事なものは、すぐにコピーを取らないと駄目ですよ」

吉野はベンチから立ち上がって、間合いを取るように後ろに下がる。

「なっ……なにをしている！」

声を荒らげた和久井は、次の瞬間、目を疑った。

いつの間にか、リスクヘッジ社の近衛怜良の姿があったのだ。吉野は無言で、怜良にフラッシュメモリーを手渡す。

「これは、回収させていただきます」

丁寧な口調の怜良は、フラッシュメモリーを顔のあたりに掲げながら、冷たい視線を和久井に向ける。

「会話は、すべて聞かせていただきました」

怜良は耳につけていた透明のイヤホンを抜き取る。

「まさか、レーザー・マイクロフォンを使うとは、予想外でした」

和久井は立ち上がり、フラッシュメモリーを取り返そうと一歩踏み出した時、怜良の前を通行人が横切った。

視線を通行人から怜良に戻すと、今まであったはずのフラッシュメモリーが消えていることに気づく。和久井は通りかかった通行人を目で追ったが、すでにその姿は消えていた。

和久井は怒りに駆られ、全身が震えた。

「……裏切ったな」

憎悪のこもった和久井の視線が、ジャケットの下につけていたマイクを外している吉野に向けられた。

「……悪く、思わないでください。これも、組織で生き残るためなんです」

申しわけなさそうな声を発した吉野に、進んで協力したのではないことを覚った和久井は、怜良に視線を戻した。

「いつから、吉野を味方につけたんだ?」

「あなたが脅威であると、我々が判断した時からです」

「脅したのか?」

「脅した？　人聞きの悪いことを言わないでください」淡々と言った怜良は、顔を伏せぎみにしている吉野を見た。

「我々はただ、吉野さんに選択肢を与えただけです。組織に残るために、同僚である和久井さんの行動を逐一《ちくいち》報告するか。もしくは、組織から去るか」

「脅し以外のなにものでもないな」

和久井は吐き捨てるように言う。

「そうでしょうか。有無を言わさぬ選択ではなく、あくまで個人の価値観を尊重したものであり、公平性は保っているかと」

怜良は表情を崩さず、口だけを動かす。まるでショーウィンドウのマネキンが喋っているようだった。

「和久井さんに協力したクレイトン・リテルという男は、現在我々の監視下にあり、今回の件を告白させました。盗聴に使ったレーザー・マイクロフォンや周辺機器も確認ずみですので、現時点で、証拠となるものはすべて我々の手の内にあります」

怜良が事務的に伝えていく。

「お気づきかと思いますが、和久井さんと行動を共にしていた鮎川譲の身柄も拘束しています」

「どうして、鮎川を……」

「嘉藤洋平のところへ行ったのを察知し、我々が捕えました」

「……嘉藤だと？　どうして鮎川が嘉藤なんかと会っているんだ？」

「リスクヘッジ社の記事を書くための材料にするつもりだったようです。我々は常に嘉藤洋平を監視しており、盗聴器も仕かけていたので、フラッシュメモリーの存在を知ることができました」

和久井は舌打ちをする。鮎川の行動が仇になった。

「……この件すら、いつものようにもみ消すつもりか」

「失礼ですが」

怜良は首を傾げる。ストレートの黒い髪が、肩に乗ってフワリと膨《ふく》らんだ。

「なんのことでしょうか。我々は、もみ消しなどしておりません」

人を食ったようなふてぶてしい顔。

何度、目に物見せたいと思ったことか。

ただ――。

今回、それがようやく叶う。

和久井は笑みを浮かべた。

「お前がいくら否定をしても、一切反論できないような証拠があるからな。言い逃れはできないぞ」

その言葉に、猜疑《さいぎ》に満ちた表情になった怜良は口を開く。しかし、和久井のほうが先に声を発した。

「今回は、詰めが甘かったようだな」和久井は吉野を凝視した。

「お前が低い声でコピーを取ったかと訊ねてきた時、妙だと思ったんだ。なぜ、そんなことを聞くのかってな」

吉野に向かって喋った和久井は、威嚇《いかく》するように目を鋭くして睨みつける。

「些細《ささい》な違和感だったが、正解だったよ。近衛怜良、残念だったな」和久井は大きく息を吸った。

「吉野が奪ったフラッシュメモリーは、コピーしたものだよ」

途端に、怜良の顔が歪む。その表情を愉快に感じた和久井は、言葉を継いだ。

「もう一つのフラッシュメモリーは別の場所に保管してある」

「……そんなはずはありません。別の人間が和久井さんの家を捜索しましたが、ありませんでしたし、パソコンのデータにも入っていませんでした」

はったりだと信じたい様子の怜良に、和久井は軽蔑の眼差しを向けた。

「お前たちなら、そのくらいはすると思っていたよ」和久井はほくそ笑んだ。

「保管場所は他にある。そして、私が危険を察知したら、証拠はすぐに世に出ることになっている」

和久井は唾を飲み込む。

「お前たちは、もう終わりだ」

完璧な勝利宣言だった。

和久井は、リスクヘッジ社が動き出した場合の対応策を事前に練っていた。当初は、盗聴データをコピーすることは、リスクヘッジ社に覚られる可能性が高くなるので避けようと思っていたのだが、もしもの時の対策が必要だった。そのために、一つだけデータをコピーしていたのだ。

携帯電話を取り出した和久井は、走って怜良から離れながら電話帳を呼び出し、目的の相手に電話をかける。

三コール目で、電話が繋がった。

「言うとおりに、やってくれ」

これが合図だった。

もう一つのフラッシュメモリーは、鮎川の上司である週刊ジダイの編集長のところへ届き、そのままネットの記事となって発表されることになっていた。信用のおける鮎川の手で世に出ることが望ましかったが、背に腹は代えられない。これは、最終手段だ。

　携帯を耳から離し、通話を切る。

　その直後、怜良が和久井の手から携帯電話を奪い取り、和久井は拘束された。

9

　さまざまな可能性が頭の中を往来し、混乱をきたしていた。

　怜良はワゴン車の助手席に座りながら腕を組み、フロントガラス越しにある日比谷公園の茂みを睨んでいる。焦りでこめかみが痙攣し、それが余計に苛立ちを助長した。

　怜良の手には、和久井から奪った携帯電話がある。あの時、電話をすることを許してしまったことが悔やまれた。

　後部座席には和久井が座り、リスクヘッジ社の人間が左右を固めて逃げられないようにしている。しかし、和久井に逃亡する素振りは全く感じられず、余裕という表現がぴったりと当てはまる態度を保っていた。

ポケットの中に入っている携帯電話が鳴り、怜良はすぐに通話ボタンを押す。

「どうだったの？」怜良の問いに対し、電話口の相手は期待に反し、失望させる返答を簡潔に述べた。

「……分かったわ」

電話を切り、バックミラーで和久井と目を合わせながら深いため息をついた。

「和久井さんが先ほど電話をした相手の携帯番号は、鮎川譲名義のものでした」

「だから言っただろ。私は鮎川に電話をしたんだ」

和久井は笑みを浮かべて返事をする。

「鮎川譲は、我々が拘束しています」

「へぇ、だから出なかったのか」

和久井の言葉に、怜良の顔が歪む。

「とぼけないで」

怜良は平静を保とうと努力するが、いつもより口調が荒々しくなってしまう。

「微弱電波を辿ったところ、携帯電話は神保町《じんぼうちょう》付近に捨ててあったわ」

「それは残念。鮎川が落としたんじゃないか？」

和久井が小馬鹿にするような返答をしたので、怜良はミラー越しにじっと睨みつける。

「そんなはずはありません」

和久井は肩をすくめた。

「どうしてそう思う？　どうせ勘だろ？」

怜良は、和久井の挑発に乗るのは得策ではないと思い、感情を押し込める。

「あの状況下で電話をかけたということは」怜良はそこで一呼吸入れて、再び声を発する。

「なにかの目的で行ったに決まっています。仮に、電話をかけた相手が携帯電話を落としてしまうというイレギュラーが発生したとしましょう。その場合、普通は焦るはずです。ですが、和久井さんは平然としていました。携帯電話が捨てられるのは、予定通りの行動だったからこそ、余裕でいられると考えるのが妥当です。また、落ちていた携帯電話と、和久井さんの携帯電話は一度繋がっています。鮎川譲は我々が拘束しているのに、いったい誰が通話ボタンを押したのでしょうか」

怜良の問いに、和久井の顔が微妙に歪む。

その反応で、怜良は確信した。携帯電話を捨てることは計画の内なのだ。おそらく、電波を辿られて現在地を特定されることを危惧して捨てたのだと考えられる。

怜良は片方の目を細め、口を歪める。

してやられた。怜良は手に浮かんだ汗をスーツで拭った。

もしK庁との会話が明るみに出たら、日本から撤退するばかりではなく、アメリカのリスクヘッジ本社も槍玉に挙げられるだろう。その責任を負わされることを考えると、眩暈がしてくる。

「……いったい、フラッシュメモリーはどこにあるの？」

怜良は震える声で訊ねた。なんとしてでも吐かせなければならない。

「もう手遅れだよ」

和久井は勝ち誇った顔で返答する。

怜良は歯を食いしばり、和久井の携帯電話を握り締める。

——自白剤。

手段としてスマートではないが、方法を検討している暇はない。

「どうした。拷問でもして吐かせるか？」

和久井はそう言うと、決して口を割らないと言いたげに唇をきつく結んだ。

怜良は腹をくくった。リスクヘッジ社は、薬物の専門家も採用しているので、さまざまな用途の薬を取り扱うことが可能だった。

すぐに吐かせなければ。

そう思った時、手に持っている和久井の携帯電話が鳴り出した。

10

携帯電話の電子音に、和久井は眉間に皺を寄せる。電話がくる予定などなかった。

「おい。返してくれ」

和久井が手を伸ばすと、携帯電話の画面を凝視していた怜良は素直に差し出した。

ディスプレイには、非通知、という文字が浮かんでいる。

「どうぞ、出ていただいて構いません。この電話を阻止したところで、我々にメリットはなさそうですから」

和久井は胸騒ぎを覚え、ボタンを押して耳に当てる。その間も、怜良から目を離さなかった。

〈和久井勝也だな〉

聞き覚えのある声だったが、記憶に霧《きり》がかかったかのようで、誰だか思い出せなかった。

「誰だ」

和久井の慎重な声を嘲笑った男は、痰《たん》を出すように喉を鳴らす。

〈覚えてないとは心外だな。俺だよ俺〉

「答えろ」

男のせせら笑うような声を不吉に感じた和久井は、語調を強める。

「いったい、誰なんだ」

〈鉄幹九龍会の辻堂と言えば、いやでも思い出すだろ〉

急に鋭くなった声を聞き、和久井の記憶の中で声と顔が一致する。

数ヵ月前、稲穂警察署の署長が風俗業者から上納金を受け取っているという告発を基に、和久井はC県の境町で不正に関する証拠を集めていた。その時に出会ったのが、辻堂という男だった。辻堂は、稲穂署の署長が受け取っているとされる上納金の事実を証明する決定的な証拠を持っていた。それを和久井が受け取ろうとしたのだが、結局、辻堂は約束した場所には現れず、忽然《こつぜん》と姿を消してしまったのだった。

「……どうしてお前が、この番号を知っている？」

〈あんたの息子に聞いたからだよ〉

「どういうことだ？　英太はどこだっ！」

辻堂の言葉に、和久井は大声を発した。

〈俺の目の届く場所にいるから安心しろ。しかも、ちゃんと生きている〉

「ど、どこにいる！　答えろ！」

〈そう焦るなって。それと、そんな聞き方をしたら、ロクなことはないから気をつけな〉

辻堂の言葉に、和久井は全身から冷や汗が出てくる。

「……なにが目的だ？」

〈目的？　決まってんだろ〉辻堂の声に凄味《すごみ》が増す。

〈俺を監禁した奴を出せ〉

「監禁？　なんのことだ？」

和久井の視界の端で、怜良の頰がピクリと震えるのが見えた。

〈とぼけんじゃねぇぞ！　俺に協力したフリをして、結局は証拠をもみ消したかっただけだろ！　稲穂署の上納金の件がなかったことになってるじゃねぇか！〉

「い、いや、もみ消したのは私では……」

辻堂は吠《ほ》える。

〈おい、忘れたなんて言わせねぇぞ。てめぇら警察が俺を監禁して、証拠を全部回収なかったじゃないか」
したんだろうが〉
「監禁など、私は知らない」
和久井は記憶を必死に辿るが、なんのことだかさっぱり分からなかった。
「私は、お前の言うとおりにして約束の場所で待っていたんだ……でも、お前は現れ
なかったじゃないか」
〈黙れ！〉
和久井の必死な声を一喝した辻堂は、猛犬のように荒い呼吸になっていた。
〈いまさら下手《へた》な芝居を打ってんじゃねぇぞ！〉
耳をつんざくような声に、和久井は少しだけ携帯電話を耳から離す。
〈俺が証拠を持っていることを聞き出して監禁したのは、てめぇら警察だろうが！〉
「け、警察はお前を監禁などしていない。誤解だ」
〈誤解？　笑わせるじゃねぇか〉辻堂は嘲笑する。
〈それなら、どうして稲穂署のクソ野郎は捕まってねぇんだよ！　もみ消したからだ
ろうが！〉
「い、いや……もし私がグルだったら、そもそもそんな回りくどいことなんかしな
い。監禁したのは、おそらくリスクヘッジ社だ」

〈……リスクヘッジ社？〉

「そ、そうだ。奴らがやったに決まって……」

〈うるせぇ！〉辻堂の怒鳴り声は、電話越しでも車内に響き渡るほどだった。

〈警察の仕業《しわざ》に決まってんだろ！　ともかく、お前の息子は担保だ！　俺を監禁した野郎を出さなきゃ、三時間後に殺す！〉

一方的に通話が途切れる。

携帯電話を耳に当てたまま、和久井は茫然としていた。

警察が辻堂を監禁した？

そんなはずはない。監禁したとすれば、目の前にいるリスクヘッジ社の近衛怜良だ。

怜良を睨みつけた和久井は、恐怖に震える唇を開いた。

「お前らが……」

助手席に座る怜良は、身体を捻《ね》じ曲げて和久井を無言で見ていたが、やがて形のいい唇を動かす。

「申しわけございません」

急に発せられた謝罪の言葉に、和久井は面食らって口を閉じた。その間隙《かんげき》を縫《ぬ》うようにして、怜良は続ける。

「お話を聞いたかぎりでは、電話の相手は鉄幹九龍会の辻堂かと思われますが」

「……そうだ」和久井は責め立てるような口調で続ける。

「奴を監禁した犯人は警察だと勘違いしている」

怜良は髪を耳にかける。

「辻堂を監禁したのは、我々リスクヘッジ社です」

さも当然であるかのような口調で怜良は言った。

「……だろうな。どうしてくれるんだ……息子が、辻堂に誘拐されたんだぞ」

和久井は額に手を当てながら、疲れの滲《にじ》んだ声を出す。怜良の包み隠さない姿勢に、罵《ののし》ろうという気持ちが萎《な》えてしまった。

怜良は顔を強張らせる。

「申しわけありません。この件は我々の落度であり、いわば不祥事です。ですので、リスクヘッジ社が全力で対処いたします」

「……なんだと？」

和久井は眉をひそめる。怜良の言葉の真意が分からなかった。

怜良の目に、鋭い光が宿っている。

「今回は、我々が不祥事を起こしました。明らかなもみ消しの案件ですので、リスクヘッジ社はスピーディーに事態を収束させます。もちろん、我々としてもこの件は穏便にすますほうが得策ですので、他意はないと考えていただいて結構です」

携帯電話を取り出して耳に当てた怜良は、助手席の背凭《せもた》れに寄りかかる。

「もしもし、近衛です」

電話が繋がったらしく、怜良は勢いよく喋り始めた。

「早急に、竹石組の須賀組長に連絡を取って。ええ、そうよ。鉄幹九龍会の辻堂が少年を一人誘拐しているの。即時解放するよう交渉して。ええ、交渉係も同行させて、金銭の要求があったら応じて。今から三十分以内に本部までいける？」

怜良は電話口の相手に指示を与えていき、やがて携帯電話を下ろす。

「どうして、竹石組を……」

和久井は訊ねようとして、リスクヘッジ社とK庁がおこなった会議の盗聴音声を思い出した。竹石組は、辻堂が所属する鉄幹九龍会の上部組織である。そして、竹石組は、教養課の課長だった皆本徹が、麻薬の売買などでどっぷりと漬《つ》かっていた組織だ。リスクヘッジ社は皆本徹の不祥事をもみ消しているので、竹石組の組長と会っていてもおかしくはない話だ。

「我々は、竹石組の組長である須賀武と面識がありますので、迅速に交渉を開始できます」

怜良はまるで、会社概要を説明するリクルーターのような単調な口調で言った。

「ただ、交渉が決裂した場合の対応も考えなければなりません」

不吉な言葉に、和久井は心臓を鷲摑《わしづか》みにされたかのように息苦しくなる。

──もし、英太の身になにかあったら、もう生きていく意味を見いだせない。

和久井は目を閉じる。

「……頼む」絞り出すような声だった。

「助けてくれ……フラッシュメモリーを持っているのは、英太なんだ」

すがるような気持ちだった。英太のためならば、すべてを投げ打ってもかまわない。ただひたすらに、助けてほしかった。

「……なんとか、救い出してくれ」

和久井は悲痛な叫びに似た嗄《しやが》れ声を出す。

一つを和久井が持ち、もう一つのフラッシュメモリーを英太に預けたのは、リスクヘッジ社の裏をかくためだった。部屋に隠した場合、侵入されて奪われる可能性があるし、時代社に事前に渡したとしても、社内にリスクヘッジ社の息のかかった人間がいるかもしれないので、安心はできなかった。

そこで、英太に肌身離さず持たせることにした。子供をさらうようなことは、いくらリスクヘッジ社でもしないだろうと考えたのだ。

怜良は一瞬狐につままれたような表情をした後、唇をしっかりと閉じながら頷いた。

「ご安心ください」

怜良は和久井の心を読み取ったかのように、いやに柔らかな声色で返事をする。

「我々リスクヘッジ社は、あらゆる事態を想定する頭脳と、それを解決する手段を持っておりますので」

再び、怜良は携帯電話のボタンをプッシュしてから耳に当てる。

「あ、今よろしいですか。そうですよ、それくらい察してください」

怜良は先ほどの電話よりも少しだけ丁寧な口調だったが、どこか小馬鹿にしているような印象を受けた。怜良は早口で、和久井の息子が鉄幹九龍会の辻堂に誘拐された旨を簡潔に説明する。

「今から三十分以内に竹石組の須賀と交渉します。おそらく相手は金銭を要求してくると考えられます。念のため三千万円ほど用意をお願いします。タイムリミットは三時間……いいえ、二時間五十分です」

腕時計を見ながら言った怜良の表情が、途端に険しくなる。

「すぐには用意できない？　どうして？」

咎めるような口調の後、大きなため息を漏らした。

「なんでも本社本社って……リスクヘッジ・ジャパンの裁量《さいりょう》で自由にできる資金はないんですか。まったく、日本の民間企業じゃあるまいし……」

電話口の相手の言葉を聞いているらしい怜良は、何度か頷いてから口を開いた。

「わかりました。襲撃部隊の待機もお願いします」

11

ミケネコ引っ越し本舗のトラックの中では、十人の人間が向かい合うように座っていた。改造された架装物《かそうぶつ》の中にはパソコンのディスプレイが三台置かれており、外の様子もモニター越しに見られるようになっている。

「分かった。問題なくやるから安心して」

町田は通話を切って、ゆっくりと息を吐いた。

「まったく、怜良ちゃんは人使いが荒いよねぇ。僕、上司なんだけどなぁ。でも、そこがまたいいキャラなんだけど」

電話は、竹石組との交渉が決裂したことの報告だった。組長である須賀は金銭を要求せず、辻堂は止められないと我関せずの姿勢を取った。当然、リスクヘッジ社としては金銭での解決がもっとも手っ取り早い方法だったのだが、須賀は金での解決を望んでいないようだった。また、辻堂を監禁したのはリスクヘッジ社だと説明したものの、須賀はそれを信じようとはせず、警察組織が記者会見をして謝罪することを要求してきていた。

リスクヘッジ社は、皆本徹の件で、竹石組から譲歩してもらっている。須賀の真意ははかりかねたが、おそらく、二度目の妥協はないということか。

——ヤクザのメンツねぇ。

町田は感慨深そうに心の中で呟いた後、周囲を見渡す。

「さて、それじゃあ、よろしくやろうか」

いつもの柔和な顔が一変する。声も低くなっており、まるで別人のようだった。

「現在、鉄幹九龍会の本部に、人質一名。敵の数、三十八」

町田の顔に、九人の男たちが熱心な眼差しを向けている。皆、ミケネコ引っ越し本舗の制服を着ているが、筋肉の盛りあがりは服の上からでも分かるほどで、屈強な肉体を持っているのは明らかだった。また、帽子を目深にかぶり、目を隠すようにしているものの、眼光の鋭さは一般人のそれとは段違いだ。日本での作戦行動を想定したチームなので、容姿は東洋人だったが、日本人ではなかった。

町田は、人質の居場所を特定するために、ハッキングしたオンラインの監視カメラを使い、英太の動きを探った。その結果、神保町にある小学校付近で車に乗せられたのを確認することができた。その後は、車の動きを追うために警察のNシステムをハッキングして、鉄幹九龍会の本部に監禁されていることを突き止めたのだ。

「連中が全員武装している可能性は低いが、ビル内に銃器があるのはほぼ間違いない。時間を与えたら、作戦展開中に装備を整えるだろう。銃撃戦になるのは避けねばならない。一瞬での制圧を期待する」

「我々の武器はこれだけ？」

九人の中で一番身体の大きな男が、少しだけ訛《なま》りのある日本語で訊ねた。手にはロシア製の拳銃が握られている。銃口には消音のためのサプレッサーが取りつけられていた。

「日本は銃社会じゃないから、これが精いっぱいだったんだ。３Ｄプリンターで作ったものよりマシだと思ってくれ」

町田になだめられても、大柄の男は不満そうに拳銃を見つめていた。

「今回はあくまで人質の救出が目的だ。敵を無力化できればいい」

町田の言葉に、大柄の男は興ざめしたように舌打ちをする。

「殺すなってことか？」

「大事《おおごと》にしたくないからな。敵を殺《や》りたいなら、傭兵《ようへい》にでもなるんだな」

「傭兵？　冗談きついぜ、司令官《コマンダー》。俺たちは特殊部隊《スペシャル・フォース》出身だ。金に媚《こ》びる奴らと一緒にしないでくれ。傭兵になるくらいなら、ナイトクラブの用心棒にでもなるさ」

「それはやめておけ。少女に歳が足りないから出直してこいと言ったら、噛みつかれるぞ。お前にはマクドナルドがお似合いだよ」

狐目の男の茶々で、数人が小さな笑い声を上げる。

大柄の男は鼻を鳴らした。

「おい、それで思い出した。さっきお前のママから電話があったぞ。学校の授業はいつ終わるのかってな。マクドナルドのチーズバーガーが冷めちゃうってよ」

その言葉に狐目の男の顔が歪んだので、大柄の男は満足そうな笑みを浮かべて口を開く。

「だいたい、こんな粗悪な銃じゃ、ケツの穴を一つ増やすのが関の山だろ」

「その穴を使うのはプライベートでやってくれよ」

別の男からヤジが飛び、再び低い笑い声が起こる。

「ともかくだ」

町田が騒がしくなった男たちを制すと、ピタリと会話が止んだ。

「作戦時間は五分」時計を確認しながら町田が言う。

「その間は、ビル内の監視カメラも警備システムもダウンする。俺たちの目的は、敵を無力化し、人質を救出することだ」

「余裕だね」大柄の男が頷く。

「五分あれば、ついでに便所掃除もできるぜ？」

「それなら一分で片をつけて、四分を便所掃除にあててくれ」

「イエッサー」

大柄の男は、おどけたような仕草で敬礼をするが、次の瞬間には、冗談を言っている雰囲気はなくなっていた。町田が立ち上がったからだ。素早く全員が立ち上がると、途端に殺気立った空気が空間内に充満する。

「鉄の部隊《アイアンフォース》の日本での初仕事だ。リスクヘッジ社直属の特殊部隊の力を、ジャパニーズ・マフィアに見せつけてやれ。俺たちは完璧に統制され、完璧な訓練を受け、完璧に任務を遂行する」

町田は手袋をつけている拳を突き出す。

「そして、夜には完璧なビールと完璧な女で身体を癒《いや》す」

互いに拳をぶつけ合う。

「さぁて、作戦を開始する」

町田の言葉によって、トラックの架装物の扉が開き、十人が順々に外へ出た。

黒い外壁の五階建てのビルが、鉄幹九龍会の本部だった。

町田が正面玄関から入るが、人の姿はない。二人の人間を一階に待機させ、残りの八人で音もなく階段を上る。ビルの構造は事前に把握済みであり、事務所は一階から五階だ。二階で二人別れ、三階で二人、四階でも二人が別行動へと移行する。

残ったのは、町田と、大柄の男だ。

「こんにちはー、ミケネコ引っ越し本舗ですー」

階下から声が聞こえてきたかと思うと、乾いた破裂音がした。スタングレネードだ。通常のスタングレネードは強烈な閃光《せんこう》と爆音を出すのだが、今回使用を許可したのは、閃光のみが発せられるように改良したもので、しかも人質がいないことを確認しての使用と決めていた。

小さな破裂音は合計で三回起こった。つまり、二階から四階には人質はいないということで、おのずと本命が五階に絞られる。

町田は手に持っていたスタングレネードをポーチにしまった。

「こんにちはぁ、ミケネコ引っ越し本舗ですが、引っ越し作業に参りましたぁ」

間延びした声に、数人の男が振り返る。町田は素早く部屋の中を見渡すと、人質である和久井英太の姿を見つけた。猿轡《さるぐつわ》を噛まされ、目隠しをされた状態で椅子に縛られている。

「なんや、お前らぁ！」

一人の威嚇するような声が合図となる形で、町田と大柄の男は拳銃を取り出し、無力化するために太腿や肩を手際よく打ち抜いていく。

サプレッサーによって銃声が絞られ、圧縮した空気が放たれるような音と共に発射された弾は、すべて狙い通りの箇所へと飛んでいった。

一瞬の出来事に対応できない鉄幹九龍会の人間は、バタバタと倒れていく。

町田は立ち止まることなく、歩きながら着実に対象を排除する。

鉄幹九龍会の人間は、悲鳴に似た呻《うめ》き声を上げるので精いっぱいの様子だった。それでも、数人の人間が反撃に移るような動きをする。しかし、町田の攻撃とは別方向から展開している大柄の男の攻撃が、反撃する暇を与えなかった。

敵の円陣を制圧する人類史上最も有効な方法は、その円陣よりも大きな円陣を作り、敵を押し潰《つぶ》すことだ。人形の中に同じ形の人形が入っているロシア玩具のような具合なので、この陣形をマトリョーシカという。

フロアに十人以上いる敵の数に対し、町田たちは二人。最低でも三点からの攻撃が望ましかったが、今回はそれができなかった。しかし、町田たちの素早くて的確な攻撃により、人数における劣勢をカバーして、マトリョーシカに似た効果を生んでいた。

町田は唇を舐《な》める。

アドレナリンが血管を伝い、心臓の鼓動が耳元で鳴っているようだった。久しぶりの実戦だったので、敵を撃ち抜きつつ、気持ちの昂《たかぶ》りを意識して抑えた。

瞬く間に、立っている人間を無力化した後、別の部屋の残党の攻撃に移る。その間も、倒れた敵に抵抗する力がないかを確認した。

引き金を絞る。空気を切り裂く音。悲鳴に似た呻き声。引き金を絞る。空気が裂かれる。苦悶《くもん》の呻き。引き金を絞る。空気が甲高《かんだか》く鳴る。悲鳴。指に力を込める。空気が鳴る。呻き声。

カノンのように、それぞれの音が輪唱《りんしょう》し、模倣《もほう》しながらついてくるようだった。

町田は銃を構えながら部屋中に視線を走らせて状況を確認し、ようやく一呼吸入れる。

「戦闘打撃評価《バトル・ダメージ・アセスメント》は？」

荒い呼吸のまま、町田は言った。

インカムの向こうには、戦闘打撃評価の訓練を受けた軍事アナリストを待機させている。通常は、戦闘地域を衛星写真で撮影し、敵の軍事施設の破壊状況を評価するのだが、今回は町田たちの帽子に超小型カメラを取りつけており、事前のサーモグラフによる敵位置把握と合わせて、ビル内にいる敵を取り逃がしていないかを総合評価してもらうことにしていた。

「排除完了《クリア》」

軍事アナリストの短い回答に、町田は胸をなでおろす。

「人質を確認。救出チームの派遣を要請」

町田がインカムに告げる。すると、間を置かずに階段を上る足音が聞こえてきて、襲撃部隊とは別のメンバーが三人現れた。

「あそこの少年を保護してくれ。フラッシュメモリーの回収も忘れるな」

町田の言葉に頷いた男は、和久井英太の束縛を解き、一人が抱えて、二人が護衛するような配置でビルの外へと向かった。

残った町田は、インカムから次々に制圧を完了したという報告を聞きながら、痛みに呻いている男たちの中から辻堂を見つける。

「……てめぇらは、何者だ？」

右肩を打ち抜かれている辻堂は、顔を歪め、左手で銃創《じゅうそう》を押さえながら訊ねる。圧倒的な攻撃力を前に、戦意を喪失《そうしつ》しているようだった。

「ただの特殊部隊さ」

町田は気楽な調子で答えた。

「どうして、こんなことを……」

辻堂の顔は恐怖に引き攣っており、周囲から聞こえる呻き声がその感情に拍車をかけているようだった。

「それも、こう答えるしかない。特殊部隊だからね」

「……そんな答えを聞いているんじゃねぇ……」

町田は困ったように首を横に振る。

「海外では、我々の存在や、圧倒的な行動力、信じられないほどの攻撃力、他の追随《ついずい》を許さぬ成果について、この一言でだいたいの説明がつくようになっているんだ」そう言った町田は、嬉しそうに笑った。

「我々は、軍の特殊部隊の出身だからね」

12

リスクヘッジ社の社屋にある町田の執務室に、怜良は立っていた。

椅子に腰かけている町田は、アイアンメイデンがプリントされたマグカップに注がれているコーヒーを啜っていた。

「はぁ……久しぶりに運動したから全身筋肉痛だよ。やはり人類は、老いには勝てないねぇ」

町田は愚痴をこぼす。

「それで、すべて無事に収束したんだね？」

町田の問いに、怜良は頷く。

「和久井勝也や鮎川譲、クレイトン・リテルが盗聴した音声記録は破棄しましたので、もうこの世には存在しません。また、竹石組や鉄幹九龍会は、今回の襲撃事件をリスクヘッジ社の仕業だと勘ぐっているようですが、証拠がないので直接抗議はしてきておりません。今回の件については、警察も暴力団による抗争ということで片づけています」

　町田は腕を組み、気難しそうな顔になる。

「この件、K庁長官に報告していないよね？」

「しておりません」

　満足そうに頬を緩めた町田は、アイアンメイデンのロゴ入りのハンカチで首筋を拭った。

「まさか我々が盗聴されるなんてねぇ。早急に対策を施さないと」

「現在、対諜報のスキームについて、ファイブ・アイズ……米英を含めたアングロサクソン系五ヵ国のレベルまで上げております」

「またお金がかかるねぇ」不満げに言った町田は、K庁の不祥事をまとめた報告書に目を落とした。

「警戒レベルを見直す、いい機会かと考えます」

　怜良は単調な口調で述べた。

現在、日本版NSCと呼ばれている国家安全保障会議の発足により、各行政機関が持つ機密情報が集約化されている。その機密性を保持するため、リスクヘッジ社はK庁を皮切りに、外務、防衛といった省庁にも入り込み、情報統制力を強化する予定だった。

そうなれば、アメリカのNSCと対等の立場《カウンターパート》となり、現在ではできていないトップシークレットの情報を交換することができる。今の日本の情報統制力では、アメリカは情報の共有を渋っている。体制の甘い日本側から漏洩する可能性を危惧《きぐ》しているのだ。

このままでは日本が取り残されてしまう。これは、アメリカとしても日本にしても好ましからざる事態だった。

だからこそ、アメリカの意向によりリスクヘッジ社は日本法人を作り、日本はそれを受け入れた。

リスクヘッジ社の情報統制力を反映させれば、日本はより強固な安全を得ることができる。

K庁にリスクヘッジ社が入り込んだのは、不祥事をもみ消すことが主目的ではない。もみ消しはあくまでリスクヘッジ社のビジネス。リスクヘッジ社を採用した政府の考えの主眼は、組織の監視力と統制力の強化にある。当然、国政とはあまり関係のないK庁長官や警察幹部には、これらのことは知らされていなかった。

リスクヘッジ社がK庁内部に入り込んだのは、いわば監視社会に向かうための初めの一歩だ。国民は、自分たちには影響がないと考え、リスクヘッジ社の介入を最終的に認めた。すると今後も、突飛とも思える事態も制度化されやすくなり、瞬く間に合法化され、反対意見を言えなくなるのだ。このようにして、少しずつ外堀を埋めていき、やがて、情報統制力が強化された日本は、多少の自由を犠牲にした大きな安全を手に入れる。

踵《きびす》を返し、執務室を出た怜良は、一度深呼吸をする。そして、長い長い廊下に一歩踏み出し、その後は一定の速度を保って歩み続けた。

エピローグ

和久井は、息子の英太と並んで商店街を歩いていた。近くに巨大な百貨店ができたせいか、ところどころシャッターが閉まっているが、それでも、活気があるように感じるのは、店舗がそれぞれに味を出しているからだろう。

アーケード内を吹き抜ける風に目を細めた和久井は、首をすくめる。左右に連なっている店に視線を向けると、さまざまな商品が道にせり出すように陳列してあった。

「あ、そうだ。コートもほしいんだけど」

弾むような声に、和久井は英太を見下ろした。

「コート？　もう持ってるだろ？」

「今年の新作がほしいんだって。それに、今着ているのは小さくなっちゃったんだよ」

「新作か……」

和久井が財布の中身を思い出しながら、ぎこちなく頷くと、英太は嬉しそうに笑った。その表情に、和久井は安堵感を覚えた。

英太が誘拐され、結果としてリスクヘッジ社によって救出されたのだが、心に傷を負っていないかが心配だった。しかし、監禁中に手荒なことはされておらず、襲撃時は目隠しをされていたので、なにも見ていないという。それを聞いた和久井は、心底安心した。

平日のせいか、商店街を歩く人は少ない。

和久井は、すでに監察官を辞めていた。K庁とリスクヘッジ社の関係を知ってもなお、組織に残る気はなかった。

現在は無職であるが、引き合いはいくつかあった。

辞めた直後、自分から働きかけたわけでもないのに、超有名企業数社から顧問《こもん》待遇で採用したいという連絡があって驚いたが、なんとなく、リスクヘッジ社からの斡旋《あっせん》のような気がして、和久井はそのすべてを断った。

今は、英太といる時間をなるべく多く取りたかったのだ。

不自然に割増になった退職金があるので、しばらく生活には困らない。口止め料のような気がして嫌だったが、和久井はリスクヘッジ社を糾弾する証拠を持っていなかったので、告発したくてもできなかった。

あの盗聴音声さえあれば。

そう考える時もあるが、リスクヘッジ社と関わるのはもう御免だった。

英太と他愛のない会話をしつつレンガ敷の道を歩いていると、向こうから見覚えのある人物がやってきたので、和久井は思わず立ち止まった。

「あっ……」

前方から歩いてきたリスクヘッジ社の近衛怜良は、驚いたように口を開ける。いつものかっちりとしたスーツ姿ではなく、ダッフルコートに、カラフルなロングスカートをはいて、埋まるように口のあたりまでマフラーを巻いていたので、一瞬誰だか気づかなかった。そして、赤い眼鏡をかけていないと、こんなに柔らかな印象になるのかと意外に思った。

「お休み、ですか」

和久井は鼻を掻きながら訊ねた。無視しようとも考えたが、それはいい判断ではないような気がした。ただ、監察官という立場ではなくなったため、どう対応していいのか困惑し、不自然な調子になってしまった。

「……ええ」

白い肌を心なしか赤く染めた怜良は、右手でロングスカートを軽く摑んでいた。

「和久井さんは、買い物ですか」

一瞬言葉に詰まった和久井は、英太に視線を向けた。

「服と、夕食の材料を買いにいくところです」

「……そうですか」

怜良の言葉の後、気まずい空気が流れる。

「えっと……」

怜良は唇を微かに動かすが、二の句が継げず、狼狽《ろうばい》している様子だった。

その反応に、和久井は少しだけ緊張がほぐれた。

「その節は、ありがとうございました」

和久井は、英太の頭に手を載せる。怜良は少しだけ目を開いた。

「……いえ、我々の落度ですから……」

怜良は口ごもる。意外すぎる反応をもう少し見てみたいという気持ちが芽生えたが、和久井は思い直した。これ以上話すことはなにもない。自分と近衛怜良は、あくまで敵同士だった。いまさら、仲良くお喋りするなんて考えられなかった。

「では、これで失礼します」

和久井の言葉に、怜良は少しだけ顎を引く。

「それでは」

怜良は小さく呟いた。

二人はすれ違い、別々の方向へと歩いていった。怜良が履いているブーツの靴音が遠ざかり、やがて聞こえなくなる。

「ねぇ、お父さん」

英太が、服の袖を引っ張った。

「なんだ？」

「今の人、いい感じじゃん。付き合ってみれば？　僕は賛成だよ」

怜良の後ろ姿を目で追っていた英太の突然の言葉に、目を点にした和久井は、柄にもなく慌てた。

「な、なんでそうなるんだ」

「え、だって、親しいんでしょ？」

「ど、どうしてそう思うんだ……」

「ふっふっふ、子供を甘く見ちゃいけないよ」英太は無邪気な笑みを向けてくる。

「それでさ、実際のところはどうなの？」

問い詰められた和久井はたじろぎ、一歩後ろに下がったが、自分が怜良と付き合っている姿を想像して、途端に馬鹿らしくなった。

「なんで笑ってるの？」

英太は怪訝《けげん》そうな視線を向けてくる。

和久井は、英太の頭に手を載せた。

「あの人とは、住む世界が違うんだよ」

再び歩き出した和久井に、英太は不満げに頰を膨らませてついてくる。

また会うこともあるかもしれない。でも、その時もやはり二人は敵同士だろうと思った。

和久井は歩きながら呼吸を繰り返す。先ほど怜良とすれ違った時に漂ってきた甘い香りが、まだ残っているような気がした。

○主な参考文献

『プロファイリング・ビジネス』ロバート・オハロー著、中谷和男訳（日経ＢＰ社）
『諜報ビジネス最前線』エイモン・ジャヴァーズ著、大沼安史訳（緑風出版）
『ＣＩＡ極秘マニュアル』Ｈ・キース・メルトン、ロバート・ウォレス著、北川玲訳（創元社）
『暴露　スノーデンが私に託したファイル』グレン・グリーンウォルド著、田口俊樹、濱野大道、武藤陽生訳（新潮社）
『アフガン、死の特殊部隊』マット・リン著、熊谷千寿訳（ソフトバンククリエイティブ）

解説

福井健太（書評家）

エンタテインメント小説の書き手にとって、作家であり続けることはデビューよりも遥《はる》かに難しい。早い段階で個性をアピールできなければ、続々と現れる新人たちに埋没するからだ。独特の発想法でらしさを確立するスキルは、作家の重要な資質にほかならない。石川智健はそれに長《た》けた存在といえるだろう。

石川智健は一九八五年神奈川県生まれ。二〇一一年に『グレイメン』（応募時『gray to men』）で第二回ゴールデン・エレファント賞を受賞し、翌年に単行本デビュー。自殺を決意した青年・佐久間《さくま》遼太郎《りようたろう》が長身の男〝グレイ〟に救われ、仲間とともに彼の計画に協力する――という同作は、大規模かつ思索的な復讐譚《たん》だった。

一四年に刊行された第二長篇『エウレカの確率　経済学捜査員　伏見真守《ふしみまもる》』は、風変わりな探偵役が活躍する出世作だ。川崎《かわさき》市で三人の女性が相次いで殺され、神奈川県警の特捜本部は二人の男――科学警察研究所の主任研究員にしてプロファイリングの専門家・盛崎一臣《もりざきかずおみ》、オクラホマ州の大学で〝刑法分野の経済分析〟を研究した行動経済学者・伏見真守を増員した。約三割を占める「合理的な殺人」で「殺人を犯すことによって最大の利益を得た人間」を探すという伏見は、女性刑事・木下麻耶《きのしたまや》とペアを組み、経済理論で容疑者を割り出していく。このキャラクター造型と蘊蓄《うんちく》は斬新機軸として好評を博した。続篇に『エウレカの確率　経済学捜査員とナッシュ均衡の殺人』『エウレカの確率　経済学捜査員vs.談合捜査』がある。

　同年に四六判ソフトカバーで上梓《じょうし》された『もみ消しはスピーディーに』は、雑誌掲載の三篇を収めた著者初の連作集。本書『第三者隠蔽《いんぺい》機関』は同書を改題・文庫化したものだ。まずは一話ずつ見ていこう。

　巻頭の「不祥事、もみ消します」（「小説現代」一四年四月号）はシリーズの布石にあたるエピソードだ。警視庁の省への格上げを目論《もくろ》む長官は、不祥事から警察組織の権威を守るべく、第三者機関〝リスクヘッジ社〟を採用した。アメリカで設立された諜報《ちょうほう》企業リスクヘッジ社は、反社会組織やテロリスト予備軍の情報収集とデータ解析、マーケティングへの協力、漏洩《ろうえい》したくない事実の隠蔽工作などを営んでいる。その一員である近衛《このえ》怜良《れいら》は、交番勤務の巡査・榎本将《えのもとしょう》がバイクを手放した情報を糸口として、淫行をネタに榎本を脅す女子高生・鈴木《すずき》友香《ともか》に接触し、美人局《つつもたせ》の黒幕に辿り着く。権力と情報を使って関係者たちに辞職させる――それが彼女の目的だ。いっぽう官房人事課の監察官・和久井勝也《わくいかつや》は、リスクヘッジ社を探るために週刊誌記者・鮎川《あゆかわ》譲《ゆずる》と手を組んでいた。

第二話「二つの不正」（「小説現代」一四年六月号）では、両者の相克《そうこく》がさらに深まっていく。被害届の受理を制限する須藤《すどう》署長のせいで女性を救えなかった――という稲穂《いなほ》署の警部補・安藤雅史《あんどうまさし》の告発を受け、怜良はもみ消しを計ろうとする。その頃、須藤が風俗業者から上納金を得ているという疑惑が浮かび、和久井もまた稲穂署に向かっていた。この案件を通じて和久井は怜良に出逢い、敵の姿を知ることになる。

かくして本格化した直接対決は、最終話「酸《す》っぱい葡萄《ぶどう》」（「小説現代」一四年八月号）で変化球の展開を見せる。県警に勤める皆本徹《みなもととおる》がマリファナの売人だと判明し、怜良は暴力団との交渉に成功するが、和久井は皆本の着服を突き止めていた――という経緯の後、和久井は大胆な手段に打って出る。エピローグで示される両者の関係性は、独特のセンスが導いた境地として興味深い。

先入観を排するために断っておくと、本書は勧善懲悪の物語ではない。公共の利益や道義などの制約を脱し、ベタな悪として描かれがちな隠蔽をミッションに据えることで、ここには怪盗と警察の勝負めいた構図がある。善悪や公益性に囚《とら》われない柔軟性、特殊スキルを持つプロの造型などを活かし、奇抜なプロットを紡《つむ》ぐことは著者の真骨頂。本書はそれがストレートに発揮された野心作なのだ。

本書以降のノンシリーズ作品も紹介しよう。一五年に発表された『60《ロクジュウ》 t《トウルー》と f《フォルス》の境界線』（「小説現代」一五年六月号～八月号／連載時『ロクジュウ』）は、冤罪を訴える死刑囚の再調査チーム――ベテラン刑事、若手弁護士、女性検察官の三名から成る〝誤判対策室〟が、母子三人を殺したとされる（犯行を認めた）男の真実を探る法廷劇。一八年に『60 誤判対策室』として文庫化され、そのタイトルでテレビドラマ化されている（WOWOW「連続ドラマW」／監督＝熊切和嘉／出演＝舘ひろし、古川雄輝、星野真里）。

ウェブ雑誌に連載された『法廷外弁護士・相楽圭《さがらけい》 はじまりはモヒートで』（「小説屋Sari-sari」一五年十二月号～一六年三月号）には、敏腕弁護士の暮坂真人《くれさかまさと》、正義漢の弁護士兼バーテンダー・相楽圭、相良の助手になった大学生・中野奈々《なかのなな》のトリオが相談を聞き、示談でトラブルを解決する三篇が収録されている。事実が公になる必要はないという価値観は本書に通じるものだ。

変人が頻出《ひんしゅつ》する石川作品の中でも『小鳥冬馬《ことりとうま》の心像』（プロローグと第一章のみ

「宝石 ザ ミステリー Blue」に掲載。以降書き下ろし）はとりわけ異様な一冊だ。強迫神経症の引き籠もり男・小鳥冬馬が「安楽椅子に座ることで、不安定な心理状態に陥る。それにより、細かいところに気づきやすくなり、事件解決の端緒を見つける」能力を活用し、高校時代の同級生だった捜査一課刑事・青山陽介《あおやまようすけ》の抱えた案件――幼児誘拐や連続頭部遺棄事件の捜査を手伝う不安椅子探偵ものである。

文庫書き下ろし長篇『ため息に溺れる』は、病院を営む大富豪・蔵元《くらもと》家の婿養子になった指月《しづき》の変死体と遺書が見つかり、女性刑事・羽木薫《はねきかおる》が蔵元家の闇と指月の過去を掘り起こす心理サスペンス。『小鳥冬馬の心像』と読み比べるのも一興だろう。

現時点の最新作『キリングクラブ』では、社会的に成功したサイコパスの集まる超高級社交クラブが舞台になっている。メンバーが次々に殺されて扁桃体《へんとうたい》を切除され、クラブに勤める謎の男・辻町《つじまち》とアルバイト給仕の佳山藍子《かやまあいこ》が捜査を始めるが、その裏には大きな罠が仕組まれていた。頽廃《たいはい》的なムードとカタストロフィが印象的な書き下ろし長篇である。

最後に単行本リストを付しておこう。＃は〈エウレカの確率〉シリーズを示す。文庫化時の改題も多いので、購入の際には御注意のほどを。

『グレイメン』柑出版社（一二）
#『エウレカの確率　経済学捜査員　伏見真守』講談社（一四）→講談社文庫（一六）
『もみ消しはスピーディーに』講談社（一四）→『第三者隠蔽機関』講談社文庫（一九）※本書
#『エウレカの確率　経済学捜査員とナッシュ均衡の殺人』講談社（一五）→『エウレカの確率　よくわかる殺人経済学入門』講談社文庫（一六）
『60　tとfの境界線』講談社（一五）→『60　誤判対策室』講談社文庫（一八）
『法廷外弁護士・相楽圭　はじまりはモヒートで』ＫＡＤＯＫＡＷＡ（一六）
#『エウレカの確率　経済学捜査員vs.談合捜査』講談社（一六）
『小鳥冬馬の心像』光文社（一七）
『ため息に溺れる』中公文庫（一八）
『キリングクラブ』幻冬舎（一九）

本書は二〇一四年九月、小社より刊行された『もみ消しはスピーディーに』を文庫化にあたり改題し、加筆・修正しました。

|著者| 石川智健　1985年神奈川県生まれ。25歳のときに書いた『グレイメン』で2011年に国際的小説アワードの「ゴールデン・エレファント賞」第2回大賞を受賞。2012年に同作品が日米韓で刊行となり、26歳で作家デビューを果たす。『エウレカの確率　経済学捜査員 伏見真守』は、経済学を絡めた斬新な警察小説として人気を博し、シリーズ最新作『エウレカの確率　経済学捜査員VS.談合捜査』も好評を得る。また2018年に『60《ロクジユウ》　誤判対策室』がドラマ化され、注目を集めた。その他の著書に『小鳥冬馬の心像』『法廷外弁護士・相楽圭　はじまりはモヒートで』『キリングクラブ』など。現在は医療系企業に勤めながら、執筆活動に励む。

第三者隠蔽機関《だいさんしやいんぺいきかん》

石川智健《いしかわともたけ》

講談社文庫

定価はカバーに
表示してあります

2019年5月15日第1刷発行

発行者——渡瀬昌彦

発行所——株式会社　講談社

東京都文京区音羽2-12-21　〒112-8001

電話　出版（03）5395-3510
　　　販売（03）5395-5817
　　　業務（03）5395-3615

Printed in Japan

デザイン—菊地信義

本文データ制作—講談社デジタル製作

印刷———豊国印刷株式会社

製本———株式会社国宝社

ISBN978-4-06-515608-7

講談社文庫刊行の辞

二十一世紀の到来を目睫に望みながら、われわれはいま、人類史上かつて例を見ない巨大な転換期をむかえようとしている。

世界も、日本も、激動の予兆に対する期待とおののきを内に蔵して、未知の時代に歩み入ろうとしている。このときにあたり、創業の人野間清治の「ナショナル・エデュケイター」への志を現代に甦らせようと意図して、われわれはここに古今の文芸作品はいうまでもなく、ひろく人文・社会・自然の諸科学から東西の名著を網羅する、新しい綜合文庫の発刊を決意した。

激動の転換期はまた断絶の時代である。われわれは戦後二十五年間の出版文化のありかたへの深い反省をこめて、この断絶の時代にあえて人間的な持続を求めようとする。いたずらに浮薄な商業主義のあだ花を追い求めることなく、長期にわたって良書に生命をあたえようとつとめるところにしか、今後の出版文化の真の繁栄はあり得ないと信じるからである。

同時にわれわれはこの綜合文庫の刊行を通じて、人文・社会・自然の諸科学が、結局人間の学にほかならないことを立証しようと願っている。かつて知識とは、「汝自身を知る」ことにつきていた。現代社会の瑣末な情報の氾濫のなかから、力強い知識の源泉を掘り起し、技術文明のただなかに、生きた人間の姿を復活させること。それこそわれわれの切なる希求である。

われわれは権威に盲従せず、俗流に媚びることなく、渾然一体となって日本の「草の根」をかたちづくる若く新しい世代の人々に、心をこめてこの新しい綜合文庫をおくり届けたい。それは知識の泉であるとともに感受性のふるさとであり、もっとも有機的に組織され、社会に開かれた万人のための大学をめざしている。大方の支援と協力を衷心より切望してやまない。

一九七一年七月

野間省一

講談社文芸文庫

加藤典洋
完本　太宰と井伏　ふたつの戦後
解説＝與那覇　潤　年譜＝著者
一度は生きることを選んだ太宰治は、戦後なぜ再び死に赴いたのか。師弟でもあった二人の文学者の対照的な姿から、今に続く戦後の核心を鮮やかに照射する。
かP4
978-4-06-516026-8

金子光晴
詩集「三人」
解説＝原　満三寿　年譜＝編集部
一九四四年、妻森三千代、息子森乾とともに山中湖畔へ疎開した光晴が、三人の詩を集めて作った私家版詩集。戦争に奪われない家族愛を希求した、胸を打つ詩集。
かD6
978-4-06-516027-5

講談社文庫　目録

石川大我　ボクの彼氏はどこにいる？
石松宏章　マジでガチなボランティア
伊藤比呂美　とげ抜き〈新巣鴨地蔵縁起〉
伊東　潤　疾《はや》き雲のごとく
伊東　潤　戦国鬼譚　惨
伊東　潤　虚《うつ》けの舞
伊東　潤　叛《はん》鬼《き》
伊東　潤　国を蹴った男
伊東　潤　峠　越　え
伊東　潤　黎明に起《た》つ
伊東　潤　池田屋乱刃
池田清彦　すこしの努力で「できる子」をつくる
市川拓司　吸　涙　鬼
石飛幸三　「平穏死」のすすめ〈口から食べられなくなったらどうしますか〉
石井光太　感　染　宣　告〈エイズウィルスに人生を変えられた人々の物語〉
磯﨑憲一郎　赤の他人の瓜二つ
池田邦彦　カレチ　車掌純情物語1
池田邦彦　カレチ　車掌純情物語2
池田邦彦　カレチ　車掌純情物語3

岩明　均　文庫版　寄生獣1
岩明　均　文庫版　寄生獣2
岩明　均　文庫版　寄生獣3
岩明　均　文庫版　寄生獣4
岩明　均　文庫版　寄生獣5
岩明　均　文庫版　寄生獣6
岩明　均　文庫版　寄生獣7
岩明　均　文庫版　寄生獣8
伊藤理佐　女のはしょり道
伊藤理佐　また！　女のはしょり道
石黒正数　外《げ》天《てん》楼《ろう》
石川宏千花　お面屋たまよし
石川宏千花　お面屋たまよし　彼岸ノ祭
伊与原　新　ルカの方舟《はこぶね》
稲葉圭《よし》昭《あき》　恥さらし〈北海道警　悪徳刑事の告白〉
稲葉博《ひろ》一《いち》　忍　者　烈　伝
稲葉博一　忍者烈伝ノ続
稲葉博一　忍者烈伝ノ乱〈天之巻〉〈地之巻〉
伊岡　瞬　桜の花が散る前に

石川智健　エウレカの確率〈経済学捜査員　伏見真守〉
石川智健　エウレカの確率〈よくわかる殺人経済学入門〉
石川智健　60《ロクジュウ》〈誤判対策室〉
戌井昭人　ぴ　ん　ぞ　ろ
石田　千　き　な　り　の　雲
井上真《ま》偽《ぎ》　その可能性はすでに考えた
井上真偽　聖女の毒杯〈その可能性はすでに考えた〉
井上真偽　恋と禁忌の述語論理《プレディケット》
内田康夫　シーラカンス殺人事件
内田康夫　パソコン探偵の名推理
内田康夫　「横山大観」殺人事件
内田康夫　江田島殺人事件
内田康夫　琵琶湖周航殺人歌
内田康夫　夏　泊　殺　人　岬
内田康夫　「信濃の国」殺人事件
内田康夫　鐘
内田康夫　風　葬　の　城
内田康夫　透明な遺書
内田康夫　鞆《とも》の浦《うら》殺人事件

講談社文庫　目録

内田康夫　箱庭
内田康夫　終幕《フィナーレ》のない殺人
内田康夫　御堂筋殺人事件
内田康夫　記憶の中の殺人
内田康夫　北国街道殺人事件
内田康夫　蜃気楼
内田康夫　「紅藍《くれない》の女《ひと》」殺人事件
内田康夫　「紫《むらさき》の女《ひと》」殺人事件
内田康夫　藍色回廊殺人事件
内田康夫　明日香の皇子
内田康夫　伊香保殺人事件
内田康夫　不知火《しらぬい》海《かい》
内田康夫　華の下にて
内田康夫　博多殺人事件
内田康夫　中央構造帯(上)(下)
内田康夫　黄金の石橋
内田康夫　金沢殺人事件
内田康夫　朝日殺人事件
内田康夫　湯布院殺人事件

内田康夫　釧路湿原殺人事件
内田康夫　貴賓室の怪人〈「飛鳥」編〉
内田康夫　イタリア幻想曲　貴賓室の怪人2
内田康夫　靖国への帰還
内田康夫　若狭殺人事件
内田康夫　化生の海
内田康夫　日光殺人事件
内田康夫　不等辺三角形
内田康夫　ぼくが探偵だった夏
内田康夫　怪談の道
内田康夫　逃げろ光彦〈内田康夫と5人の女たち〉
内田康夫　皇女の霊柩
内田康夫　悪魔の種子
内田康夫　戸隠伝説殺人事件
内田康夫　歌わない笛
内田康夫　新装版　死者の木霊
内田康夫　新装版　漂泊の楽人
内田康夫　新装版　平城山《ならやま》を越えた女
内田康夫　秋田殺人事件

内田康夫　孤道
和久井清水　孤道　完結編〈金色の眠り〉
歌野晶午　死体を買う男
歌野晶午　安達ヶ原の鬼密室
歌野晶午　新装版　長い家の殺人
歌野晶午　新装版　白い家の殺人
歌野晶午　新装版　動く家の殺人
歌野晶午　密室殺人ゲーム王手飛車取り
歌野晶午　新装版　ROMMY　越境者の夢
歌野晶午　増補版　放浪探偵と七つの殺人
歌野晶午　新装版　正月十一日、鏡殺し
歌野晶午　密室殺人ゲーム2.0
歌野晶午　密室殺人ゲーム・マニアックス
内館牧子　養老院より大学院
内館牧子　愛し続けるのは無理である。
内館牧子　食べるのが好き　飲むのも好き　料理は嫌い
内館牧子　終わった人
内田洋子　皿の中に、イタリア
宇江佐真理　泣きの銀次

講談社文庫　目録

2019年3月15日現在